雪花の逆襲

留目弁理士奮闘記！・2

黒川 正弘

三和書籍

主な登場人物

留目《とどめ》　茂《しげる》　留目特許事務所所長。腰痛持ち。
朝井《あさい》　香織《かおる》　留目特許事務所の有能な調査員。
福田《ふくだ》　優介《ゆうすけ》　株式会社丸福マスク製作所の新社長兼開発部長。
楊《ヤン》　雪花《チェファ》　丸福マスク製作所の乗っ取りを謀る中国人。
坂根《さかね》　馨吾《けいご》　雪花をサポートする、自称、日中技術貿易会社社長。
森村《もりむら》　誠《まこと》　留目特許事務所の二階に入り浸る酔っぱらいの研究者。
森村　咲《さき》　誠の一人娘。母親失踪後、一人で家事を担っている。
辻村《つじむら》　加奈女《かなじょ》　優介の幼馴染。一人娘の奈々美を白血病で亡くしている。
霧山《きりやま》　弓弦《ゆずる》　佐藤・木村特許事務所から遣わされた刺客。
福田《ふくだ》　新造《しんぞう》　丸福マスク製作所会長。優介の父。
工藤《くどう》　正義《まさよし》　丸福マスク製作所の元専務。新造の幼馴染。
安田《やすだ》　修治《しゅうじ》　K信用金庫副頭取からM町支店長に復帰する。
植田《うえだ》　良則《よしのり》　K信用金庫M町支店副支店長。

岩倉《いわくら》　倶也《ともや》　丸福マスク製作所の総務兼財務部長。正義の後釜。
青木《あおき》　チエ　優介を応援する縫製課のおばちゃん。最長老。
赤嶺《あかみね》　幸子《さちこ》　優介を応援する縫製課のおばちゃん。チエの後輩。
白畑《しらはた》　春子《はるこ》　優介を応援する縫製課のおばちゃん。幸子の後輩。
佐藤《さとう》　康晴《やすはる》　佐藤・木村特許事務所のシニアパートナー。茂の恩師。
楊《ヤン》　慶学《チンシュエ》　雪花の父。元上海交通大学経済学部教授。

目次

プロローグ／訪問者

ガラガラと横引きのガラス戸を開け、体に吸い付くようにフィットしたスーツを身にまとった精悍な男が入ってきた。一目でオーダーメードしたスーツだとわかる。

「こんにちは……、こちらは留目《とどめ》特許事務所ですよね」

男は表の軒下に掛かった、時代劇の商家を思わせるような、大きな黒枠の看板を見て入ったものの、唖然としてしまった。床はコンクリートの打ちっぱなしでひび割れが走っている。広さは二十畳にも満たないだろう。事務机が向かい合わせに三つ並んでいる。それぞれの机には書類が山積みにされており、整理した形跡が見えない。ただ、妙に不釣り合いな鳩時計が入り口の壁にかけられている。

——それにしても殺風景な事務所だなー。

男の第一印象だった。それよりもここは、本当に特許事務所なのだろうかと疑い始めた。

「あっ、はい。留目特許事務所です。今日はどのようなご用件でしょうか」

香織《かおる》は男の胡乱《うろん》な心の動きを知る由もなく、忽然《こつぜん》と現れた隆《りゅう》とした姿をまぶしそうに眺めた。

「留目先生にお会いしたいのですが」

「はい。留目ですが……」

書類が積まれた奥の事務机からぬぼーっとした男がペンを片手に立ち上がった。寝癖なのか右後ろの髪の毛がぴょこんとはねている。

「あなたが、留目先生です……か？」

「はい。弁理士の留目茂《しげる》です」

茂は香織と知り合った頃のいやな記憶がよみがえった。いろいろ説明したものの偽《にせ》弁理士だと疑われ、それを証明するのにどれほどの時間を費《つい》やしたことか。再びそれをしなければならないのかと思うと、気が重くなった。

「留目先生は、弁理士です。こちらの合格証を見てください」

香織は、茂が座る後ろの壁に掲げられた額を、自慢げにサッと指さした。

「ああ、確かに。わたしもこれと同じものを持っております。それにニューヨークとワシントンの弁護士資格も所有しております」

「はぁ～、そうですか……」

香織は勇んで説明したものの、この男が弁理士で弁護士と聞いてカクっと肩の力が抜けてしまった。

「あなたは、間違っていたらごめんなさい。朝井《あさい》、香織さんでは。かおりと書いて、かおるとお呼びするそうですね」

「はっ、はい……。そうですが、どうして、あたしの……」

香織は自分の名前を告げられ、急に胸がドキドキし始めた。

「それは良かった」男は小さく頷《うなず》くと、香織にこぼれるような笑みを見せた。

「実は、わたしは佐藤・木村特許事務所の佐藤パートナーからある仕事を申し付かり、本日お伺いいたしました」

佐藤康晴《やすはる》弁理士。茂が以前勤めていた大手の特許事務所のパートナー弁理士で、茂を一人前の弁理士に育て、茂が尊敬する先生だ。

「佐藤せんせーから……。それはお疲れ様です。どうぞこちらにお掛けください」

香織は横に立てかけていたパイプ椅子を広げ勧めた。男はそのパイプ椅子にちらりと目をやると、

「いや、要件をお話したらすぐに帰りますので、こちらで結構です」

「では、珈琲でも……」

「それも結構です」男はきっぱりとした口調で断った。

「ところで、留目先生」

男は居住まいを正すと、先ほどまでの笑顔とは打って変わり、表情をきりりと引き締めた。そして、茂の方に顔を向けおもむろに話し始めた。

「『男前マスク』と『王女のマスク』はとても評判がいいそうですね」

「ええ、まぁ……」

茂は、いきなりのマスクの話に驚いた。

「そのマスクの技術を守るために特許や実用新案、それに意匠や商標を組み合わせた知財コンプレックスとか、パテントマップ《特許地図》を駆使された、と伺っております」

「はあ。香織さんの協力もあって……。ええ、そうです」

「今日お伺いしましたのは、佐藤パートナーの伝言と申しますか、結果的にそうなると思うのですが、留目先生が作られた特許や実用新案、それに意匠や商標の全てを無効に致します」

「すべてをムコウ、にですか」

茂は呆気《あっけ》にとられ、目を瞬《しばた》いた。

「これは佐藤パートナーからわたしへのミッションです。それで、留目先生と朝井さんにご挨拶をと思い、訪ねてまいりました」

「佐藤先生が。そんなことを……」

「あ、あなた。なによ、いきなり入ってきて……、失礼じゃないですか。それに、せんせーの作られた特許は完璧です。だいいち、佐藤せんせーがそんなことおっしゃるはずがないじゃないですか。根も葉もない、いい加減なことを言わないでください。もう、お引き取りください」

香織はあまりの非礼さに声を荒げ、男のすぐ後ろにある出入り口を指さした。

「ですから先ほども申しましたように、すぐに退散いたします。ですが、今後戦うことになる留目先生がどのようなお方なのか、それを知っておきたかったのです。というか、それより……」

「それより、なんですか」

「それより、佐藤先生からパテントマップを作成したというリサーチャーの朝井香織さんのことをお聞きし、どういう方かと興味を持ちましてね。この仕事は男性でも難しい業務です。是非、会ってお話をお聞きしたいと以前より思っておりました。こうしてお目にかかれて光栄です」

男は香織に向かって中世の騎士の如く、左手を後ろに、右腕を胸の前でくの字にたたみ小さくお辞儀をした。香織は、予期せぬ男の言葉と態度に意表を突かれた。さらに、男は話を続ける。

「こうして朝井さんにお会いでき、とりあえず今日のわたしの目的は達成されました」

——目的が達成されたって、どういうこと？

今度は、香織の胸のあたりがそわそわし始めた。

「と、ところで、あなたはどなたですか」

「申し遅れました。わたしは霧山弓弦《きりやまゆずる》と申します。大学在籍中に弁理士の試験に合格し、その後、すぐにアメリカに渡り、企業買収や特許係争などの実務の勉強をしてきました」

「それで、ニューヨークとワシントンで弁護士の資格を取られたと……」茂は霧山の言葉を継いだ。

「そうです。ニューヨークでもワシントンでも、幸いにも運が良かったのでしょう、超一流と言われているＰｉｇｉｏｎ＆Ｐａｒｔｎｅｒｓ法律事務所と、ここはご存知だと思いますがＢ＆Ｇ、すなわちＢａｋｅｒ　ａｎｄ　Ｇｏｏｄｍａｎｓ特許法律事務所で修業させてもらいました。帰国後は佐藤・木村特許事務所で特許出願の勉強をしています。手ごたえはあまり感じませんが、これはこれで面白いのでしょう」

霧山は苦笑いした。そして、話しを続ける。

「留目先生はお見受けしたところ一見冴えない、いや、これは失礼。平凡な弁理士に見えますが、実は知財コンプレックスやパテントマップなどを駆使するとても鋭い頭脳をお持ちのようです。しかし、残念なことに、裁判や係争に関する経験はいかがでしょうか。これは留目先生だけでなく、日本の弁理士は、いや弁護士も含め、裁判を多くは経験しておられない。これは大きな弱点になります。それで佐藤パートナーからこの仕事を相談されたとき、その場で了承し、お引き受けすることにしました。わたしの経歴からして、日本の弁理士に負ける気はしませんし、万が一にもそのようなことはないと、確信しております」

霧山は自慢話も含め、ゆるぎない自信を誇示した。

「そっ、そうですか。できればわたしは、争いはしたくないのですが……」

「それは、承服致しかねます」

霧山は冷たい機械人形のように首を右、左と静かに動かした。そして、

「わたしが担当となったからには、留目先生に勝ち目はないでしょう。これはあくまでも、ビジネスです」

「ビジネス……、ですか。それは困りましたねぇ」

茂は霧山が言うように本格的な係争をしたことがない。こんな事件を抱え込んでしまったら、どう対応すればいいのか正直困る。本来の特許を作成する仕事ができなくなる。自分一人がそれに多くの時間を割かなければならず、この数年でやっと地元の人たちからの信頼を得、ポツポツだが仕事ができるようになったのに、この人たちに迷惑がかかる。それに、佐藤先生と係争をするとなると、今まで依頼されていた仕事はどうなるのだろうか……。

もし、佐藤先生からの仕事がなくなったら、この事務所は文字通り風前の灯火だ。そうなれば、香織さんや優介《ゆうすけ》さんは……。いや、待てよ。それは甘い考えかも知れない。仕事がなくなり、事務所があっという間に潰れるかもしれない。

そんなことを考えるとますます気が滅入り、茂の気持ちは重く沈んでゆく。そんな茂の苦しい心境を察知したのだろうか、霧山が、

「そうそう、もう少しで言い忘れるところでした。佐藤パートナーからの伝言です。仕事はこれまで通りお願いするとのことです」

――下町のこんな小さな事務所、勝負になんてなるわけがない。

霧山はそう心の中で呟くと、事務所をもう一度ぐるりと見回し、すでに勝負はついていると自信を深めた。

「そうですか。それをお聞きして、少し安心いたしました。戻られたら佐藤先生に、今後ともよろしくお願いしますと、お伝えください」

茂は、正直ほっとした。

――それにしても佐藤先生はどういうつもりなのだろうか。

霧山は、茂や香織の心配など忖度《そんたく》することなく続ける。

「それと香織さん。この事務所はこれから大変なことになるでしょう。お辞めになるならいつでも佐藤・木村特許事務所にお越しください。わたしは心よりお待ち申しております」

霧山は小さく微笑むとくるりと踵《きびす》を返し、颯爽《さっそう》とさわやかな風が吹き抜けていくように出て行った。

それを見送った茂は、霧山との対応で縮こまっていた体を伸ばそうと、外へ出た。淡い水色の空を見上げる。両腕を突き上げ、う〜んと背伸びをした。

――痛てててぇー。

思わず右腰に手を当てた。茂の腰痛との戦いはまだまだ続いている。

社長就任パーティー

しばらくして、福田《ふくだ》優介が階下の異様な様子を窺いつつ、二階から壁を伝うようにして、そろそろと下りてきた。

優介は株式会社丸福マスク製作所の次男で、次期社長候補と目され、ここM町の、新進気鋭の若手実業家の一人になっていた。

優介が苦心惨憺《さんたん》して新開発した『男前マスク』と『王女のマスク』がヒット商品になった影に、茂と香織が作り上げた知財コンプレックスの存在があった。

この成功譚を、優介がM町商工会議所の青年部会で話題にしたのを契機に、この町の中小企業団地で頑張っている若手開発者や、自称発明家と称するおじさんたちが、今まで使っていなかった留目特許事務所の二階を改装して集まるようになり、いまや発明者の溜まり場となっている。もちろん二階を改装指揮したのも、優介とその仲間たちだった。夕刻になると三々五々そうした人たちが事務所の二階に集まってくる。もちろん優介はいつの間にか、仲間を束ねる幹事になっていた。

ここに集まる人たちは、近くのコンビニで買った缶ビールと乾き物の入った袋を下げてやって来る。そして、皆は決まりきったように香織に、あいさつ代わりなのか右手をちょいと上げ、足取りも軽く二階に上がっていく。

香織はいつものこととはいえ、はーっと溜息《ためいき》が出るのをぐっと我慢し、やれやれと小さく首を左右に振る。香織はもともと人付き合いが苦手で、一人静かに読書をするのが好きだったが、大学を卒業と同時に先輩の勧めもあり、運よく調査会社に就職した。だが、鼻持ちならない課長との諍いに疲れ果て、辞めてしまった。そして、何かに誘われるようにして、この事務所にやってきたのだった。『男前マスク』と『王女のマスク』を開発する仕事を茂や優介と一緒になってやることで、人付き合いもそつなくこなせるようになってきたのだが、連日こう何人もの人が集まることには、いまだに慣れないでいる。


優介は、階段の登り口に佇み、二人の様子を眺めた。

「さっきの人、なんだか偉そうにしてたけど、知り合いなの」

「いいえ、まったく初めての人。弁理士で、ニューヨークとワシントンの弁護士なんだって」

香織は苦いものを噛んだように顔をゆがめた。

「またそんなすごい人が、どうしてこんなうらぶれた……、いや、そのー、何の用事で来たの……」

香織は霧山とのやり取りを、優介に掻《か》い摘《つま》んで話した。そして、

「特許をツブす！　せんせー、それって本当ですか。もしそんなことになったらどうするんですか」

優介はザワザワとした不安が込み上げてきた。

「う〜ん。そうなると困りますよね」

「なんですかそれ、他人事《ひとごと》みたいに」

「でも、ですよ……。どうして佐藤先生がわたしたちの特許を潰そうとするのでしょうか……」

茂は腕を組み、霧山が現れた時からずっと思っていた疑問を口にし、考え込んだ。

「確かにそうですよねぇ。本当に、佐藤せんせーなのかしら。あの男の嫌がらせじゃないですか」

「嫌がらせって、いったい……」

優介は香織の言葉を繰り返した。

「だって、『男前マスク』と『王女のマスク』の知財コンプレックスは完璧なのよ。潰す事なんてできないわ。それを潰すなんて言ってるのよ。嫌がらせとしか思えないわよ。それにあの男、本当に弁理士で弁護士なのかしら。怪しいものよ」

香織はそう言うと、今度は優介に顔を向けた。

「まさかと思うけど、優介さん。誰かに恨みを買うようなこと、なかったでしょうね」

「よっ、よしてくださいよ。そんなこと、あるわけないでしょう」

優介は大仰に両手を顔の前にかざし左右に振った。

「そうよねー。優介さんに限ってそんなことあるはずないし。せんせーは恨みを買うほど仕事してないしぃー。あの人……、なにが目的なんでしょうか」

茂と香織、そして優介の三人は首を傾《かし》げるばかりだった。

茂は佐藤弁理士の愛弟子《まなでし》の一人だ。そんなせんせーがどうしてあたしたちを困らせるようなことをするのだろうか。やはりあの霧山弓弦と名乗る男の一人芝居なのだろうか……。

優介にとっては、『男前マスク』と『王女のマスク』は順風に恵まれ、収益を伸ばしつつあると思っていた矢先の、青天の霹靂《へきれき》だった。

それから一週間が経ち、そしてひと月が過ぎたが留目特許事務所にも丸福マスク製作所にも何の連絡も変化もなく、ただいつものまったりとした時間が流れていた。

そして、三人の記憶の中から、特許無効という言葉も霧山弓弦という名前も忘れ去り、やがて話題にすら上ることはなくなっていた。


ざわざわした雰囲気の中にも華やいだ空気が漂う。

M町商工会議所一階の多目的ホールに設営されたパーティー会場だ。正面の舞台の上部には「㈱丸福マスク製作所　福田　優介氏　社長就任パーティー」と大きく横書きされている。

優介と同じM町の中小企業の若手経営者や友人たち、この機に会長となる優介の父、新造《しんぞう》を筆頭に、商工会議所の大物メンバーをはじめ、会員のほぼ全員が集合しており、会場は近年にない活気に満ち溢れている。その中に、丸福マスクの専務をしていた工藤正義《くどうまさよし》が垂水《たるみ》から駆けつけていた。正義はマスク模倣事件が解決し、優介の成長を見届けると、昨年丸福マスク製作所を依願退職し、娘が嫁いでいる兵庫県の垂水に移り住んでいた。

「優介坊ちゃん。いや、丸福第四代福田社長！　ご就任おめでとうございます」

「おじさん、やめてよ。そんな言い方。いや、名誉専務！」

「それこそおやめください。わたしはすでに、丸福の人間ではございません。でも、一言だけ言わせてください。優介坊ちゃんは立派な社長になられることでしょう。わたしは、そう固く信じております。しかし、小さな会社といえども社長職をこなすことは、並大抵のことではございません。そのお覚悟がございますか。良い時ばかりではありません。苦しいときに如何にして丸福を守るのか、従業員の生活を保障するのかが、一番大切なことです。お父様はこのことを肝にお命じになり、頑張ってこられました。優介坊ちゃんは四代目になります。お父様をはじめ、先々代の社長に恥じない立派な社長になってください。わたしは草葉の陰から応援いたしております」

「だめだよ、おじさん。草葉の陰なんて。これじゃあ、今生の別れみたいに聞こえちゃうよ……」

「わたしはそのつもりで参りました。優介社長！　ますますのご活躍をお祈りいたします」

「わかったよ。正義おじさん……。肝に命じるよ」

会場には、十卓の円形テーブルが置かれ、その上には居酒屋『兆治』から取り寄せた料理が並べられている。付け出しの枝豆に始まり、刺身、唐揚げ、焼き魚、煮物、たまご焼き、ポテトに焼きなす、厚揚げ、おしんこなどがこれでもかと並んでいる。会場の奥には焼き鳥を焼く特設のコーナーがあり、その後ろには兆治の親父さんがねじり鉢巻きに法被《はっぴ》をひっかけ、舞台を見つめている。その横には女将《おかみ》さんが割烹着《かっぽうぎ》姿でどっしりと控え、さあ、いつでもいいわよと準備万端整っている。

いつもなら仕出し屋の料理か、どこかのホテルのビュッフェになるところだが、優介たちが贔屓《ひいき》にしている兆治の親父さんが、優介の社長就任パーティーを開くと聞くと、何が何でも俺《おれ》に料理を任せてくれと懇願してきた。もちろん女将さんも笑顔でそれに応じた。それが今日のパーティーの料理になったというわけだ。

正面の舞台に向かって左側に、司会者用のスタンドマイクがぽつんと置かれている。その上の壁に掛けられた、丸い大時計がちょうど午後二時を指した。

舞台の左袖から司会者が現れた。K信用金庫M町支店副支店長の植田だ。

植田は昨年まで同じM町支店の市場開発部長であったが、丸福マスクをはじめ、これまでの地元中小企業への支援に対する業績が認められ、副支店長に昇進していた。これからの成績次第では支店長になるのもそう遠いことではないだろうというのが、ここに集まるメンバーの大方の見かただった。

植田がスタンドマイクの位置を直しながら、

「エー、ゴホン。皆さま、大変お待たせいたしました。これより丸福マスク製作所の新社長、福田優介様の社長就任お披露目パーティーを開催いたします。盛大なる拍手をお願いいたします」

植田の開会の言葉とともに、M町商工会議所のパーティー会場に大きな拍手が起こり、華やいだ雰囲気が一気に盛り上がった。

地元議員に続き商工会会頭の祝辞を終えた後、乾杯の儀式に移った。いつもならここで一斉にコンパニオンが現れ、皆のグラスに注いで回るのだが、今日は丸福マスクの従業員の女性たち、といってもほとんどがパートのおばちゃんたちなのだが、自前の一張羅のドレスを着て参加している。と、いうのも、

「ユーちゃんの社長パーティーにあたしらも参加したいわー」の声に応えたもので、「それならいっそのこと、コンパニオンになったらどうかなぁ」の冗談が、冗談でなくなり現実になってしまったのだ。

優介がマスクの模倣品の対策に苦しんでいた時や、『男前マスク』と『王女のマスク』が大ヒットし、目が回るほど忙しかった時など、「ユーちゃんのためなら頑張っちゃうからねー」と言って、おばちゃ

んたちは夜遅くまで残業し、休日出勤もいとわずに応援してくれた。

優介にとっては、ともに苦しんだ仲間なのだ。おばちゃんたちは精一杯のおしゃれをして……、でも顔は、緊張で強張っている。そのおばちゃんたちが会場の皆にビールを注ぎまわった。

ビールが行き届いたところで、M町中小企業団地の社長会会長の音頭で乾杯の歓喜がとどろいた。

「福田優介君！　社長就任おめでとう。カンパーイ！」

カンパーイ！　おめでとーございまーす……。

会場の隅のテーブルには、前社長の新造と正義が息をひそめるようにしてひっそりと、舞台上でキラキラ輝く優介を眩しそうに眺めていた。

「優介坊ちゃんがこんなに立派になられるとは……」

「本当にそうだよなー。俺は社長としてたいしたことなかったが、親父としてはもっとダメだったな」

「決してそのようなことはございません。優介坊ちゃんを立派に育てられたではないですか」

「マサさん。そうじゃないんだ。俺は長男の新一郎を社長にしようと思っていた。これは妻の夕子も同じだったと思う。親バカなんだろうけど、新一郎は勉強が良くできた。俺なんか絶対に入れない超難関大学にも一発で合格して、これで後継ぎができたとひと安心していた。ところが新一郎はマスク工場を継ぐのを嫌がった。マサさんも知ってるように、新一朗は下町のマスク工場に未来はないと言って、大学を卒業し、大手の都市銀行に就職が決まるとさっさと家を出てしまった。何とか説得しようとしたが、新一朗は聞く耳を持つどころか、このままではじり貧になり、従業員を路頭に迷わすことになるから、親父も引き際を考えた方がいいと言い放った。腹も立ったが、息子に言われたその言葉は、そりゃあ、ショックだったよ。俺の工場を、俺の人生をかけてきたことのすべてを否定されたようで。息子にそこまで言われ、その夜、俺は決めたんだよ。丸福マスクは俺の代で終わりにしようってな」

「それは、わたしもうすうす感じておりましたが……」

「優介の方は子供の頃から何を考えているのか、よくわからんかった。勉強は俺以上にいまいちだったし、それに何をやっても中途半端でなぁ。だから、正直に言うと、期待はしていなかった。それが……」

「その優介坊ちゃんがマスクを作ると言い出した時は、わたしも正直、びっくりしました」

「マサさんもそうだったかい。俺はびっくりするやら、嬉しいやら、これからどんな顔をしてあいつと接していいのか、わからなくなった」

「でも、わたしたちじゃあできない、立派なマスクを作ったじゃないですか」

「そうだよなぁ。オーダーマスクなんて、よくもまあ、あんなものを考えついたもんだ。絶対にできないと思ったよ。たとえ出来たとしてもべらぼうに高いものになる。商売にはならないとね」

「わたしもそう思いましたよ。それを見事に乗り越えられたんだから。それに……」

「それに、何だい」

「それにあの臨時役員会議での優介坊ちゃんの凛々《りり》しかったこと。惚れ惚れいたしました。何ですか、リレー……経営とか、知財なんとか、ですか。さっぱりわかりませんでした」

「俺もそうさ。あれで俺の時代は完全に終わったな、と思ったね」

「そうですね。雨降って地固まるですよ。良かったじゃないですか」

「ああ、そうだな。そう言ってもらえると嬉しいよ。ありがとよ、マサさん」

「今度、垂水に来ませんか。瀬戸内《せとうち》の活《い》きのいい魚と灘《なだ》の酒で一杯やりましょう。美味い酒を飲ませる店を見つけたんですよ」

「そうだな。近いうちにきっと行かせてもらうよ」

久しぶりの明るい話題に会場はアルコールの助けもあり、大いに盛り上がりを見せている。司会の植田が声を張り上げた。

「さあ、皆さん。宴もたけなわですが、ここらで新社長になられた福田優介様から、今後の抱負などを語っていただきましょう。皆さま、盛大なる拍手でお迎えください」

会場に、植田の一段とトーンの上がった声がスピーカーから響くと、会場全体に拍手が沸き上がった。

「待ってましたー」、「優介ガンバレー」、「とちるなよー」優介の仲間だろうか、歓声が上がる。

アルコールで頬《ほほ》を赤く染めた優介は、満面の笑顔の植田に促され、舞台の中央にセットされたマイクにゆっくりと近づく。

「えー、みなしゃん」

「おーい、どうした」、「しっかりしろー」、のヤジが飛ぶ。

「ゴホン、えー、みなさん。本日はわたくし、福田優介の社長就任式にお集りくださり、本当にありがとうございます。オレは、いや、わたしは、株式会社丸福マスク製作所の四代目の社長として、そして、このM町中小企業団地の一員として、さらに事業を発展させ、地域の皆さまに貢献できるよう、粉骨砕身頑張ります。まだまだ若輩者ではございますが、先代以上の応援をよろしくお願い致します」

優介は深々と頭を下げた。

「しっかりやれよー」、「しんまい、しゃちょー」、「応援してやるよー」笑いとともに大きな拍手に包まれた。

優介はゆっくりと頭を上げると、もう一つお話がありますと切り出した。

会場の真ん中の丸テーブルに茂と香織、そして優介の幼馴染の辻村加奈女《つじむらかなじょ》が座っている。その加奈女に顔を向けると、

「加奈ちゃん。こっちに来てもらえるかなあ」

優介は加奈女に手を差し伸べ、熱い視線を送った。

胸元に薄いピンクのコサージュを付け、ダークブラウンのドレスに身を包んだ加奈女は、何のことだかわからず、どぎまぎしながら舞台に上がり、晴れやかな優介の傍に、身をすくめるようにして並んだ。

優介は隣に来た加奈女を正面に捉え、大きく深呼吸すると、

「加奈ちゃん。いや、辻村加奈女さん」

「……。」

「オー、オレのお嫁さんになってください、よろしくお願いします」

優介は、舞台の中央で、加奈女に深々と頭を下げた。

「えっ……」

キャー、エーっ、ウソーと会場に驚きの声が上がる。

「だ、だめですか」

長い時間、お辞儀をしていた優介は恐る恐る頭を上げた。

会場はこの突然の展開にどう反応すればいいのか戸惑い、溢水《いっすい》の動きもわずかな声を出す人さえいない。

加奈女は俯《うつむ》いていた顔を少し上げ優介を見、また俯き黙っている。身体じゅうが緊張で強張り、口も手も動かない。その時間はほんの僅かだったと思うのだが、優介にとっては永遠の時のように感じられた。

優介はもちろんのこと、会場に集まった全員の耳が、加奈女の「はい」の言葉を待っている。全員の視線が加奈女の口元に集中した。そして、加奈女の口がわずかに動く。

「優ちゃん、ごめん……。それはムリ。できない……」

そこまで言うのが精いっぱいだったのだろう。加奈女は優介に背中を向けると会場から逃げるようにして出て行った。

「加奈ちゃん……」

去って行く加奈女の後ろ姿を茫然と見送った優介と会場に残された出席者は、一体どうしてこんなことになったのか、これから何と声をかけ、どうすればいいのか戸惑い、会場はシーンと静まり返った。

なんとも言えないバツの悪い、真っ白な冷たい空気が会場を覆っていた。

そのときだった、そんな雰囲気を一刀のもとに切り裂くような、それも女のかん高い笑い声が、

「はっ、はっ、は」、と大きく響いた。

「フクダ、ユウスケさん、ホントーに面白いショーをありがとう」

優介は会場の奥の壁際に、孤高の山に咲く、すっと伸びた黒百合を見たような気がした。その女はひざ丈の真っ黒なワンピースを身にまとっている。その裾には大ぶりのピンクの牡丹が大胆に刺繍されており、左の胸には白い牡丹が開き、花の真ん中はピンクのめしべが覗いている。まるでこの女の乳房を連想させた。首には青く鈍く輝く大粒のオパールが下げられ、真っ赤な口紅が艶めかしく、いやおうなしに人目を引き付けた。

「楊《ヤン》、雪花《チェファ》……」

優介が口にした。いつからこの会場にいたのだろうか。まったく気が付かなかった。いったい誰が呼んだのだ。

「オパール……。不吉な石……」

香織は小さく呟《つぶや》いた。

会場の全員は突然の女の高笑いに一斉に後ろを振り向き、雪花を認めると、その美しさと、その艶めかしい妖艶な姿に釘付けになった。

雪花はゆっくりと優介のいる舞台に向かって、真っすぐに真正面から近づいて行く。近づくにつれ、黒のワンピースは雪花の豊満な胸の形と、しなやかな体の線をさらにくっきりと浮かび上がらせた。

雪花が前へ進む。

会場の男たちは、雪花が進む道を作るために、ぶつかりながら左右に割れていく。そして、雪花は舞台に上り、優介を脇に追いやると、マイクの前に立った。

優介は、雪花のすべての男を威圧するようなオーラに気圧《けお》されるようにして、壇上の隅に佇んだ。

雪花は会場をぐるりと見回し、目を会場の真ん中に戻すと、

「あら、そこにいるのは確か、トドメ先生かしら？　お初にお目にかかります。楊雪花といいます。そして、会場の皆さん、よろしく……」

雪花は茂に小さく会釈を送った。たったそれだけだったが、雪花は、会場に集まった男たちが生唾をごくりと飲み込むほどの色香を解き放った。

その光景に満足したのか、雪花は本題に入る。

「シンマイ社長さん。『男前マスク』と『王女のマスク』は好調に売れているようね。おめでとう。わたしはね、『男前マスク』と『王女のマスク』の技術が欲しかったの。それと丸福の工場も欲しかったわ。おわかりでしょう。二年前になるかしら、あなたの工場を手に入れようとした。あなたのお兄様はとっても協力的だったわ。でも、残念なことに、結果はわたしの完敗。優介さんも留目先生もさぞかし嬉しかったでしょうね。この雪花を倒したのですからね。あら、あの向こうにいらっしゃるのは専務さんじゃないの。確か、工藤正義さん。その節はお世話になりました。あなたの望みどおり、丸福は残りましたね」

雪花は、フフフ、と意味ありげな笑みを浮かべた。

新造が一歩前に出ると叫んだ。

「ここはお前が来るようなところじゃない。さっさと出て行け」

「あら、社長さん。いえ、すでに引退されたのですね。日本では何とお呼びすればいいのかしら。一時は良い思いをさせてあげたのに、なんと恩知らずなこと。ビジネスマナーに反してよ……」

冷淡な笑いを浮かべていたが、眉間に皺《しわ》を寄せると険しい顔に一変した。

「そうね。古い社長さんがおっしゃるように長居は無用ね。優介さん。そして留目弁理士に言っておきます。『男前マスク』と『王女のマスク』、潰して見せるわ。その方法、知りたい？　でも、今はヒミツ。それともう一つ、皆さまには特別にお教えしましょう。『男前マスク』と『王女のマスク』をはるかに凌ぐ新しい機能性を備えた、素晴らしいマスクを販売します。期待して待っていてください」

そう言い終えると、会場がザワザワし、騒然とし始めた。雪花は両手を上げ、それを制すると、

「そんなに驚かないで。中国人の知恵と技術は、日本人より遥かに優れたものだということが、これでおわかりになるはずよ」

雪花は、勝ち誇ったように満足げな顔を皆に向けた。

「そ、そんなことができるはずがない。あれは完全無欠、完璧なマスクだ……」

優介は必死の思いで怒りを口にした。そして、

「せんせー。あんなこと言ってるけど、大丈夫だよねー」

「……」

茂はその質問に、即座に答えることができずにいた。すると香織が、

「大丈夫よ。優介さん！　特許があるんだから。あれは完璧よ！　もし、万が一何かあっても、せんせーがきっと何とかしてくれるから……」

「まあ、まあ、仲がよろしいこと。日本では麗《うるわ》しい友情、それとも絆っていうのかしら。それでどうにかなればいいですけどね。結果は近いうちにわかるでしょう。そして、ユーザーはどちらのマスクを選ぶのかしら。それも楽しみだわ」

そう言い終えると雪花は壇上からひらりと降り立ち、はっはっはとかん高い笑い声を上げ、悠然と会場の真ん中を立ち去っていった。

加奈女は枕もとでジリジリと鳴る目覚まし時計の音で目を覚ました。ふとんから起き上がろうとしたが頭が重い。体もだるい。ひどい寝不足状態のようだ。じとっとした寝汗をかいていた。

昨夜はなかなか寝つけず、うとうとすると昨日の優介の言葉が蘇り、何日かぶりに奈々美《ななみ》の夢を見た。集中治療室で酸素マスクをつけ、ベッドに横たわる奈々美に、優ちゃんが徹夜で作った奈々美専用のトンボのマスクをつけてくれて……。

奈々美が……、『あー、いきができる。きもちいい』、『マスク、ありがと。おっ、おとうさん……』あれが奈々美の最後の言葉だった。それを聞き、全身から血の気が引いた。奈々美は父親のことを一切聞こうとしなかった。だけど、本当は父親を捜していたんだ。死ぬ間際になってそんなことに気付くなんて……。そう思うと、未だに胸が詰まる。

加奈女は隣町の短大を卒業すると、希望していた幼稚園の先生になった。その後すぐに結婚し、一人娘の奈々美を出産するが、シングルマザーとなり、その後生まれ育ったこのM町に戻り、保育士をしながら奈々美を育てていた。ところが、その最愛の奈々美も一年前に白血病で亡くしていた。加奈女は唯一の生きがいだった娘をなくし、途方に暮れ、生きる意味も意欲もなくしていた。

そんな加奈女に優介は、『男前マスク』と『王女のマスク』に刺繍する花々や昆虫、可愛い動物などのデフォルメされたマークの作成を依頼した。しかし、その仕事もひと段落すると優介とも疎遠になりがちだった。そのころから優介が社長を代行するようになり、忙しくなったというのが大きな理由ではあったのだが……。

――優ちゃんの気持ちは嬉しい。でも、突然すぎる。まだ心の整理がついていないし、それにあたしは、バツイチだよ。優ちゃんにはもっといい人がいるよ……。


同じ日、優介は重くどんよりとした頭を振りながらベッドから起き上がった。あれからどのくらい酒を飲んだだろうか。記憶がとぎれとぎれで、いつベッドに潜り込んだのか思い出せない。

昨日の社長就任式で加奈女に結婚を申し込んだ。夢にも断られるとは思ってもいなかった。加奈ちゃんも俺と同じ気持ちでいてくれると信じていた。

俺は子供の頃から、いや幼稚園に通っているころから、加奈ちゃんが好きだったように思う。小学校、中学までは一緒に学校に通った。思春期になり、俺は男友達に冷やかされるのが嫌で、俺の方から離れてしまった。その後、俺は世間で言われる三流の大学に、加奈ちゃんは子供の頃からの夢だった幼稚園の先生になるといって、隣町にある短大に進んだ。それから何年かが過ぎ、俺は大学を卒業すると、人並みに就職活動はしたものの、中途半端な俺を受け入れてくれる会社はどこにもなく、それで仕方なく丸福マスクで働き始めたというより、ずるずるとそのまま家に居座り続けたというのが本当のところだ。

家の仕事を手伝い始めたころ、中学時代の友人に誘われ、ふらりと参加した同窓会で加奈ちゃんが結婚したことを知った。同窓会に行くまでは、加奈ちゃんのことは忘れていたのに、突然、頭をガーンと殴られたように打ちのめされた。

それからしばらくして転機が訪れた。『男前マスク』と『王女のマスク』の開発を始めた時、思いがけず加奈ちゃんと再会して、俺の人生は百八十度変わった。

加奈ちゃんと一緒に奈々ちゃん専用のマスクを作り、それに刺繍するウサギやトンボの絵を見せてもらうのが嬉しくて、病気の奈々ちゃんには申し訳ないと思いながらも、うきうきする日々だった。俺は徹夜しながら、奈々ちゃんの顔にぴったり合う、肌に優しいマスクを作った。

奈々ちゃんとはたったの一度だけだったけど、喘息が落ち着いた時、病院の許しを得て、加奈ちゃんと一緒にこの町の高台にある公園に出かけた。奈々ちゃんを真ん中にして俺が右手を、加奈ちゃんが左手をつなぎ、ゾウさんの歌を歌い、両手を一緒に振りながら歩いた。ほんのひと時だったけど、本当の親子になったような気がした。公園に着いて、加奈女のお手製の可愛いお弁当を広げると、それを見て奈々ちゃんの笑顔がはじけた。加奈ちゃんの握ったおにぎりは本当においしかった。その時の味は今でも忘れていない。いや、きっと一生忘れることはないだろう……。

優介は社長就任式の翌日から、あいさつ回りやら、こまごまとした仕事に追われる日々で、加奈女に連絡する勇気もなく、あわただしくひと月が過ぎていた。

優介が工場の自分の机に座りいつもの書類に目を通していると、総務課の佐々木彩子《あやこ》さんが一通の、黄色の派手な封筒を持ってきた。

彩子さんは五十を過ぎたベテランの事務員で、優介の頭が上がらないおばちゃんの一人だ。

「なんですかね。こんな封筒初めてですよ。気味が悪いので捨てようかと思ったんですけど、佐藤何とか特許事務所って書いてあったので、もし何かあるといけないと思いお持ちしましたが、良かったですかねー」

そう言い残すと渋い顔をして部屋から出ていった。

封を開け取り出した手紙も黄色だ。優介は思わず、これはイエロー・カードか、と呟いた。

そこには、浮き出るような黒い活字で次のような文言が並んでいた。

株式会社　丸福マスク製作所
社長　福田　優介殿

貴社が有するマスクの実用新案や意匠、商標などの知的財産権の全てを無効にします。

それゆえ、貴所が製造販売している全てのマスクに特許権等の権利が無くなり、世間のいかなる製品に対しても抗議ができなくなります。もちろん、このことは御社のヒット商品である『男前マスク』と『王女のマスク』にも当てはまります。

今後は、警告書等の発送は十分に配慮されることをご忠告申し上げます。

そのようなことをされると逆に訴訟が起こされ、御社の立場や、ひいては御社の存立にもかかわることになるかもしれません。

くれぐれもご注意されますよう、ご忠告申し上げます。

佐藤・木村特許事務所
ニューヨーク弁護士
ワシントン弁護士
弁理士　霧山　弓弦

「な、なんだ、これは……？」

優介は改めてイエロー・カードをひっくり返し眺めた。しかし、皆目、見当もつかない代物だった。

——待てよ、佐藤・木村特許事務所と言えば、留目せんせーが以前いたところではなかったか。その事務所のせんせーがどうしてこんな手紙を……？　霧山って、誰だ？

雪花の逆襲

楊雪花《ヤンチェファ》と坂根馨吾《さかねけいご》は日本有数のＩＴ企業や最新のファッション、流行を先取りしたコーポレーションが入居している、六本木の超高層ビルに来ている。佐藤・木村特許事務所は二六階にあり、日本を代表する事務所の一つだ。

雪花と坂根は、淡いクリーム色の壁に片岡球子の青、赤、黄色で色分けられた富士の絵が飾られ、豪華なマホガニーのテーブルセットが置かれた応接室に通された。そして、雪花は全面ガラス板の窓の前に立ち、東京の街を眺めていた。ここから見える風景は上海のものとは明らかに異なる。大都市はどこでも似たようなものというが、雪花にとってはまるで違う景色に見えている。

それは空の色だ。

東京の空は、雪花の心の内をあざ笑うかのようにすっきりとした青空が、当たり前のように広がっている。雪花の住む上海は、一年を通じて灰色がかり、どんよりとした空模様で、その上、近年の大気汚染は酷くなる一方だ。百メートル先ですらぼんやりとかすんで見えない日が何日もある。

雪花は鋭い眼差しで窓の外を見やりながら三年前のことを思い出していた。

北京がある河北省や上海、荊州などの大都市の大気汚染が進む中、子供や老人の喘息が急速に広がり、胎児への影響が心配されるようになっていた。

雪花はそんな中国の状況を何とかしたい。子供を喘息から守りたい。皆が安心できる環境で過ごせるようにしたい、日本のように。そして、これをビジネスにつなげたいと考えた。それに目を付けたのがスモッグや煤煙、黄砂などから喉や気管支を守るためのマスクだった。それも今すぐに販売したい。できれば、環境汚染の進んだ父の故郷、唐山市に工場を作りたいと思っていた。そこで、雪花は考えた。

――日本のマスクは安全で清潔、品質や機能性においても中国品より優れている。でも、中国品と比べるとやはり高額であるし、ただ真っ白なマスクは病的で、気持ちもふさぎ込んでしまう。日本の技術に中国人の好みを併せ持つものにしたい。

雪花はこれまでにも日本の企業や商社との間で雑貨類などを輸入販売していた。その時知り合ったのが坂根馨吾だった。坂根は日本の大手の商社に十年ほど勤め、中国と日本からの製品や技術を輸出していたという。その後、商社を辞め、独立し、日本の中小企業と中国企業との橋渡しをする仲介業をしている。

雪花は坂根に日本の優れたマスクを製造販売したい、と伝え、その技術を導入し、できれば工場ごと中国に持ち帰りたいと話を持ちかけていた。

それからふた月ほどして坂根が情報を持ってきた。ビジネスバッグから取り出して見せたマスクは、代わり映えのしない、ただの真っ白なマスクだった。

「これが……そうなの。わたしの望みとは違うわ」

雪花は相対して座る坂根との間にあるテーブルに、無造作にポンと投げ返す。

雪花と坂根は上海の黄浦《ファンプー》河沿いの外灘《ワイタン》地区にある、ヨーロッパの古都を思わせる瀟洒《しょうしゃ》なカフェに来ている。外灘は一九世紀から二〇世紀の租界時代に建てられた、歴史的建造物が並んでいる地区である。雪花は、上海中心街の南京東路や外灘から黄浦河対岸にある近代的な上海テレビタワー、高層の金茂《ジンマオ》ビルが聳え立つ浦東《プードン》地区より、落ち着いた外灘地区の街並みが好きだった。

坂根はニヤリと含み笑いをすると、投げ出されたマスクを引き寄せ、自分の顔に装着して見せる。

「一見すると、ただの代わり映えのしない白いマスクのように見えるでしょう」

雪花は小さく頷く。

坂根はいったん装着していたマスクを外すと、マスクの両サイドのギャザの部分を指さす。

「この部分の折り数と縫い目のきめ細かさが他のマスクとでは全然違うのです。だからどんな顔にもフィットしやすく、頬との間に隙間ができないのです」

そう言うと、坂根は再びマスクを装着し、頬とマスクが密着している様子を見せた。中国品はギャザの数が少なく、縫い目も荒い。だから、マスクと頬の間に三角形の大きな隙間ができてしまう。

さらにこのマスクの機能についても説明する。

「このマスクに使われている不織布は、ＢＦＥ《バクテリアろ過効率》が九九．九九パーセントの最高の物を使っている。それにこの鼻にかかるブリッジだけど、硬くもなければ柔らかくもない。このように鼻梁に沿うように指を添えただけで、ピタッとくっ付く。また、このゴム紐がいいんだよ」

坂根は耳に引っ掛けるゴムひもを、引っ張ったりはなしたりした。

「普通、マスクを長時間装着していると耳が痛くなるでしょう。だけど、このマスクは痛みを感じさせない上に型崩れもしにくい」

「ふ〜ん。いいことばかりね」

雪花は坂根の説明を満足げに聞き、そして微笑む。

「それでこのマスクを輸入しろと言いたいの」

「それが楊さんのお望みなら、そのように手配しますが……」

「それで、坂根さんのアイデアを聞かせて」

坂根は持って回った言い方をすると、これからが本番と、坂根は周りをゆっくり見回した。そして、おもむろに雪花の方に身を乗り出し、再びマスクを手に取ると小声で話はじめた。

「このマスクは丸福マスク製作所というちっぽけな会社が作っています。やりようによっては、この会社を丸ごと買収することができるでしょう」

「やりようによっては……」

ええ、と答えた坂根は、

「日本の中小企業はどこも同じようなもので、資金繰りに苦労しています。そこを突けば、工場ごと安く買いたたけるというわけです」

「確かに、そうでしょうね」

雪花は坂根からマスクを受け取ると、しばらくそれをじっと睨みつけていた。

「これと似たものを作りましょう」

「それって、模倣品ですか」

「そうとも言えるわね。このマスクの特許はどうなっているの」

雪花は再びマスクを手に取るとそう言った。

「特許ですか……。わかりません。調べておきます」

それからひと月が経ち、坂根からもたらされた報告では、丸福マスク製作所が製造しているマスクには特許や、登録した商標はないとのことだった。特許が存在しないということは、雪花が丸福マスクの新製品を模倣し、日本に持ち込んだとしても、誰からも非難されることはない。ただ単なる中国製のマスクだということになる。

雪花は直ちに決断し、実行した。

雪花は丸福のマスクを取り寄せると、それに似せた模倣マスクを大量に、しかもひと月という日本では考えられない短期間で製造した。恐るべき中国の生産能力だった、というか模倣する能力だった。この力をフルに利用したのだ。もちろん、特許が存在しないということをもだ。

雪花は模倣生産されたマスクを、坂根を通じて日本のスーパーやドラッグストアに超安値で卸《おろ》すと、当然のごとく飛ぶように売れた。

これまで丸福マスクと長く取引していたいくつかの店から、丸福の商品と似ているとの情報がもたらされたが、丸福にはそれを阻止し、咎《とが》める手段がなく、丸福の社運を断ち切ろうとしていた。

雪花の計略は思い通りに進むかのように見えた。

ところが、その思惑を断ち切ったのが、丸福マスクで開発部長をしていた福田優介と、優介をサポートする留目弁理士と朝井調査員だった。この三人が力を合わせ創作したのが、一人ひとりの顔に合う、オーダーメードしたようなマスク、『男前マスク』と『王女のマスク』だった。しかも、これらのマスクは完璧といえるほどの知的財産権で防御されていた。それをなしたのが留目弁理士と朝井調査員だ。

雪花は対抗策として、『男前マスク』と『王女のマスク』の模倣品を日本に持ち込もうとしたが、すべての謀略は失敗に終わり、丸福マスク製作所を乗っ取るという策略は朝露のごとく消え去った。マスクビジネスの計画を粉砕された雪花からしてみれば、留目弁理士は最大の敵ということになる。『男前マスク』と『王女のマスク』の知的財産権を完膚なきまでに叩き潰す。そして、丸福マスクと留目茂に復讐を遂げる。これが初めての挫折と屈辱を味わった楊雪花の新しい目標となった。


応接室のドアがノックされた。

全面ガラス張りの窓を前にして、硬い表情で思いにふけっていた雪花がくるりと振り向くと、いつもの雪花の、自信に満ち溢れた表情に戻っていた。

「お待たせしました」

佐藤パートナーともう一人、長身の若い男性が入ってきた。

雪花は、薄ピンクのシャツブラウスに深緑のジャケットと同色のパンツスーツを身に付け、首元には一粒ダイヤのネックレスが、室内を柔らかく照らしだすＬＥＤライトの光を受けてキラリと輝いている。六本木界隈で、ちょっと探せばいそうなＯＬのスタイルなのだが、雪花がそれらを身にまとうと皆の目を引き付け、まるで違う空間がそこに広がっているように感じさせた。

業界トップの新進気鋭の女性を見慣れたはずの佐藤ですら、初めて対面する雪花の美しさと、彼女を包むたたずまいに息を呑んだ。そして、雪花に悟られないようにゆっくり深く息を吸った。

「わたしがここのパートナーをしております佐藤です。こちらは霧山弁理士です」

「わたしは楊雪花です」

雪花のしなやかな細い指が金のカードケースから名刺を取り出す。

「わたしは坂根肇吾と申します。日中技術貿易の会社をやっております」

それぞれの自己紹介もそこそこに、佐藤は時間を惜しむかのように切り出した。

「早速ですが、ご用件をお伺いします」

そんな佐藤に対して雪花は、

「お忙がしそうで何よりですね。佐藤先生」

煌《きら》びやかで深い色香を含んだ微笑みを返した。

「要件は、わたしの方から」

坂根は雪花に代わり、ビジネスを含め縷々《るる》説明した。要するに、丸福マスク製作所から出願されている特許、実用新案、意匠、それに商標の全てを無効にして欲しいという依頼だった。

「いくらなんでもすべてを無効にするのは、かなり難しいのではないでしょうか。それにわたしは少なからず丸福マスクさんとはご縁がございまして。このお話はお引き受けすることは出来ません。他の事務所にご依頼ください。よろしければわたしの方から、信頼できる事務所をご紹介させていただきます」

佐藤は、状況を説明すると、やんわりと断りを入れた。

「少なからずの縁……。そうね。そのご縁とやら、存じております。留目茂弁理士でしょう。先生の優秀なお弟子さん」

　雪花は意味ありげに含み笑いを浮かべると、さらに続けた。

「お引き受けしていただけないとなると、先生のお立場が難しくなるかもしれません」

「それはどういう意味ですか」

　佐藤は雪花の余裕のある態度に、不穏なものを感じた。そして、坂根が再び話し始める。

「先生のところのお客様に、中国に多くの特許を出願されていますよね」

　佐藤は、もちろんだと胸を張る。

「さあ、それですよ。困るのは……。楊さんはこちらから出願された特許の全てに、無効審判を起こすことを考えておいでてしてね。それはいくら何でも無茶だとお止めしたんですけど。でも、考えてもみてください。そういうことになると、どういうことになるでしょうか」

　佐藤はあまりのバカバカしさに思わず笑いそうになるのをこらえ、

「そうですね、現実的にはどうなんでしょうか。ひと口に特許と言ってもいろんな分野にまたがり、それも大変な数になる。それにつれ、費用は膨大なものになるでしょうね」

「そう、まさに馬鹿げている。費用も莫大なものになる。わたしもそう申し上げました。とんでもない、無理だと。でも、楊さんは」

　そう言いかけると、雪花が坂根を手で制し、その後を継いだ。

「わたし、調べました。中国での特許関連の訴訟件数は年に二百五十万件を超えました。先生の事務所の全ての特許訴訟が加わったところで、たいして変わりません。大海に落ちた涙の一滴にもならないでしょう。それに、中国にはそれだけの訴訟を行える弁理士がいるということです」

「そっ、訴訟の費用はどうするのですか」

佐藤は思わず声を荒げた。

「費用はかかるでしょうね。でもこちらは先生の特許に無効審判を仕掛ければいいだけですから、その費用は大したことないです。それより先生はどうなされるのですか。中国での訴訟ですからね。中国語、おできになりますか」

佐藤は雪花の視線を外すと思わず下を向いた。

「中国の先生にお願いすることになるのでしょうね。それは中国の弁理士にとっていい話です。ひとつの案件に一人の弁理士としても、千件あれば千人の弁理士先生が必要ですね。大変な費用になります。それも一年で済むかどうか、何年も続くことになるでしょう」

「そんなことになれば、弊所のお客様に大変な迷惑がかかる……」

「それに、こういう噂も流れるでしょうね」

「うわさ、だと……」

「佐藤先生の事務所で中国に特許を出すと、すべてに無効審判をかけられ、特許にならない上に、大変なコスト高になるとね。これは単なる噂ですよ。でもね、そんな噂を聞いたお客さまはどうされるでしょう。わたしならわざわざそのような事務所にお願いせずに、他の安全な訴訟を起こされない事務所に変えます。それが賢明な選択ですよね。そうなると……」

――他の外国への出願も、いやそれどころか国内出願もなくなるだろう。そうなるとうちの事務所にいる弁理士や事務員を頸《くび》にしなければならない。そんなことは絶対にできない。

佐藤はいろんなことを思いめぐらせながら、明晰な頭脳をフル回転させて素早く計算した。

そんな様子を見ていた雪花は、勝ち誇ったような微笑を見せるのだった。

佐藤は苦し紛れに聞き返す。

「丸福さんのマスクの特許を無効にすれば……、中国での訴訟は見送る、そういうことか」

「はい。ご推察のとおりです。ですから先生はこの話を受ける、それ以外の選択肢はございません。もちろん、かかった費用はきっちりとお支払いしましてよ」

雪花は、目の奥に黒い炎を激しく燃え立たせ、きっぱりと言った。

悩む佐藤を横にして、これまで隣りに控えていた霧山が発言した。

「先生。この話、わたしに担当させていただけないでしょうか」

「君がか……」

「はい。わたしはニューヨークとワシントンの弁護士事務所で訴訟の勉強をしてきました。その経験を日本で活かしたいと思っていました。この案件を是非、わたしにやらせてください」

霧山は佐藤に頭を下げた。

「アメリカで！　それは頼もしいじゃないですか。ねえ、楊さん」

坂根はこれで決まりとばかりに、硬い表情の佐藤を見た。

「う〜む」、うなされるような苦しい声を絞り出した佐藤は、そのまま黙り込むと、重苦しい沈黙が続いた。

やがて眉間に刻んだ深い皺をほどいた佐藤の口が開く。

「霧山君、やってみるか」

「はい」、霧山は明快に答えると、目を輝かせた。

——やっと俺の実力が活かせる時が来た。

留目弁理士を潰す！　日本での最初の大きな仕事。でも、俺にとっては容易《たやす》い仕事だ。完膚なきまでに叩き潰す。それが自分の評価を高める最短の近道。待ってろよ、留目弁理士。

頭を下げる霧山を見やりながら、佐藤は心の中で願っていた。

——留目君。こんな状況で、わたしは君に何もしてやれない。何とかこの難局を切り抜けてくれ……。


そう願わずにはいられなかった。


優介が開封したイエロー・カードを不審に思っていたところ、留目特許事務所にも同じイエロー・カードが届き、茂はそれを見ていた。

「せんせー、この霧山って、この前来たあの不躾で失礼な人のことでしょうか？」

「多分、そうでしょうね」

「知的財産権の全てを無効にします、って書いてありますけど、この前も同じようなことを言ってましたよね」

香織は霧山という男に得体の知れない薄気味悪いものを感じ始めた。

「ええ、それにしても佐藤先生がどうしてこのようなことをなさるのか……」

茂は、わかりません、という言葉をグッと飲み込んだ。

「せんせー、佐藤先生になんか恨まれるようなことしてないですか。それともお仕事でミスしたとか」

「まさか、そのようなことは決して」

茂は激しく首を左右に振り否定した。

「じゃあ、何か連絡は?」

茂は再び首を静かに左右に振った。

「だったら、どうして……」

茂はこれからどうすればいいのか途方に暮れた。


それからひと月ほど何事もなく過ぎ、忘れかけたころ特許庁から『男前マスク』と『王女のマスク』の実用新案権を無効にするという通知が届いた。理由はいくつかの先行特許と、全国マスク協会や衛生材料協会から出されている資料やパンフレットに記載されたすでに知られた技術であり、なおかつ容易に考えられるもので、発明ではないという主旨だった。

「せんせー、これって本当なんですか」

香織が茂の手元を覗き込むようにして、興奮しながら尋ねた。

その時、ガラガラと勢いよくガラス戸が開くと、息せき切った優介が飛び込んできた。

「せっ、せんせー。実案を無効にするって、いったい、これってどういうことなんですか。実案はどうなるんですか。マスク作れますよねー」

丸福マスクにも同じものが届いたのだろう。特許庁からの通知書を手にし、茂の前に突き出した。優介はぜーぜー息を吐きながら顔は青白くなっている。走ってきたための酸素不足だけではないようだ。

「ええ。それは……。わたしも今、見たところです。だから」

言葉を継ごうとする茂に、優介はたまりかねて、

「実案がなくなったら、うちの会社はどうなるんですか。また、偽物が出回ったらどうするんですか。せんせー、なんとかしてくださいよ」

優介はこれまでに模倣品対策に四苦八苦してきた。偽物が出回り業績がガタ落ちし、丸福マスクの存立の危機に瀕するという苦い経験をしてきた。そうならないための、今回の特許網であり、知財戦略であったはず。実案がなくなったら、その先は考えなくてもわかる。確か実案は、出願さえすれば権利化されると聞いていた。そうじゃないのか。考えれば考えるほど茂への疑念が浮かんでくる。

「これからその対応策を考えます。それで特許庁と交渉しますから、しばらくお待ちください」

茂は、それだけを言うのが精いっぱいだった。

「……、よろしくお願いします」

優介は割り切れない気持ちを抑え、茂と香織に頭を下げ、肩を落とし帰って行った。

「せんせー。これってどういうことなんですか」

香織もこれまで苦労して築いてきた知財の城は、単なる砂の楼閣だったのかと不安に駆られる。実

用新案権を無効にするという紙きれ一枚で、簡単に崩れ去っていくのだろうか……。

特許庁からの無効という通知書の中で指摘された先行特許だが、これは香織がすでに調べており、化学繊維でできた不織布と綿のガーゼを合わせたものだ。そして、マスク業者のカタログには不織布だけのマスクとガーゼでできたマスクが写真付きで掲載されている。さらに大人用、女性用、子供用など各種のサイズがあると記載されている。

特許庁の審査官の言い分は、これらの幾つかの資料を考え合わせると、『男前マスク』と『王女のマスク』を作ることは容易だという主張であった。

これに対してどういった内容で、特許庁に反駁資料を提出すればいいのか考え始めた矢先、今度は『男前マスク』と『王女のマスク』の商標に拒絶査定の通知が届いた。

その要旨は、『男前マスク』と『王女のマスク』は、『男前』も『王女』という言葉ともに通常よく知られている。その言葉に『マスク』という一般名詞をつないだもので、特別なものではない、というのが拒絶の理由だった。

そして、次の日には、加奈女が考案したウサギやトンボ、カエルにさくらなどを図案化した意匠のすべてに、これらはこれまでに知られたマークと区別ができないとして、無効審決の通知が届いた。

――それにしてもこれはいったいどうなっているのだろうか。霧山というあの弁理士の仕業なのか。

香織は次々に届く拒絶や無効の通知に、

「加奈女さんがあんなに一生懸命に考えてくれたんですよ。本当になんとかならないんですか。せんせー、これでお仕舞なんですか」

今にも泣きだしそうな顔をして茂に詰め寄った。

「加奈女さんになんて言えばいいの。奈々ちゃんのウサギとトンボだよ」

「わかってる！　そんなこと、わかってるよ……」

どうすればいいのか、解決方法が思いつかない茂は、つい苛立って声を荒げてしまった。

「じゃあ、なんとかしてくださいよ。弁理士せんせーなんでしょ」

香織も言い返しながら、つらい気持ちを必死にこらえた。険悪な重い空気が二人を包み込む。

「審査官がそう判断したんだから。今はなんとも……」

――こんな時、佐藤先生ならどうするだろう。でも、霧山弁理士の後ろには、佐藤先生が付いているはずだ。何か手がかりはないのか……。

香織は香織で、なぜこんなことになってしまったのか、何か深いわけがあるに違いないと、思わずにはいられなかった。

茂はあれこれ考えあぐねていると、ふとある結論に行きついた。しかし、そんなことが今の自分にできるのだろうか、まったく経験がないのに……。

茂はすっと背筋を伸ばすと、俯き、うなだれている香織に声を掛けた。

「香織さん。不服審判を申し立てましょう」

「ふふくしんぱん……？」

香織はいきなりの茂の言葉に驚いた。

「無効の査定に対する不服を申し立てるのです」

「そんなことができるのですか」

「でも勝てるかどうか。アメリカでは弁護士だという霧山弁理士と、その後ろ盾には佐藤先生がついているとと思います。そうだとすると、とても厳しい申し立てになるでしょう。だけど、このまま何もせずに負けを認めるわけにはいかない。反撃してみる価値はあると思うのです」

「そうよ、せんせー。やれることは何でもやりましょうよ」

――ウサギとトンボは、加奈女さんと奈々ちゃんにとって特別なものだ。奈々ちゃんのためにもきっと取り戻してみせる。

香織はそう心に誓った。

ところが、茂と香織は思いを新たにし、やっとのことで気持ちを奮い立たせたところに、追い打ちをかけるように、丸福マスク製作所の丸に福の字のロゴマークと、新たに作った七色に変わるホログラムのマークに使用中止と取り消しの通知が届いた。いいかげんにしてくれー。自分はいったい何を築いてきたのだろうか。茂は自分の無力さに打ちのめされた。

同じころ、優介は、「いったい特許庁は何のためにあるんだ。特許庁は俺たち国民の味方じゃないのか。丸福を潰すためか。それとも弱いものを虐《いじ》めて楽しんでいるのか」と、叫んでいた。

特許庁から届いたその理由は、丸に福の字のマークは中国の有名な、中国人なら誰でも知っている「福家《フージアン》」という衣類メーカが使っている商標と極めて酷似しているというものだった。

福家の紋章は丸の中に、示す偏の「福」の字が書かれている。福家の明確な創業時期は不明になっているが、言い伝えによると明朝が崩壊し、イギリスがアヘン戦争をきっかけに中国への進出を拡大し始めたころに、いち早くヨーロッパファッションを取り入れたと言われている。それが事実なら少なくとも百五十年の歴史があり、福家の家紋として、そして商標として使われていたことになる。

確かにそうかもしれないが、福家の紋章はけばけばしく、さらに大幅にデフォルメされている。茂や香織にはどう見ても丸福マスク製作所のマークとは、まったく違う別物としか見えなかった。ましてや優介にとっては、天と地ほども異なっているという思いであった。

しかし、特許庁は、福家の『丸に福』のマークと、丸福の『丸に福』のマークは類似という判定であった。

「そんなバカなことはない。丸福の商標まで使えなくなったら、俺たちの会社に何が残るというのだ……抜け殻だけの会社になってしまう」

優介は怒る気力もなくし、ただ茫然と頭を抱えるだけだった。これまで親父や曽爺《ひいじい》さんが築いてきたマスクの仕事が、知財の城が足元からガラガラと止めどもなく崩れていく。

せんせー、いったい、どうすれば……。何もかもなくなってしまう……。

優介はそんな状況にすっかり意気消沈し、会長室にいる新造にこれまでに出願し、取得してきた実用新案や意匠、商標がなくなるかもしれないと報告した。

優介の話を聞いた新造は顔を真っ赤にして、

「だから言っただろう。訳のわからん弁理士なんぞを信用するからこんなことになるんだ。これまでに何度も言っただろう」

新造は新社長のこれまでの特許戦略を今になって咎めた。それは、かつて新造自身が弁理士の勧めで多額の費用を費やし特許を出願したが、模倣品対策にまったく役に立たなかったという苦い経験があったからだ。

「わかったよ。だからそんなに喚《わめ》かないでよ。俺だって相当まいってんだから」

優介はそう口にすると、這《ほ》う這《ほ》うの体で部屋を出ようとすると、

「あっ、うっ、うー……」

振り返ると、新造は椅子に座ったままの状態で、胸を押さえ机に突っ伏している。

「おっ、オヤジ！」

優介は新造に駆け寄ると、痛みに耐えているのだろうか、顔をギュとしかめ、喘《あえ》いでいる。

「ウッ、ウー……」

「親父！　どうしたんだよ」

優介はスマホを取り出し、救急車を呼んだ。


M町中央病院に運ばれた新造はベッドに横たわり、安定剤を打たれ寝かされている。新造の妻の夕子と優介がそばに付き添っていた。

そこへ兄の新一郎が、父親が倒れたとの知らせを受け、仕事もそこそこに飛び込んできた。

「優介、親父はどうなんだ」

「軽い心臓発作だって」

「それで」

「精密検査をしないとわからないらしいけど、いろいろ調べたいので十日ほど入院する必要があるんだって」

「そうか。親父も結構無理してたんだろう。お前、もう少し親父を楽にしてやれよ」

新一郎は、強い口調で優介をたしなめた。

「今の親父は特に仕事らしい仕事はしてないよ。ただ……」

「ただ、なんだ」

「『男前マスク』と『王女のマスク』の実用新案や意匠が潰れそうなんだ……」

「それを話したのか。うーん……。それは大変なことになったな。それでどうなんだ」

「それはわからない。留目せんせーが何とかしてくれると思うけど……」

「そうか……」

「それも大変なんだけど、丸福マスクの商標が使えなくなりそうなんだ」

新一朗は、えっ、と驚くと、優介をにらみつけた。

「あれは曽爺さんの代から使っているものだと聞いた覚えがある。それがどうしてそんなことになるんだ。おかしいだろう」

「それが俺にもよくわかんないけど、中国で有名な丸福と同じマークがあって、そっちの方が古いらしい」

「おい優介、中国って、それって、ひょっとして……」

新一郎の顔は見る見る血の気をなくし、青ざめていく。何か思い当たる節があるのだろうか。

——まさか。そんなこと……。

霧山弓弦は四谷にある派手さはないが、気品を感じさせるホテルクリビアのロビーに来ている。玄関ドアをくぐると細長いロビーは通路のような狭い空間なのだが、花々が飾られ、小さな庭の小径でくつろいでいるような、不思議と心が落ち着く造りになっている。そのところどころに装飾を凝らしたアンティーク風のテーブルと椅子が並べられている。

ちょっと少女趣味的なホテルかな、自分ならここは選ばないと思いながら、奥にあるソファシートに座った。イタリア製の腕時計に目を落とし、約束の時間を確認する。視線を上げるとその向こうから、しなやかな身体の線が際立つ、黒い影のシルエットがこちらに向かって静かに歩いてくる。

そして、目の前にロイヤルブルーの花柄が大胆に散りばめられた真っ白なワンピースに身を包んだ女性が現れた。ロイヤルブルーのヒールパンプスがまっすぐ伸びた背を際立たせていた。

霧山は雪花の高貴な佇《たたず》まいを前にして緊張を隠すようにすっと立ち上がり、「お待ちいたしておりました」、と丁寧にあいさつをする。

「いつにも増して素晴らしいお召し物、素敵です」

雪花はそれに答えることはなく、

「霧山さん。今日のお話を聞かせていただけるかしら」

「承知いたしました」

そう返事を返すと、『男前マスク』と『王女のマスク』の実用新案や意匠、商標を如何にして無力化に追い込んだかを話した。雪花は身じろぎもせず、じっと霧山の説明を聞いていた。

「あなたに言われた福家の商標は役に立ったのね」

「ええ、それはもちろんです。世界で知られた有名な商標は、どこの国でも権利が取れないことになっております。福家の商標は百五十年以上の伝統があり、中国では知らない人はいません。丸福のマークなど福家のマークから見れば足下にも及ばないのは明らか。ですから、問題になりません。伝統が違います」

「そう、それなら結構なことだわ」

霧山は自分の仕事の結果に対して満足していた。

ところが、雪花は眉間に深い皺を作り、硬い表情のままだ。何を考えいるのかわからない、つかみどころのない女性だ。

――わたしの説明に何か気に障ることでもあるのだろうか。それとも何か別の心配事か……。

霧山はそう思い至ったときだった。

「わたしはね、霧山さん。丸福マスクを模倣することばかりを考えていたけど、霧山さんのお話を聞いているうちに、ピンとくるものがあったの」

「ピンとくるもの……?」

「ええ、そうよ。このアイデアが使えるか、霧山さん、判断してもらえるかしら。それでよかったら、あなた、このアイデアで特許を出して下さらない」

「特許を出すことなど容易《たやす》いことです。いつでもご用命ください。喜んでさせていただきます。しかし……、それは、ひょっとして逆襲に出ると」

「そうなるでしょうね」

そう言うと雪花は不敵な笑いを漏らすのだった。


優介からは、「実用新案だけじゃなく、意匠や商標まで無くなったら俺の会社、マジで潰れちゃうよ！」、と悲愴とも思える悲鳴が上がっている。

「何とかしないと大変なことになる。この事務所だって……」

茂は誰に聞かせるでもなく、独り言のように呟いた。

『男前マスク』と『王女のマスク』の成功で、M町の中小企業団地の開発者や発明者から信頼を得ることができた。そして、その中からいくつかは特許の出願につながり、事務所の収益に貢献し始めたところだ。しかし、万が一にも失敗という汚名が着せられたなら、留目特許事務所はやっとのことで築きかけた信用を失い、閑古鳥の鳴く以前の事務所に逆戻りするかもしれない。

「本当にまいりましたねー。これには……」

茂は吐息まじりに嘆いてばかりだ。

「さっきから溜息ばかりついてないで、しっかりしてください」

「わかってますけど……。でも、こんなに一度に色んなものに拒絶や無効の通知が来るなんて、いったい何がどうなっているのでしょうか」

茂は原因を考えてみたが、霧山のあの言葉しか思い浮かばない。でも、どうして佐藤先生が……？

結局、思いは堂々巡りになってしまい、やらなければならないことがいっぱいあるのに、何一つ考えがまとまらない。茂はむっくりと顔を上げると、

「ずっと考えていたことがあります。原因はどうであれ、一番重要なことから始めましょう」

そう言い切った。

「一番重要なことって？」

「丸福マスク製作所の丸に福の字のロゴマークです」

「ああ、確かにあのマークが使えなくなると大変ですよね。でも、丸福のマークは昔から使っているのでしょう。どうしてそんな古いものが使えないなんて、おかしくないですか」

「ええ、そこなんですけど、ホログラムの丸福マークを商標登録したときにわかったのですが、これまで使っていた丸に福の字の丸福マークは特許庁に登録していなかったのです」

「登録しなかったって、それってどういうことなんですか」

「ええ、そのあたりのことは優介さんに訊いてみないことには……」

茂は机上の受話器を手にすると、優介に丸福のマークはいつから使われていたのかの調査を依頼した。優介からは、調べた後、詳しくは兆治で話す、ということになった。

三人は夕刻にいつものように居酒屋兆治に集まり、いつもの奥のテーブルに陣取ると、優介が待ちわびたように口火を切った。

「丸福のマークは、親父の爺さんの代から使っていたもので、じゃあ、なぜ商標登録してなかったん

だと聞いたら、爺さんの代から使っていたものだから気にしたことないって、そう言うんだ。それに丸福マークは昔から家の屋号として使われていたから、明治いや江戸時代の終わりには使ってたんじゃないかって、親父が……」

茂は優介の言葉に頷きながら、

「それを証明できるものはありますか。例えば創業当時の新聞広告とか、販売に使った古いカタログでもいいんです。そこにマークが、屋号でもいいのですが、証明するものが欲しいんです」

「新聞広告ですかあ。そんなのしたことあるのかなー。聞いたことないけど」

「カタログはどうですか」

「最近のものならあるけど。創業当時となるとねー、調べないとわからないけど、俺は見たことがないなぁ」

優介はやけに自信ありげに言う。

「会長に聞くとか、昔を知っている人に当たるとか、保管している資料を調べるとか、何とかお願いします」

「もしカタログというか、証明する資料がなかったらどうなるんですか」

「そうすると、丸福マークは取り消しになり、使えなくなります」

「ウー……」

「カタログでなくてもいいんです。昔からこのマークが使われているという証拠があれば何でもいいのです」

「わかりました。探してみます」

「あのマーク、古くから伝えられている伝統のような、歴史を感じます。だから、あたし好きです。マスクにあれがないとなると、なんだか気が抜けたみたいで、つまらなくなってしまいます」

香織は悔しそうに残念がった。

「今まで何の問題もなく使ってきた丸福マークが使えないなんて、そんなのありえない」

優介は納得できないと頬を膨らませた。

「なんとしても証拠を探し出してください」

香織は優介に懇願した。

——霧山を使いこんな酷いことを仕掛けてくるとは、裏に誰かがいるはず。まさかとも思うが楊雪花だろうか。彼女との戦いはすでに決着がついているはず……。

茂も香織も優介も思いは同じだった。三人は俯き黙って苦くなったビールを時おり口に運んだ。


翌朝一番に優介は、新造が入院している中央病院へ出向き、ドアを静かに開け、中を覗いた。

「おお、優介じゃないか、そこの椅子に座れ」

指された丸椅子に腰かけると、

「会長、調子はどうですか」

「病院にいるんだぞ。調子は良くないに決まってるだろう。それにだ、病院でその会長というのはやめてくれ。……、余計に心臓が悪くなる」

優介は、それもそうだなと頷くと、ゆっくりとこれまでの経緯を話した。

「親父、そういうことなんだけど、昔の新聞広告とかカタログとか、なんか証拠になりそうなものないかな」

「新聞広告か、俺が初めて新作マスクを作ったとき、爺さんが祝いだと言って一度小さく新聞広告を出してくれた。でも、そんな古いもの、とっくに捨ててしまった。邪魔になるだけだからな。それに、カタログは古いものがあっても使いようがない。新しいものしかないはずだ。工場は整理整頓する。それが基本だ。もしあるとしたら、マサさんが倉庫にしまって、置いてくれているかもしれんが……。いや、待てよ。五年に一度は倉庫に保管してある帳簿類も整理するからなー。残ってないんじゃないか」

新造は先代から、マスク工場は全てが衛生的でないとダメだ、と言われ続けている。だから整理整頓清掃清潔は基本中の基本だと叩き込まれていた。まさかその教えが裏目に出るとは、皮肉なことになったものだ。

「ないじゃ、困るんだよ。丸福のマークが使えなくなるんだぞ。工場の信用はなくなるし、マークを変えなきゃならなくなる。そんなことになったらすべてのマスクが売れなくなるかもしれない」

「そうだなぁ。あるとしたら、倉庫しかないけどなぁ」

「そんなの、とっくに探してみたよ。きれいに片付いている。親父が言うようにそれらしい物はなんにも見つからなかったよ」

「やっぱりなあ」

「やっぱりなぁ、じゃないよ。どうすんだよ」

優介はイライラし始めた。

「どうするじゃないだろ。こうなったのも、あの弁理士のせいだろうが。余計なことをするからこんなことになったんじゃないのか。お前たちで何とかしろ。お前が社長なんだから」

新造はそう言うと手のひらを振り、病室から出て行けと合図する。

優介は奥歯で苦虫を潰したような顔をして部屋を出ると、肩を落とし、大きな溜息をついた。

――こんな時に、正義おじさんがいてくれたらどんなに心強いか……。


元専務の工藤正義は、今は兵庫県垂水《たるみ》にいる一人娘の美子《よしこ》夫婦と同居している。少し散歩がてらに歩けば、瀬戸内《せとうち》が見渡せる公園があり、春には桜が見事に咲き誇る。庭園内は四季折々の花を咲かせる散策路がある。

娘夫婦は何かと親切に面倒見てくれるのだが、ただ不満なのが俺のことを爺さん扱いすることだ。贅沢を言うわけではないが、それが気に入らない。一年前までは小さな工場といえども、そこで専務として若い者以上に働き、K信用金庫の安田支店長とも丁丁発止《ちょうちょうはっし》と渡り合い、切り盛りしてきたのは自分だという自負がある。そんな経験を持つ俺だからこそ、垂水に来ても仕事はあると思っていた。ところが、見知らぬ土地で七十近い男の働き口など、このご時世もあり、何一つない。

美子の勧めで、近所の老人会にも出てみたが、関西弁というのだろうか、あのまどろっこしいしゃべり方が馴染まない。それに当然なのだが爺さんと婆さんばかりだ。これも許せない。何年か住んで、老人会にも我慢して出ていれば慣れるのかもしれないが、それはいつのことになるのかと思う。丸福のおばちゃんたちも威勢が良くて正直煩《うるさ》かったが、関西のおばちゃんたちとは次元が違う。禍々《まがまが》しいほどに姦《かしま》しい。だから、最近の正義はマンションの六畳のこの部屋にこもりきりになっている。

正義は、丸福に勤めていたころを懐かしむように、先代、先々代の社長や創業当時の建屋や従業員を写した古い写真、それにマスクの広告を初めて新聞に出した記事などのスクラップを日長眺めているのだった。

美子は父親のそんな姿を見るにつけ、扉の陰ではーっと長い息を吐く。M町で一人暮らしする父親がこちらに来てくれて、これで一安心と思っていたのだが、美子の新たな心配事が一つ増えた。

雪花は霧山に自分が考案したマスクを説明する。

「あなたのお話からすると『男前マスク』は、鼻梁の所に帯状のガーゼが二枚重ねていることが特徴のようね」

霧山が頷くのを見届けると、

「それなら三枚にすればいいんでしょう。そうなれば丸福の実用新案とは関係ないでしょう」

「もちろんそういうことになりますが、丸福の明細書には三枚にするとマスクがゴワゴワし、装着感が悪くなると書かれていますが……」

「そんなの簡単なことよ。ガーゼより薄くて柔らかい布に替えればいいだけよ。それに三枚目の帯の幅を狭くすればいいいんじゃなくって」

雪花はその程度のことなら考えるほどのことでもない。そう言い切った。

うーん、と唸った霧山が、

「わたしにはそのマスクが良いものかどうか判断できませんが、そのアイデアを特許、いや、実用新案にして出願することは出来ます。それも完璧にね」

「ワンメイ？　大変な自信ね」

「ええ。誰からも潰されることのない実用新案にいたします。きっと、楊さまにとってもよろしいことではないでしょうか」

「わたしにいいことは、あなたにとってもいいこと。そうじゃなくって」

雪花はフフフと微笑む。

――留目弁理士の実用新案を潰し、こちらも新たな実用新案で対抗する。

霧山はこの戦いにますます興味が出てきたのか、ニヤリと薄く笑う。そして、続ける。

「楊さまのマスク会社のマークと新マスクの商標ともに出願しておく方がよろしいかと思いますが、何かアイデアをお持ちですか」

雪花は、いいえ、と首を振る。

「それならこういうのはどうでしょうか」

霧山は雪花の顔から視線を外し、雪花の眩いばかりの優雅で高貴なロイヤルブルーの服に目を落とした。そして、

「マスク会社のロゴですが、六角形の雪の中にロイヤルブルーの薔薇《ばら》の花をあしらったマークでどう

しょうか」

「雪にロイヤルブルーの薔薇……」

雪花は一瞬、遠くを見るように目を細め、そして、霧山に目線を戻した。

「ええ、いいアイデアね。斬新だわ。それにしましょう」

「次に、マスクの名前ですが、『雪花のマスク』と『プリフェイスマスク』でどうですか」

「プリフェイスって何なの」

「日本の女の子たちは顔が小さいと美人だと思っているようなので」

「小顔ってこと？　リーベンレン《日本人》は本当に不思議ね。顔の大きさはマスクでは変わらないわ。そんなこともわからないのかしら」

雪花は不思議そうに首を傾げた。フフフ、と声を出して笑うと、再び鉄面皮の美しさに戻る。

「雪花のマスクは、ダメ。そうね。『メイリィマスク』にしましょう」

「メイリィ……？」

「ええ。メイリィというのはハンサムという中国語です。わたし、ハンサムな人が好きなの」

「メイリィですね。男前に対する『メイリィマスク』。語呂もいいし、語調もいいですね。わたしもその名前に賛成です」

「そう。日本の弁理士先生に褒めていただいて光栄だわ」

雪花は満足げな笑顔を見せた。

「では、わたしは今、お話に出た案件の出願を急ぎますので、これで」

霧山はすっと立ち上がり、雪花に一礼すると春風が吹き抜けるようにロビーから姿を消した。

霧山の姿が見えなくなると、一つ奥のテーブルに背を向けて座っていた男が立ち上がり、回り込むようにして雪花の前に立った。柑橘系のオーデコロンの匂いがした。この香りは……、坂根馨吾だ。

男は先ほどまで霧山が座っていた席に腰を下ろした。

「坂根さん。今の話、聞いていたかしら」

「ええ。聞いていました。それで、わたしに何を……」

「ガーゼより薄くて、できればさらに性能のいい布が欲しいわ。それが手に入り次第、『メイリィマスク』を作るわ」

雪花はその時が楽しみと、再び、フフフと自信ありげな笑みを浮かべた。

――これで丸福と留目を叩き潰す。

復讐するためのシナリオは……、いやもう一つある。

冷たく笑う雪花の瞼の裏に、その現実味を帯びた映像がはっきりと映っていた。


優介は探せるところは全て探した。工場内を巡り、昔から勤める一番古手の青木のおばちゃんや、赤嶺のおばちゃんたちにも訊いた。でも、みんな首を横に振るばかり。そして、優介はなすすべがなくなり、肩を落とし自分の席に戻った。優介の席は工場内の隅にパーティションで区切られた開発室にあり、部屋のプレートには社長室兼開発室と新しく書き加えられている。

大きな溜息をつくなり、ドアが開き、いつも元気な総務課の佐々木彩子さんが笑顔で入ってきた。

「優介坊ちゃん。社長就任式の写真ができました。ご覧になりますか」

「彩子さん。もういい加減、その坊ちゃんというのは辞めてくださいよ」

「なに言ってるんですか。坊ちゃんは坊ちゃんです」

「はい、はい。わかりましたよ。写真でしょ。見ときますから」

「いい写真がいっぱいありますから、後ででもちゃんと見といてくださいよ」

彩子はポケットアルバムの束を、優介の目の前にドスンと音を立てるようにして置くと、にこにこしながら出て行った。

――まったく、いつまでも子ども扱いにするんだから……。

ブツブツ呟いた。

――社長就任式か……。

あの時のことを思い出すと喉の奥に苦いものが込み上げてくる。

ふーっと一つ息を吐くと、机に置かれたポケットアルバムを見るとはなしにパラパラと見開いた。

彩子さんや青木のおばちゃんたちがそれぞれに着飾って、笑顔で写っている。前列に会長の新造、その右隣に俺と、左隣には元専務の正義おじさんが座っている。正義おじさん、写真を嫌がってたけど、親父に引っ張られるようにして隣に座ったのだった。辞めた人間がこんなところに座るのはおこがましいとかなんとか言いながら、それでも清々しい顔をしている。

――そうだ、この写真、おじさんに送ってあげよう。ついでに、ダメもとで丸福のマークのことも聞いてみよう。

集合写真や親父とおじさんのツーショットを含め何枚かの写真と、これまでの経緯をしたためた手紙を封筒に入れ、今は垂水に住む正義宛に送った。

それから三日後だった。中央病院に親父を見舞いに行くと、

「よう、新社長。元気でやってるか。明日、マサさんがこっちに来るらしいぞ。お前、この前の就任式の写真、送ったんだってな。ありがとうと礼を言ってたぞ」

新造はベッドの中から、やけににやにやして機嫌がいい。体調も良くなってきたのだろう。それにしても、そのにやけた顔はなんだ。社長時代にはなかっただろうと、嫌みの一つでも言いたいところだ。親父としては幼馴染で、長年連れ添った正義おじさんと会えることが、本当に嬉しいのだろう。

「礼って、それだけですか」

「それ以外に何があるんだ」

「いや、別に……」

「マサさんは、奥さんの祥月命日で墓参りに戻ってくるそうだ」

そう言えば、奥さんが亡くなって何年になるのだろうか。確か、俺が高校に入学した頃だったように思うのだが。

「そうですか、墓参りにね……」

期待はしていなかったとはいえ、ひょっとしたらという思いもあり、落胆する気持ちを何とか抑え、病室を後にした。

そして、翌日、正義は中央病院で親父とお互いの近況などを話し合った後、午後になり優介が一息

つき、時間に余裕ができたころを見計らうようにして一つの紙包みをさげ、開発室に顔をのぞかせた。

「優介坊ちゃん。いや、新社長とお呼びすべきですね」

正義はにこにこしている。

「おじさんまで、よしてくださいよ。優介でいいですよ」

優介は頭を掻きながら正義に椅子をすすめた。

「今日は坊ちゃんにお見せしたいものがありましてね」

正義は紙袋から無造作に一つのスクラップブックを取り出した。

「新社長からの手紙にあった新聞広告の件ですが、これでお役に立つのかどうかわかりませんが、ご覧ください」

本来のこげ茶色の表紙の色が抜け赤茶け、角がはげ綻びている。スクラップブックを静かに開く。最初のページに優介の爺さんの新作が第二代社長になったときの集合写真が貼られている。ちょび髭を蓄えた曽爺さんの新次郎が真ん中の椅子に腕を組み、どっしりと座り写真に納まっている。写真の中に親父の姿は見えない。このとき、親父はまだ生まれていなかったようだ。写真の下に昭和七年十月とメモ書きされている。

何ページかを見開いていく。丸福の歴史を追体験してゆくようだ。そして、次のページを開いた時、優介の目が点になった。

昭和十年四月一日（月）毎朝工業新聞のラジオ欄の下に丸福製作所、新型マスクを好評発売中と書かれ、その横には丸に福の字の丸福マークがはっきりと印刷されている。

これは新次郎が創業した手袋事業から、新作がマスク事業に切り替えたころの新聞広告だった。

昭和十年（一九三五年）当時は、アメリカでの大恐慌の影響が残り、世の中は不景気風が吹き荒れていた。中国大陸では小競り合いが続き、いつ何時大きな戦になるか、不穏な状況にあった。

そんな折に、新作は手袋事業と並行してマスク事業を始めたのだ。今でいう多角化経営だった。その後、手袋事業は過当競争から先細りとなり、昭和十年に本腰を入れたのが、医療用ガーゼを使って縫製されたマスクで、これを新発売した。この当時のマスクは、各家庭で綿布などの切れ端を使って作られていた。どうしても見てくれも悪く、ゴワゴワしたものだった。ガーゼを使ったマスクは柔らくて付け心地が良く、当時は画期的なマスクとして受け止められた。それを記念した広告だったのだ。

「おじさん、これ」

「使えそうかい」

「ええ、多分」

優介の頬は自然とほころんでくる。

「それは良かった。持ってきた甲斐があったというものですよ」

「でも、どうしてこれがおじさんの所に……」

いやー、と正義はにやにやしながら顎《あご》を撫でた。

「優介坊ちゃんのお爺さんの活躍を曽《ひい》お爺様が集めていらっしゃったようです。たぶん息子の活躍が嬉しかったのではないでしょうか」

「俺の爺さんは、確か手袋からマスクに切り替えた人だよね。息子が親父に逆らうようなことをして、気に入らなかったのじゃないのかな」

「そうかもしれませんが、経営者は時代の流れを読むことができてこその経営者です。商売に浮き沈みがあること、それらを機敏にとらえることは重要なことです。曽お爺様もそれを感じていたのでしょう。ご自身は手袋の製造に未練があったと思いますがね」

「ということは、新しい経営判断を爺ちゃんに任せたと……」

「お二人ともすでにお亡くなりになっていますので、それを確かめようもございませんが、そういうことだったのではないでしょうか」

正義は在りし日の事務室の二階で、優介がリレーションシップ経営について滔々《とうとう》と話し、K信用金庫の安田を黙らせたあの日のことを思い出していた。

——俺には何のことかさっぱりわからなかった。なあ、マサさん。俺たちの時代は終わったな。

新造の言葉だった。

「それはわかったけど、どうしてこのスクラップブックがおじさんの所に」

それはね、と言うとくすくす笑い出した。

「新さんは、優介坊ちゃんもご存じのように、きれい好きというか、整理整頓清掃清潔を厳しくおっしゃいますでしょう」

優介はうんと頷く。

「それに反してわたしは整理整頓が苦手というか、古いものが捨てれない質《たち》でして。あのファイルも捨てるように指示されていた段ボール箱に入っていたのです。でも、丸福の歴史が綴られたものがなくなると思うと、わたし自身が捨てられるように感じましてね。これ、ひどい勘違いなんですけど」

捨てるのなら自分が貰っておこう、そう思ったと苦笑いしながら正義は話した。

「つくづく、親父のきれい好きも困ったものだ」

優介も正義もハハハと笑った。

「じゃあ、わたしはこれで」

そう言って正義は席を立とうとする。

「ねえ、おじさん」と優介は思わず声をかけた。

「もう一度丸福に戻って来てくれないかなあ。ダメかなぁ」

「それは……」

正義は浮かした腰をもう一度椅子に沈めると、言葉を濁した。

「返事は今すぐでなくていいから、考えておいて、お願いします」

優介は立ち上がると頭を下げた。

正直、正義が抜けた穴は思っていた以上に大きかった。総務、財務、それに労務関係の全てを正義がこなしていたのだ。だから細々としたことがわからない。事務のおばちゃんたちやパートのおばちゃんたちからも「専務がいてくれたら、いいのに」、と遠慮のない非難の声が飛び出してくる。

一番の問題は、K信用金庫M町支店長との付き合いだ。社長だった親父ですら、正義おじさんに任せっきりだったので要領を得ない。挙句の果ては、お前がやれ、社長なんだから、の一点張りで、この先が不安でしょうがない。その穴を埋めてくれているのが、副支店長になった植田さんで、陰ながら何かと面倒みてくれているから良いものの、いつまでも他人任せでは良くないことはわかっている。そのあたりから指南してくれる人材が欲しかったのだ。正義おじさんの存在感の大きさを、今頃になってひしひしと感じていた。

「……、少し考えさせてください」

正義はそう別れを告げると帰って行った。

優介はその夜、正義から預かったスクラップブックをもって、居酒屋兆治に来ている。いつもの奥のテーブルに陣取り、向かいには茂と香織が並んで座っている。

「せんせー、この資料を見てください」

優介は、一枚一枚丁寧にページをめくっていく。

「ここです」

「これは……?」

優介は頬をほころばせ、首を縦に振った。

「ここに昭和十年四月と出ていますね」

香織が確認するように紙面の年号を指さす。

「そうなんです。昭和十年だから、一九三五年です。この年に初めてマスクの広告を出しています。見てください。ここに丸福マークが……」

茂と香織は額を突き合わせるようにして優介の指さす商標を見た。確かに丸に福の字の入った商標だ。

「せんせー、これで大丈夫ですよね。今まで通り、うちのマーク使えますよね」

優介は期待半分、心配半分で茂の顔を覗き込む。

香織はつられようにして隣の茂を見た。

「ええ。これさえあれば、もう大丈夫でしょう。でもこんな古い新聞記事がよく残っていましたね」

茂はスクラップブックから顔を上げ、感心するように言った。

優介は、うん、と大きく頷くと、

「正義おじさんが大切に保管しておいてくれたのです。感謝の気持ちでいっぱいです」

三人はジョッキを重ね乾杯したのは当然で、特許係争の勝利を目指し気勢を上げた。

そうと決まれば、茂は直ちに知的財産高等裁判所に訴えを起こした。

丸福マスク製作所は昭和十年に丸に福の字の商標を使っていたこと。それも当時の三大工業新聞の一つである毎朝工業新聞に掲載されている。このことは多くの読者、国民が知りえたことは当然のことである。さらに、昭和十年は日中戦争の最中《さなか》であり、対戦国中国の福家の丸に福の字のマークは、日本では到底使われることも、知り得ることもなく、一般的ではなかったという主旨の反駁書を知的財産高等裁判所に提出した。

そして、『男前マスク』と『王女のマスク』の実用新案登録の無効に対しては、次のように説明した。マスクの上辺にガーゼが帯状に二枚重ねられ、このガーゼが、呼吸するたびに息が上に向かって漏れるのを効果的に防ぎ、なおかつ適度に湿度を吸収するため、メガネが曇りにくくなっている。このことはいろいろと条件を変え、各種の実験を通して証明されている。これは従来の化学繊維でできた不織布と綿のガーゼを合わせただけのマスクではこの効果は得られない、特段に優れた特徴になっている。そして、『男前マスク』と『王女のマスク』の防菌効果や、花粉やほこりの除去率はガーゼマスクをはるかに凌ぐ結果で、さらにガーゼマスクより薄くでき、見た目にも明らかに優れている。

だから、ただ単に従来のガーゼのマスクと不織布を使ったマスクが存在するからと言って、『男前マスク』と『王女のマスク』が容易には考えられない、と意見書にまとめ特許庁に提出した。

次に、『男前マスク』と『王女のマスク』はこれまで商標としては知られていない。『王女』という言葉は通常使われることは稀で、一般的には『女王』であること。だから特別なものだと主張した。

そして、ウサギやトンボ、カエル、桜の花びら、タンポポ、チューリップなどのデフォルメされた意匠が拒絶されたことに対しては、それぞれ指定された紋様と比べ細部に渡り比較し、違いを述べた。例えば、ウサギなら耳の大きさや耳のたれ具合、その角度、体の丸まり方、目や口の形や色などの詳細を説明した。トンボは四枚の羽根の向き、尻尾がやや上にはねていること、体には青筋が入っていることなど、目視してすぐに判別できる特徴を列記した反駁書を特許庁に提出した。

それから三か月が経ち、裁判所からの判定結果は、丸福マークの先使用権を認めるというものだった。

意匠は、奈々美の思いが届いたのか、ウサギとトンボの二つが認められた。残念だが、それ以外の多くの意匠は却下された。

それを聞いた加奈女は、箪笥の上に置いた奈々美の遺骨に手を合わせた。

——奈々美。奈々ちゃん。大好きだったウサギとトンボが認められたって。これも奈々ちゃんが応援してくれたおかげだね。ありがとう。

加奈女は、死の間際に奈々美がトンボのマスクをつけて、嬉しそうににっこり笑った笑顔を思い出し、少し救われたような気がして、涙ぐんだ。

娘を失った加奈女の心の傷は、完全には癒えてはいないけれど、少しずつだが平穏な気持ちを取り戻しつつあった。

雪花のハンドバッグの中でスマートフォンが震えた。それを取り出すと耳に当てた。

——坂根です。

「……」

——ガーゼより水分の吸収率が高く、薄くて、しかもしなやかな生地があることがわかりました。

「そう。それで……」

——その布は吸水性が綿のガーゼより五六パーセントも高く、乾燥性は四割ほど早いというものです。その布はレーヨンとポリエステルの混合繊維でできています。それでよろしければすぐにでも手配できます。

「わかったわ。そうしてちょうだい。坂根さん、お手柄ね。シェーシェー《ありがとう》」

礼などめったに口にしない雪花であったが、それだけ嬉しかったということだろうか。

雪花は坂根から入手したレーヨンとポリエステルの混合布を、直ちに中国の河北省唐山市にあるマスク工場に送った。丸福や他の日本のマスク工場から見れば、煤汚れ、設備も古く決して衛生的とは言えないみすぼらしい工場だ。ここは雪花が丸福のマスクを模倣生産するために買収した工場で、雪花の父が生まれた故郷でもある。唐山市は北京から百六十キロほど東に位置し、一九七六年の地震で二四万人の死者を出した。その後、復興と称し、重工業が誘致され、それにつれ大量の石炭を使用する町に変貌した。工場に立ち並ぶ巨大な煙突から真っ黒な煙がモクモクと吐き出され、この町はいつも分厚い灰色のスモッグが、町全体を覆いつくしている。

こんな唐山市だが、中国の大気汚染の酷さでは六番目にランキングされている。一番は甘粛省蘭州市で、この街ではマスクを付けずに外出することは、自殺行為に等しいとまで言われている。

このように雪花の母なる国では、大気汚染によって毎年百十万人の人びとが亡くなっていると聞く。雪花は父の故郷である唐山市の美しい街が穢れ、汚れていくことに深い悲しみを抱いていた。スモッグをなくすために何をすればいいのかずっと考えていた。少しでもこの状況から人びとの健康を守りたいと願い、そのためには性能のいいマスクが必要だと思い至った。もちろん中国にもいろんな種類のマスクがある。しかし、日本の衛生的な環境と最新の設備が中国にはない。さらに高性能なマスクを作る技術やノウハウもない。手っ取り早く、というと語弊があるかもしれないが、それらの工場と技術を手に入れる、そう決断した。

日本から誘致する工場として丸福マスク製作所を紹介したのが、坂根馨吾だった。雪花はいろいろと手を尽くしたが、結果的に乗っ取り作戦は失敗した。そのためにどれだけの資金と資材を投入したことか、思い出すだけで悔しさが込み上げてくる。

しかしこの間、雪花にとっては悪いことばかりではなかった。模倣品といえども何種類ものマスクを作っている間に、マスクの製造ノウハウを自然と掴むことができるようになっていた。今や『男前マスク』と『王女のマスク』のような難しいマスクでも、雪花の工場では生産できるようになっている。これが中国国民に受け入れられた。雪花のマスクの販売量は、丸福と比較して二十倍以上になった。従業員も創業当初は三十人程度だったが、今では五百人を超え、日に日に増員されるため、雪花自身正確な数は知らない。今や新進気鋭の中国を代表するマスク工場の一つに成長を遂げていた。

しかし、と雪花は考える。このままでは引き下がれない。雪花のプライドが許さないのだ。福田優介と留目茂、あの二人をわたしの足元に跪《ひざまず》かせるのだ。

雪花のマスクは丸福マスクの模倣から始まった。製造のノウハウにしてもマスク材料の選択にしても、それらの使用目的や機能がどういうもので、どう組み合わされているのかがわかってしまえば、それほど難しいものではなかった。ノウハウとはそういうものだ。所詮はコロンブスの卵なのだ。

化学繊維でできた不織布の役割はウイルスやバクテリア、粉塵などの除去だ。ガーゼは肌に優しいことと適度の水分調節にあった。そうであるならば、さらに水分調節機能に優れた柔らかな材料に替えることもできるはずだ。それが、レーヨンとポリエステルの混合布だ。これ以上に優れたものはない。そして、留目弁理士が作成したという特許の城よりも、さらに強固な知財の城を築き、丸福を叩き潰し、日本のマスク市場を乗っ取るのだ。

——この勝負、完全にわたしの勝ち！

雪花の隠れ家ともいえる四谷の瀟洒なホテルの一室に、雪花の乾いた高笑いだけが響いていた。

テレビ生出演

ある日のこと、朝一新聞の経済面に、「日中マスク戦争勃発か?」と題する記事が出た。記事にはこう書かれている。

丸福マスク製作所が長年のノウハウを生かした上に個人の顔に合う、オーダーメードしたようなフィット感を持つ、『男前マスク』と『王女のマスク』を発売し、ヒット商品となっている。これら商品の模倣品対策として同社は、完璧といえるほどの「知財の壁」を構築していると自信を深めていた。ところが、その壁をいとも簡単に突破し、日本市場で売り上げを伸ばす、中国製マスクが出現している。それは日本製の品質をも上回ると評価されているのだがその真実は? そして、丸福マスクの完璧と思えた「知財の壁」がどのようにして崩れ去ったのか。日本のマスクメーカはこの危機に立ち向かい、対抗することができるのかを取材した。

と、いかにも読者の心のひだをくすぐる禍々《まがまが》しい書き出しだった。

この後に続く記事は、これまでの経緯を簡単に述べる。

特許庁は、『王女のマスク』は商標として認めたが、『男前マスク』は一般名詞の『男前』と『マスク』をつないだだけで、特段の特徴がなく、認められないと判断した。そのため丸福マスクは、『丸福の男前マスク』と改名せざるを得なかった。さらに、女子高生の間で人気となっていた、マスクに刺繍される動物や昆虫、草花などのほとんどの意匠が認められなかったことも、丸福マスクの商品イメージを低下させる大きな原因となった。

一方で、雪花マスク社製の男性用『メイリィマスク』と女性用の『プリフェイスマスク』は、いち早く商標登録しており、特に『プリフェイスマスク』は、発売と同時に若いＯＬたちから強い支持を得、すでにヒット商品になっている。さらに、機能性においても日本製に負けていない。『男前マスク』と『王女のマスク』の特徴の一つだった、メガネが曇りにくいという性能も上回っていると、いくつかのデータを示しながら楊雪花《ヤンチェフア》社長は胸を張る。

丸福マスクの「知財の壁」が崩れたことに関し、元特許庁審査官主席をされた帯刀《たてわき》某氏の談話では、「結果的に丸福マスクの特許網は脆弱で、不完全であったということです」、と一刀のもとに断を下す。

この記事の記者は、最後に次のように締めくくった。

日本人としては誠に残念な結果になってしまったが、雪花社のマスクの知財網は丸福をはるかに超え、完璧と呼べるものだ。そして、日本で繰り広げられる日中マスク戦争。これはマスクという限られた業界での例ではあるが、他の産業界においても同様のことが起こらないとはもはや言い切れない。日本のマスクメーカの巻き返しはなるのか、マスク業界だけでなく、多くの産業界からもその行方に注目が集まる。

実用新案や意匠・商標の無効審判は、優介の最後まであきらめない努力と、茂の効果的な反駁書の作成でなんとか完敗は免れた。しかしながら、思ってもいないこの戦いで、丸福マスクを応援する一部のファンが増えたものの、それ以上に雪花マスクの優秀性を多くの人が知ることになり、それに反して丸福マスクの商品イメージは大きくダウンしたのは明らかだった。優介も茂もこれら一連の特許係争に多くの時間を費やしたにもかかわらず、マスクの売り上げが落ちるという大きな損失が生じていた。

さらに拍車をかけるように、この新聞記事を境に週刊誌やＹｕｏ　Ｔｕｂｅへの各種の投稿が見られ、いずれの場合も中国製マスクの性能を褒める語調や印象になっている。挙句の果てには、中国は日本だけでなく、世界中でその生産能力と人材の優秀さにより席巻する日は近いとまで言い切っている。そして日本企業への危機感を煽るものまで出てきた。それを具現化したのが丸福マスクだ、ともとれる内容になっていた。

そんな記事に憤慨していた優介のもとに、『アッと驚く、こんなはなし』と題するテレビのトーク番組で、ディレクターをしているという向島《むこうじま》から電話が入った。向島の用件は、貴社のマスクの性能や苦心された特許網について話をして欲しいという申し出であった。

優介はテレビと聞いて一瞬躊躇《ためら》ったが、以前『男前マスク』と『王女のマスク』を付けたニューヨーカーの様子がＹｏｕ　Ｔｕｂｅで流れ、その動画がテレビで紹介されると、翌日から『男前マスク』と『王女のマスク』が多くの人の知ることとなり、爆発的に売れた。その時のテレビ番組が『アッと驚く、こんなはなし』で、何人ものお笑いタレントが出演する人気番組だった。

これは今の逼塞《ひっそく》した状況を抜け出すチャンスかもしれないと思い、優介は次の瞬間には出演のオーケーを出していた。

向島ディレクターは、特許を作られた弁理士先生にもご出演をいただいて、是非お話を伺いたいと付け加えた。

「と、いうことなんですよ。せんせー、テレビ出演、お願いしますよ」

優介はいつもの兆治で向かいに座る茂に頭を下げた。

「テレビですか、いやー、それは……」

茂は、頭の後ろをかきながらそう口にはしたものの、顔はすでににやけている。

「せんせー、優介さんとテレビ出演ですかー。いいなあー。あたしも出たいなあー」

香織は身をよじって悔しがった。

「そうだ」、優介は大きな声を張り上げると、

「おれ、ディレクターさんに香織さんの出演を頼んでみるよ」、真面目な顔をしてそう言った。

「ええっ、そんなのいいですよ。冗談なんだから。絶対、電話しないでくださいよ」

「でも、パテントマップを作ったのは香織さんだから、特許戦略の話をするなら香織さんでしょう」

茂はそれが当然だと口添えする。

優介もうんうんと、何度も首を縦に振った。


優介と茂と香織の三人は、六本木にあるテレビ局に初めて来ている。大きなビルを見上げると、全面ガラス張りの窓が、午後の太陽の光を眩しく跳ね返している。茂はその眩しさに目を細めた。

優介は受付の女性に要件を告げ、向島を呼び出す。ロビーのソファに落ち着きなく座っていると、向島らしき男が首から何種類ものプレートをぶら下げ、小走りでやって来た。福田様と弁理士先生で

すか。ああー、こちらが、ご連絡いただいた朝井様ですね、本日は宜しくお願いします。控室にご案内します、と告げるとせかせかとエレベータに向かった。

五階に着き、いくつかの角を右に左に曲がる。向島は慣れているのか、それとも早足なのか、三人は付いて行くのが精いっぱいで、どこをどう歩いたのかまったくわからない。

はい、ここです、と案内された部屋のドアにゲスト控室3とあり、福田様、留目弁理士様、朝井様と書かれた紙がセロテープで無造作に止められていた。

「ここでしばらくお待ちください。係りの者が来ますので」

向島はそう言い残すと再びせかせかと立ち去って行く。まるで暗闇に生息する野ネズミのようだ。

三人は口数も少なくなり、心臓がドキドキし、緊張が高まってくる。

「どんな話になるのでしょうか。今さらですけど……」

香織は勢いで一緒に出たいと言ったものの、現実に白い壁に囲まれ、テーブルだけがポツンと置かれた控室にいると、心臓の鼓動が耳の奥に響き、不安がつのってくる。

「せんせ～、話の方は宜しくお願いします。たぶん、オレ、無理だと思うから」

「優介さん。これまでやってきたことに自信を持ちましょう。わたしも頑張りますから……」

茂は二人の弱音を聞き、同じような泣き言は言えなくなった。ここは頑張らねばと、なんの根拠もなく、強がりを言った。

ドアがノックされた。はっとしたように三人はドアを振り返る。

向島が入ってきた。そして、今日の番組の進め方を説明した。最初、優介に男前マスクと王女のマスクの開発をしたときの苦労談を、茂には知財の壁について簡単な説明を、そして、香織にはパテントマップをいかにして作ったかを話して欲しいと言った。

そして、いよいよスタジオに案内されると、正面の真ん中に進行役のアナウンサーが、それを挟んで両サイドに六人ずつのお笑いタレントが、前後二列のひな壇に並んでいる。

優介たち三人の登場を示す音楽が仰々しく流れ、アナウンサーが三人を紹介すると共に、バニーガールが前に置かれた真っ白な長テーブルに案内した。テーブルの上には小さなモニターが並べられている。茂を真ん中にして優介がアナウンサー側に、香織はテレビカメラがある手前に座った。

三人が着座すると、さらに音量を上げたファンファーレとともに新たな音楽が流れる。ファンファーレが鳴り終わると、アナウンサーがかん高い声で次の登場人物を紹介した。

真っ赤なチャイナドレスを身にまとった楊雪花と、鈍く銀色に反射するスーツを着こなした霧山弓弦弁理士だった。雪花は髪をアップにまとめ、その髪に真っ赤な一つ玉珊瑚の櫛が挿され、華やかさを添えている。二人は余裕があるのか、にこやかな笑顔を振りまきながら入場し、三人の前に満面の笑みをたたえ着席した。

二人の登場を見た優介は、のけ反りそうなほど驚いた。こんな話は聞いていない。雪花が来るなんて。茂はエッと小さく声を出し、眼を見開くと目の前の霧山に釘付けになり、香織は何が何だか分からなくなり頭の中が真っ白になった。

――これってどういうこと。

この番組の狙いは、日本と中国のマスクを、日中マスク戦争と題して、いやがうえにも対決ムードを呷《あお》り、視聴率を取ることだったのだ。これが向島の意図するものだった。

優介たち三人はこの事実を聞かされておらず、気が動転し、頭の中が混乱した。

アナウンサーが優介に尋ねる。

「『男前マスク』と『王女のマスク』はどのようにして開発されたのですか。ご苦労をいろいろされたでしょうが、その一端をお聞かせくださいませんか」

優介はゴクリと生唾を飲み込み頷くと、何か月もの間、試行錯誤を繰り返し、化学繊維でできた不織布とガーゼを使うことに思い至ったことを話した。

「ありがとうございました。では、霧山先生にお伺いします。一般の視聴者の皆さまは、弁理士とはどういう職業なのか、ご存じない方も多くいらっしゃると思います。弁理士について簡単にご説明いただけるでしょうか」

霧山は、ええと頷くと、

「弁理士は、新たな発見やこれまでにない人間にとって有用で便利なものを発明した研究者や発明家に代わって、独占的に製造販売できる権利を得るために、特許庁への手続きの代理をしたり、権利の鑑定をしたり、権利を護ったりする、国家試験に合格した人たちのことを言います。ちなみにわたしは、日本では弁理士で、ニューヨークとワシントンの弁護士資格を持っています」

「アメリカでは弁護士、日本では弁理士先生でいらっしゃるのですね」

それはすごい。あの人は天才じゃないか。はたまた、俺は嫁《か》ーちゃんへの弁解士だと、笑いを取るタレントたちが騒ぎたてる。アナウンサーがそれを派手なパフォーマンスで制すると、茂に質問する。

「では、留目先生にお伺いします。丸福マスクの特許を書かれ、完璧な『特許の壁』を作られたそうですね。その秘策の一端をお聞かせください。もちろん極秘事項はお話しいただけなくても結構です」

わかりました、と茂は頷く。

「基本的に特許はその技術を護ることにあります。たった一つの特許でその技術が護れればいいのですが、現実問題として、それは非常にむつかしいのです。ですから、その技術をいろいろな角度から眺め、複数の特許により技術を護ることになります。さらに、新しい製品や商品にマークやデザイン、ブランド名をつけて商標や意匠として権利化し、これらを複合化して新たに開発した発明品を護る。これらの総合的な力を総称して、『特許の壁』とか『知財の城』などと呼んでいます」

まるで難攻不落の小田原城や大阪城とおなじですね、と歴史好きの女性タレントが口をはさむ。

茂は、まさにそうなんです、と勢いづく。

「難攻不落の小田原城や大阪城をはるか上空から二次元的に眺めたのが、朝井香織さんが作ったパテントマップと言われる特許地図なんです。これを見れば、一目で他社の発明や技術との違いを明らかにでき、どこにも攻め口のない特許の城であることがわかります」

香織はこくこくと大きく首を縦に振っている。

「なるほど。難攻不落の『特許の城』が、目に浮かぶようです。留目先生、わかりやすいご説明をありがとうございます。

では次に霧山先生にお聞きします。留目先生の言われる完璧と思われた丸福マスクの『特許の城』を崩されたとお伺いしていますが、それはどのようにしてなされたのでしょうか」

霧山はニヤリと笑うと、

「まず初めに申し上げておきたいのですが、留目先生が作られた『特許の壁』や『知財の城』は完壁ではなかった、いくつもの大きな穴が開いていたということです」

霧山の挑発とも思える発言に、お笑いタレントたちは、ぇぇーとか、オーとか、ホントかよーなどと、訳のわからない奇声を発して騒ぎだした。

アナウンサーはその騒ぎを制すると、

「霧山先生から見ると留目先生の作られた『特許の城』は欠陥があり、それを崩すのは簡単だった、そういうことでしょうか」

「そのとおりです。その理由の一つをご紹介しましょう」

霧山は茂を見下し、茂の存在そのものを無視するように続ける。

「ところで皆さん。『男前マスク』は何か変じゃないですか」、とお笑いタレントたちにいきなり投げかけた。

突然の質問に、タレントたちはどう答えていいのかわからない。とにかく相槌を打つもの、ニヤニヤ笑うもの、ある者は押し黙り、賢明なタレントは目で霧山に答えを求めた。

霧山は待ってましたとばかりに、それは簡単なことです、と間髪を入れず答えた。

「『男前』も『マスク』も何の特徴もないからです。皆さん、よく考えてみてください。そんなものに権利を与えていいのでしょうか。『玉子ご飯』も『カレーライス』も全て権利になってしまいます。要するに、『男前マスク』は『玉子ご飯』と同じです。拒否されて当然だったのです」

確かにそうだ、それはおかしいよ、と黄色い声を上げ頷くタレントたち。

スタジオの雰囲気は、霧山が明らかにリードし始めた。

もうひとつ言わせて下さい、と霧山は切り出した。

「留目先生が例に出された難攻不落の小田原城ですが、これは豊臣秀吉に、大阪城は徳川家康によって落とされました。それと同じです。わたしに落とせない『特許の城』などありません」

霧山は、そう言い終えると、大きく胸を張った。

「大変すばらしい先生だということがわかりました。次に、中国から来られた楊雪花社長にお聞きします」

雪花は身体に吸い付くような、腰まで大胆にスリットの入った、真っ赤なチャイナドレスを見事に着こなしている。テレビカメラは雪花に一歩近づくと雪花の足元からひざへ、美しい腰のラインから豊満な胸元へと、その曲線を舐めるように徐々に這い上がっていく。雪花の妖艶で魅惑的な透き通るような美しい肌。そして、顔をグッとクローズアップに捉えると、画面は静止した。

数々の美人女優をカメラでとらえることに慣れているベテランのカメラマンでさえ、雪花の顔がアップに映し出されると、思わず生唾をごくりと飲み込むほどだった。

アナウンサーは雪花に質問する。

「楊さんは、なぜマスクを日本で売ろうと思われたのですか」

雪花は、ええ、とにっこりほほ笑むと、

「日本は安全と安心が、とっても重要な国。それにユーザーはコストパフォーマンスに厳しい目を持っています。それは世界一と言っていいでしょう。この国で一番ということは世界で一番、中国でも一番になれます」

「一番になることは、そんなに重要なことでしょうか」

「当前でしょう。世界一になることで、世界を制することができるのです。たとえマスクという小さな世界でも同じです。わたしは世界一になりたいのです。そのために頑張ってきたのです」

　雪花はアナウンサーの問いにはっきりと答えると同時に、勝利への強い意志をテレビの視聴者に向かって表明した。

　アナウンサーは、雪花からあふれ出る気迫に圧倒されつつ次の質問をした。

「そっ、それでは、今回販売された『メイリィマスク』と『プリフェイスマスク』の基本技術は楊社長が考案されたとお聞きしています。その苦労談の一端をお聞きしたいのですが……」

「苦労ですか。『メイリィマスク』と『プリフェイスマスク』を作るのに何の苦労もありませんでした」

「いや、質問の仕方が悪かったのでしょうか。やはりあれだけの機能や特徴を持つマスクですから、そこに至るまでにはいろいろご苦労され、紆余曲折があったのではないかと。もちろん極秘の所はお話しいただけなくても結構ですが……」

　アナウンサーは必死の思いで雪花から何か、できれば視聴者受けするエピソードを聞き出そうとした。ところが雪花は、

「いいえ、秘密など何もございません。目の前に『男前マスク』と『王女のマスク』があった。それを超えることがわたしの使命。もし、『男前マスク』と『王女のマスク』がなければ、『メイリィマス

ク』と『プリフェイスマスク』も生まれることはなかったでしょう。ただ、それだけのことです」

「なるほど、そういうことですか。『男前マスク』と『王女のマスク』より優れた製品を作るために研究され、そして『メイリィマスク』と『プリフェイスマスク』が生まれた。それも大して難しいことではなかった、そういうことですか……」

アナウンサーは感心しつつ、額に浮かんだ汗をそっと拭った。

「それでは視聴者の皆様に、これまでの丸福マスクさんのお話と、雪花マスクのお話を聞いて、どちらのマスクを使いたいか、お手元のリモコンのdボタンを押して、丸福マスクさんを使いたい方は青ボタンを、雪花マスクの方がいいという方は赤ボタンを押してください」

スタジオのお笑いタレントたちの意見は、圧倒的に雪花の『メイリィマスク』と『プリフェイスマスク』に軍配が上がっている。ある中年のお笑いタレントは楊雪花の美しさに、それだけで勝ちだな、と受け狙いのコメントを発した。

その軽口は大きな笑いを取ったが、それだけ雪花の美しさは際立っていた。

コマーシャルの後、全国の視聴者からの得票結果が発表された。青と赤のバーで表示され、ふたつのバーはぐんぐん延びていく。そして、青色のバーは三一パーセント、赤色のバー、六九パーセント。

雪花と霧山ペアが圧倒的な勝利で終わった。

安田の復帰と正義おじさん

丸福マスク製作所総務兼財務部長の岩倉の机上の電話が、うなりを上げた。

K信用金庫M町副支店長の植田からだった。突然のことで申し訳ないが、新支店長が着任のご挨拶に、明日伺いたいとの連絡だった。植田はこの春から市場開発部長から副支店長に昇進している。

岩倉は植田からの連絡に何の疑いを抱くことなく了承し、優介に伝えた。

「新支店長ですか。名前は言ってなかったですか」

「いいえ、特には……」

岩倉は正義の後釜として、昨年の夏過ぎに雇った五十過ぎの中途採用者で、以前の会社では経理をやっていたそうだ。すでに半年が過ぎたが、なかなか優介の思惑通りにはならない。

――いったい何の用だろうか。本当に挨拶だけだろうか……。

翌日、K信用金庫と大きく横書きされた軽自動車を運転する植田と、新支店長が丸福マスクの事務所前の駐車場に、予定時刻の五分前に着いた。岩倉が駐車場で二人を迎える。

植田と新支店長の二人は岩倉の案内で応接室に通された。

「新支店長の安田です」

植田が優介に、そして後ろに控える岩倉に紹介した。

「えっ、安田さん、ですか。新支店長とはどういうことですか。本店で副頭取に昇進されたと伺っていたのですが……」

「ええ、まあ、そうですね。先月まで、副頭取を拝命いたしておりましたが、今月からM町支店長です。改めまして、よろしくお願いします」

表情を変えることなく、その理由を説明するでもなく、そう挨拶すると、肩書に以前と同じM町支店長と記された名刺を手渡した。

優介は名刺にちらりと目を落とし確認すると、安田と植田の二人にソファを勧めた。

安田は腰を下ろすと、早速ですが、と言って今日の要件を話し始める。

「先日のテレビ出演を拝見いたしました。大活躍で大いに結構、と言いたいところですが、大変でしたな」

安田は鉄面皮を崩すことなく、そう言った。

「いやー、本当に参りました。あんなことになるんだったら、出なかったのですが……」

優介はさもテレビ局に騙されたような言い訳をした。

「その前の朝一新聞の記事も読ませていただきました。再び中国品に脅《おびや》かされているそうじゃないですか。今度は模倣品じゃなくて、本物。しかも安くて性能もいいそうですね。これは事実ですか。新社長」

安田は着任の挨拶もそこそこに、答えにくい質問を浴びせてくる。

優介はいきなりの鋭い質問に、戸惑い口ごもった。

「まあ、そうですねー……」

「まあではわかりません。実際のところはどうなんですか」

「中国品ですし。それは……、一時的なことだと」

「一時的？　本当にそのようにお考えなのですか」

安田には遠慮というものがないのだろうか、容赦なく畳みかけてくる。

「それに、あちらの物は化学繊維でできています。俺、いや、わたくしどものマスクはガーゼという天然の繊維を使用しておりますので、肌に優しく、敏感肌の方にも使っていただけます。ですから、お客様は必ず弊社のマスクに戻ってきます……」

「だから、大丈夫だと」

安田にそう詰め寄られると次の言葉が出ない。

「日本人ですし、きっと……」

「一時的なことだ？　日本人だから？　それをわたしに信じろとでも……」

安田はふんと鼻を鳴らすと、あからさまに呆れてみせた。

「これじゃあ、新社長に変わっても意味がないじゃないですか。会長の時代と何も変わらない」

ふーっと、大げさに長い息をついてみせる。

「今日は他にも回るところがございます。これで失礼しますが、先ほどのわたしの質問に、後日正式にお答えいただきますので」

そう一方的にまくし立てると安田はそそくさと応接室から出て行った。

優介は、その背中を追いかけるようにして出て行こうとする植田の腕をつかんだ。

「植田さん。安田さんが戻って来るって、どういうことなんですか」

「わたしも突然のことで、訳がわからず、驚いているのです。三日前に急に連絡が入り、こちらに転勤辞令が出たということぐらいしか情報がなくて……」

その時、「植田、何してる」、と安田のかん高い声が飛んできた。

植田は、ピクリと肩を震わせると優介たちに頭を下げ、飛ぶようにして安田の後を追いかけた。

安田は軽自動車の助手席にむんずと腕を組み座っていた。

植田は慌てて運転席に戻り、シートベルトを締めると、「お待たせしました。次はどちらに伺えばいいのでしょうか」恐る恐る訊いた。

「とりあえず、クルマを出してくれ」

「はい……」

丸福マスク製作所を左に出て、広い通りに出ようとすると、

「このまま支店に戻る」

植田は、えっ、と声を詰まらせた。先ほど、他にも回るところがあると言ったばかりなのに、戻るとは一体どういうことだ。それと……、

——なぜ、安田はM町支店長に逆戻りしてきたのだ。出世コースをひた走っていたのではないのか。それとも、何かとんでもない失敗をしでかしたのだろうか。そんなことより俺の支店長の話は、一体どうなるのだ……？

あれからふた月が経ち、初冬を思わせる冷たい風が吹き始め、本格的なマスクの季節が始まろうと

していた。雪花のマスク以外にもこれまでの競合メーカは、それぞれの特徴を活かした新型マスクを続々と発表し、連日色んなメーカから新しいマスクの広告が、新聞やインターネット上のマーケットサイトを賑《にぎ》わせている。マスク業界は乱世の様相を呈し始めた。それに火を付けたのは、『男前マスク』と『王女のマスク』だったのだが。

その中でも雪花の『メイリィマスク』と『プリフェイスマスク』が、テレビに登場してからは、団子状態の競争から完全に頭一つ抜け出した状況にあった。それとは対照的に『丸福の男前マスク』と『王女のマスク』の売り上げはピークを過ぎ、不本意ながら確実にその順位を下げていた。

優介は会長にそのことを報告すると、「商売には好不調の波は必ずある。社長ならどっしりと構えてればいい」、と本気なのか、慰めてくれているのか、よくわからなかったが、そうアドバイスをしてくれた。

そして、年の瀬が迫り、木枯らしが吹き始めたが、マスクの売り上げは前年度と比較して二十パーセントのダウンで、収益状況は厳しさを増していた。

優介は岩倉総務兼財務部長を呼んで、年末のボーナスと来年の資材調達費用の融資を、K信用金庫に頼むように告げた。岩倉はM町支店に出かけたと思うと、すぐに戻ってきた。そして、工場内の開発室兼社長室のドアをノックし顔をのぞかせると、

「ああ、岩倉さん。お疲れさま。融資はどうでしたか」

それが……、と言葉を濁す。優介は首を捻《ひね》り、岩倉の言葉を待つ。

「そちらに伺うので、今後についてお話したい、と言うことでした」

「それは、支店長の安田さんが、そう言ったのですか」

「直接には植田さんからですが、安田支店長のお言葉だそうです」

上目遣いに言い終えると、下を向いた。

――安田支店長がわざわざこちらにやって来る。何故だろうか。親父と正義おじさんはいつもK信用金庫に出かけていたと思ったが……。

そして、翌日の午後、安田は植田が運転するいつもの軽自動車でやってきた。事務所の二階の会議室に入ると、安田と植田が窓側に座り、テーブルを挟み優介と岩倉の二人が並んで対峙した。

安田は優介をギュッと睨みつけ、一方の優介はその視線を避けるように俯いている。そして、岩倉が、

「本日は、こちらがお伺いしなければならないところ、わざわざお越しいただきありがとうございます。それで、ご用件は……」

「それはもちろん、そちらからご依頼のあった融資の件と、先日のわたしの質問にお答えいただくためです」

安田は静かな声音で悠然と語った。

「それでご融資の件は、どうなんでしょうか」

岩倉は恐る恐る尋ねた。

「その前にマスクの売り上げの実績と、今後の販売想定はどうなっていますか」

優介は二人の会話を傍観するように聞いていた。

「社長！　どうなんですか」

安田の大きな声に、優介は弾かれるようにして立ち上がり、

「はっ、はい。いまのところ前年度をやや下回っていますが、これから冬本番ですから、マスクは順調に売れると思います。営業部も頑張ってくれていますので……」

「おや、そのご返事、確か、いつぞやもお聞きしましたなぁ」

安田は、新造が社長をしていた時、同じ台詞を同じこの部屋で新造から聞いており、その時のことを思い出したのだ。そして、ニヤリと笑うと、

「すでにお気づきのことと存じますが、そのご回答では、ご融資は致しかねます。新社長、その意味はすでにおわかりですよね」

確かにそうだった。安田は確実に儲かる証拠をいつも求めていた。親父はとかく精神論で、頑張っていればそのうち何とかなる。それまでは我慢だ、が口癖だった。それを自分が変えたのだ。その一つがリレーションシップ経営。それを強力に支えるのが実用新案や意匠、商標を駆使した知財コンプレックスだったはず。

優介は『男前マスク』と『王女のマスク』が順調に売れていたこともあり、漫然と時間を過ごしていた。その成功譚に浸りきっていたのだった。その間に、競合メーカは丸福に負けまいと新商品を創り、売り出している。中国人の雪花ですら、『男前マスク』や『王女のマスク』の性能を超えたマスクを創り出し、業界トップの座に居座る勢いにある。

このままではいけない。優介は目が覚める思いがした。

安田は優介が口を真一文字に結び、目の色が変わるのを見届けると、席を立ちあがった。そして、

そのまま部屋から出て行こうとする。

「まっ、待ってください。融資の件は……」

岩倉は立ち上がり、血の気の引いた顔で尋ねた。

「いえ、これをお伝えすればわたしの今日の用件は終わりです」

後はそちらの問題と、安田は会議室から出て行く。植田は安田の後ろを追いかけ、ドアの前に立ち止まると振り向き、深く頭を下げるのだった。

二人を茫然と見送った優介は、

――支店長を納得させるだけの材料がいる。『男前マスク』や『王女のマスク』の成功はもう過去のものだ。雪花の『メイリィマスク』と『プリフェイスマスク』を凌ぐ、新たに優れたマスクの開発を急がねばならない。もう立ち止まっている暇などない。

優介はブルリと身震いする思いだった。

――しかし、それはどうすれば、いいのだ……。

三年前の途方に暮れた日の、振出しに戻ってしまった。


安田は、狭苦しい軽自動車の助手席に座ると、腕を組み、眉間に皺をよせ前方を睨んでいる。

植田はハンドルを握り発進させると、時折横に目をやりながら、おどおどと尋ねた。

「融資の件は、お断りすることになるのでしょうか。本当にそれでよいのでしょうか」

「うむ。君からそのような質問を受けるとは思わなかったがね」

植田はごくりと生唾を飲み込んだ。

「はあ。弊庫はこの町の中小企業様にお世話になり、育てていただいておりますので、そのお返しにというと変ですが、できる限りのご融資を、と考えておりますが……」

「そうか。これまでは君の思うようになっていたのだから、良かったのじゃないのか」

「はい。それはそうなのですが……」

「それだけでは、不満なのか」

「いえ、そういう訳では……」

「では聞くが、植田。君だろう。リレーションシップ経営を優介君に教えたのは」

「えっ、えー、それは……、その。ご、ご存じだったのですか」

「当たり前だ。あの資料を作ったのは俺だからな」

安田は前を向いたまま、あっさりと暴露した。

「そうだったんですか。まったく存じませんでした。あの資料を見た瞬間、体中に鳥肌が立ちました。あの時の感動は今でも忘れません。あれこそが、弊庫のような中小の信用金庫が生き残るための、戦略だと思いました。地域産業と一体化し、ともに発展していければ、理想的です」

「そう思うか」

「はい。わたしはそう信じております」

植田は横目に安田を捉えると、はっきり、そう答えた。

安田は目を細めると、あれはもう四年も前になるのだろうか、頭取を含めた全役員を集めた会議の光景を思い出していた。

　東京千代田区にある本店の最上階、といっても築四十年は経つ煤けたビルの七階にある役員専用の会議室。あの時の俺は本店の市場調査部の部長で、次期副頭取の席は約束されていた。

　その会議で俺は、「K信用金庫の将来とリレーションシップ経営」と題する提案書について説明した。これからの時代は、大手の都市銀行といえども、担保の確保をしてお金を貸すだけの経営では、その将来は危うい。弊庫のような中小の信用金庫ではなおさらだ。長期にわたり安定的な経営基盤を構築するためには、地域の中小企業と密着した、優れた、洗練された投資経営が必須だ。そのためには確かな絆と情報でつながったリレーションシップ経営が欠かせない、と訴えた。

　だが、かえってきた言葉は意外なものだった。

「安田君のご高説は立派だが、そんな優秀な中小企業がどこにあるというのだ。日本中探してもどこにもない。あれば君に言われなくてもそうしている。ないから、担保を確実に判定してだな、危険なところからは早く資金を……、そういうことだ。君のように、青二才が口走るような甘いことを言っているようでは、これからのこの業界ではやっていけない。頭を冷やし、出直すことだな」

　と、当時の頭取から罵声を浴びせられた。

　その後、どういう経緯があったか詳細はわからないが、わたしをこれまで引っ張ってくれていた根岸会長に有楽町の小ぢんまりとした料理屋に呼ばれた。

　根岸会長はわたしの盃に酒を注ぎながら、

「この店は昔からの俺の隠れ家でな、もう少しましな店に呼んでやりたかったんだが、申し訳ない。

今日は僕のポケットマネーだから遠慮なくやってくれ」

にこにこしながらそう言った。

わたしは、緊張しながらも恭《うやうや》しく杯を受けた。

たわいのない世間話に花が咲き、話題も尽きたころ、会長が、安田君、と改まった声を出した。

「君の言っていることは正しい。まさに正論だ。しかし、現実をもっとよく見たまえ。弊庫と取引のあるほとんどの中小企業は、技術を持っているが、それが生かされず、汲々《きゅうきゅう》としている。それを何とかするんだな。君ならできるだろう」

そう諭《さと》され、M町支店長として異動となった。

植田は、憮然とした表情のまま座っている安田の様子を横目でうかがっていたのだが、耐えきれなくなり、支店長と声をかけた。

「リレーションシップ経営のこと。お許しもなく、かってに使い、申し訳ございません。でも、丸福マスクを助けるためにはあれしかなかったのです」

安田は植田の話を黙って聞いている。植田は前方を見つめ、ハンドルを固く握ったまま続けた。

「わたしはM町で生まれ、育ちました。そして、この町の中小企業が一つ、また一つと消えてなくなるのを毎年のように見てきました。この人たちを救わねばならない立場のわたしたちが、何もできずに手をこまねいている。言い方を変えれば、何の手助けもせず、ただ冷ややかにじっと見ているだけ、下手をすれば地元企業さまをいじめるようなことまでしている。これは本末転倒だと、長い間、臍《ほぞ》を噛む思いをしておりました。そんなときに、わたしの机の上に茶封筒の郵便物が置かれていました。

中から『K信用金庫の将来とリレーションシップ経営』が出てきたのです。裏をひっくり返し見たのですが、差出人は不明でした。ひょっとしてこれは、安田新支店長からかと思ったのですが、そうではないようでした。わからないままそれを預かることにしました」

そこまで話すと、植田は言葉を切った。

「あの資料を君の所に送ったのは、根岸会長だ。丸福マスクの経営が危機に瀕していた時、あの会議で今の新社長が、リレーションシップ経営を言い出した時は正直、驚いた。これに気付く経営者がいるとはね」

苦虫をかみ潰したような顔をしていた安田だったが、こらえきれなくなったのか不意にくっくっく、と笑いを漏らした。

「ひょっとしてこれは会長の仕業かと思い、本店に出向いた折に訊いてみた。そしたら、『どうだ、役に立っただろう』、とおっしゃられて。その後、ありがとうございましたと、頭を下げて帰ってきたよ」

安田は全てを話し終えると、再び眉間に皺をよせ厳しい顔に戻った。

「そうだったのですか。では、今回の赴任も特別の指令を受けて、こちらに……」

「もちろん、弊庫の将来を思ってのことだ」

安田はそう言うと、これまで考えてきた秘策を話し聞かせた。

丸福マスク製作所は新社長に代わり、順調に発展していくと安心していたのに、今はこのありさまだ。一時の成功におぼれ、努力を怠るとすぐさま危機に陥る。

いつでも融資が受けられるという甘い考えではこの先、将来はない。丸福が潰れると、この町の他の中小企業も引きずられるようにして危機に瀕する。そうなると弊庫だって、それに足をすくわれかねない。将来が危うくなるということだ。これを阻止するために、わたしは戻ってきた。弊庫にとっての『リレーションシップ経営』を実践し、構築するために。

そう言い終えると安田は、腕を組んだまま、静かに目を閉じた。

新しいマスクを作らなければならない。新しいマスクがなければ丸福の将来はない。

それはわかっている。画期的と思われていた『男前マスク』と『王女のマスク』だったが、他社からの新製品の攻勢に耐えられないでいる。商売がうまくいき、安穏としていたこの二年間を、悔やんでも悔やみきれない。『男前マスク』と『王女のマスク』に続いて、次世代のマスクを開発していれば、こんなことにならなかったのかもしれないと思う。

優介は、新マスク、次世代のマスクと呪文のように唱えるが、どうすればいいのか、何のイメージも浮かんでこない。

――お前はどんなマスクを作りたいのだ？

自問し、耳を澄ませるが何も聞こえてこない。

社長、これに印鑑をください。社長、これを読んでおいてください。社長、これから営業会議です。これから従業員の査定をしてください。年末のボーナスを決めてください。社長……、社長……、いつも誰かが俺を呼んでいる。

――あぁー、こんな状態でどうして新しいマスクが考えられるのだ。これ以上、俺にどうしろというのだ……。正義おじさんなら……。

あっ、と声が出た。

「おじさん。そうだ。おじさんだ」

優介はスマホを取り出すと、電話の画面を人差し指でタッチした。


ガラガラと横引きのガラス戸が開く。

「こんにちは」

「ああ、いらっしゃい。二階、まだ誰も来てませんよ」

香織は二階へ目をやりながら答える。

「いえ、……。せんせーに……」

時々、二階のわいわいがやがや会議に参加している物静かな変わったおじさんだ。カーキ色の上下の作業服を着ている。

「せんせー」

香織は山積みになっている机に向かって声を掛けた。

「はい、なんでしょうか」

茂は資料の山の頂から顔を上げる。右後ろの髪がピンと立ち、目だけが覗いている。

「あのー、特許、出したい」

森村は、一声だすたびに顔を伏せる。

「はい。それでどういった特許でしょうか」

「それがー、そのー……。わからない」

「わからない。それでは特許になりませんよねえ、ねえー、せんせー」

香織は冗談半分に明るく言う。

発明者であっても自分の技術をうまく説明できない、伝えることのできない口下手《くちべた》な人はたくさんいる。茂は経験上それを知っている。たぶんこの人もそういう人なのだろう。

「その発明はモノ、でしょうか。モノだとするとそれって、どういうモノなんでしょうか、イメージだけでも教えていただけませんか。何かお手伝いできると思うのですが」

茂は当てがあってそう言ったわけではないが、この人はいつも深い思索の海に沈んでいるのだろうと感じた。

「そうですよ。今は霞のようなモノかもしれないけど、せんせーにお話しすればきっと姿形《すがたかたち》がはっきりしますよ」

男は黙って頷くと、緩慢に口を開いた。

「うー……。それで……、こうなんですー。こうなると……。だから……」

「ちょっ、ちょっと待ってください。なに言ってるんですか」

香織は、さっぱりわからないと男の話を制止した。

そして、茂は目の前にぬぼっと立っている男を落ちつかせるために、

「お話の前に、お名前を教えていただけますか」、と尋ねた。

「ああ。ぼく、モリムラ。森村誠《まこと》。商店街、写真屋、やってる」

目線を合わせることなくそう言うと、俯き加減に苦笑いを浮かべた。

「写真屋、いや、……。とっくに、潰れて……。写真の現像」

「写真屋さんが潰れて、写真の現像ですか？」

森村はコックリと頷く。

茂は商店街の写真屋をイメージしたが、全然記憶にない。そんな店があったのだろうか。

「そういえば、子供の頃に、商店街を入ったところに写真館があったような……」

香織は思い出したように言う。

——とっくの昔に潰れたものと思っていた。

「それで、森村さん。発明したモノは何ですか」

茂は本題に入る。

「発明……、したけど、……わからない」

「発明したけどわからない。それが発明になるのかどうかって、わかりにくいですよね。森村さんが考えておられる発明は品物ですか、それとも何かを作る技術でしょうか。それをお聞かせください」

「品物じゃない。……品物だけど……」

そこまで言うと森村は口ごもってしまった。

これは頓知《とんち》か、なぞなぞ。それとも禅問答のような、これじゃあ埒《らち》が明かない。

これまでにも自分たちの技術をうまく説明できない技術屋さんが、この下町には何人もいた。それでも茂は少しずつ技術の謎解きを楽しむように、こんがらがった紐を解いてきた。

しかし、さすがの茂もこの説明だけでは糸口さえもつかめない。さっぱり理解できないのだ。森村という人は、いったいどういう人で何を発明したというのだろうか。皆目わからなかった。

「う～ん、わからー……ない」

森村は、はーっと息を吐くと、見る影もなく小さく丸まった。

森村のあまりのしょげ返りように茂は、

「森村さん。明日、もう一度お越しください。それまでに説明できるように考えをまとめておいてください。簡単な図でも結構ですから、できるだけわかりやすくお話してください」

「……そう、ですか。……、明日、来れば……」

森村はしぶしぶ立ち上がると、そのまま二階へ上がっていった。

「まったく、あの人は。せんせー、あの人、そのうちここに居候する気じゃないでしょうね」

「まさか、そんなことには……」

そう茂は言ったが、あの感じだとそうなることもあるかなと想像すると、なんだかおかしくなり笑えてきた。

「おじさん。正義おじさんだよね。俺、優介」

――優介坊ちゃん。珍しいですね、電話をいただけるなんて驚きました。会長の具合いはいかがですか。元気にしてますか。

「親父は順調に回復しています。病室で暇を持て余しているようだけど」

――そうですか……。それで、今度は何がお困りですか。

「あれ、よくわかりましたね」

――そんなに勢い込んで、切羽詰まってるって声ですよ。

電話の向こうでハハハと笑う声が聞こえる。

「おじさんにはかなわないな。そのおじさんにお願いがあるんだ」

楊雪花が再び現れたこと、『男前マスク』と『王女のマスク』の売り上げが落ちたこと、知財コンプレックスが崩れ始めたこと。それと、K信用金庫のM町支店の支店長に安田が突然、戻って来たこと。そして、例のごとく融資の件でもめそうなことなどをざっくりと話した。

話しながら、正義おじさんに相談しなければならないことが、こんなにたくさんあることに驚いた。

――そうですか。大体のことはわかりましたが、それで、わたしに何を……。

「今の総務兼財務部長は岩倉さんなんだけど、岩倉さんだと安田支店長から融資を取り付けるのは難しいと思うんです。俺だってムリだから。しばらくでいいんだけど、戻ってきて手伝ってもらえないでしょうか。お願いします」

優介はスマホに向かって大きくお辞儀をした。しばらくして、頭を上げると、

「それと親父のことなんだけど、俺が仕事取っちゃったみたいで、気が抜けたんじゃないかな。おじさん、幼馴染なんでしょ。親父と遊んでやってよ」

親父と遊んでなんて、訳がわからないことを口走った。正義おじさんは垂水で娘さん夫婦と、孫の面倒を見ながら悠々自適の暮らしをしている。そんなことは百も承知だ。でも言わずにはいられないほど切羽詰まっていた。

電話口から、正義の呼吸する音だけがかすかに聞こえてくる。

――……。そうですか。ですが、もう少し考えさせてください。

優介はM町中央病院へ、新造の見舞いと近況報告をするために出かけた。

「おやじ、どうよ」

「俺のことよりお前こそどうなんだ。テレビ、見たぞ。すっかりやられちまったな」

「ああ、あれ見たのかよ」

「お母さんに聞いてな。もう少しなんとかならなかったのか。あの弁理士と中国女にいい思いをさせただけじゃないのか」

母親の夕子は、一日の多くの時間を新造のベッドの傍にいて、何かに付けて面倒を見ている。というか、新造はやることがなく、暇をもてあまし、早く退院させろと駄々をこねていた。それを夕子が何とかなだめて、ベッドに寝かせつけているというのが本当のところだ。

「テレビ局のディレクターからは、雪花や霧山が出てくるなんて聞いてなかったんだ。あんなことになるんだったら出るわけないんだけど、今となっては後悔してるよ」

優介は唇を真一文字に結ぶと、悔しさをかみ殺した。

「チャラチャラして、テレビなんかに出るからだ。しかし、まあ、済んだことをいつまで悔やんでも仕方がない。それでこれからどうするつもりなんだ」

夕子もそこが知りたいのだろう。ベッドの傍で、心配そうに優介を見ている。

優介は、即答できる言葉が見つからない。しばらく考え込んでいると、夕子が、

「新一郎ならどう言うかね。あの子ならきっと何かいい考えを教えてくれるよ。なんだったらあたしから訊いてあげようか」

「その時が来たらお願いするから。でも、今は俺が社長なんだからさ」

「そうは言ってもねぇ、長男なんだし、あんたのお兄ちゃんじゃないの。兄弟仲良く一緒に協力してさぁ……」

その時だった。

「お前は黙ってろ」

場違いな大きな声が病室に響いた。珍しく新造がその話に割って入った。

「なによ、あなたまで……」

そう言うと、夕子は丸椅子を蹴倒して病室から出て行った。

「親父、お袋を怒らしちまったぜ」

「お前はそんなこと心配しなくてもいい。それよりこれからの丸福をどうする気だ。まさかお前……」

「そんなことは絶対しないし、させないから」

「そうか……」

「それより、親父に頼みがあるんだ」

「頼み？　なんだ」

「正義おじさんに、もう一度丸福を助けてもらおうと思って、昨日電話したんだけど、いい返事をもらえなかった。親父からも頼んでくれないかなあ」

「マサさんにか。マサさんに何を頼む気だ」

安田がM町支店長に復帰し、融資を拒みそうなこと、俺や岩倉さんだとその対応が難しいことを話した。

「マサさんに頼むのは簡単だが、マサさん、受けてくれるかなあ。美子ちゃんや孫と一緒に住むのを楽しみにしていたからなぁ」

新造は、孫と遊ぶ嬉しそうにしている正義の顔を思い浮かべた。

新造自身も優介に社長を譲ったからといって、安穏としようとは思っていなかった。ところが、優介が開発した『男前マスク』と『王女のマスク』は売れに売れ、丸福マスクは一時かもしれないが、M町中小企業団地の優等生と言われるようになっていた。

新造は仲間内から、いい跡取りができてよかったな、と羨ましがられたが、そうするうちに自ずと自分の意見が言える雰囲気でなくなり、会社の中での立ち位置が難しくなり、寂しく感じていた。

だから、新造は役員会議でも口を開くことが少なくなり、最近ではうむ、と頷くだけになっていた。

——マサさんがいてくれたら少しは違うのだろうか。それはそうとして、安田が復帰してきた。岩倉はまじめで人はいいのだが、気が小さい上に実務経験が乏《とぼ》しい。あの男に安田を口説き、うまくやっていくのは難しいだろう。やっぱりマサさんに連絡してみるか……。

優介は仕事があるからと帰って行き、夕子は出て行ったまま帰ってこない。そのまま家に戻ったのだろう。新造は袖机の引き出しから、めったに使うことのなくなったガラケーを取り出すと、そっと病室を抜け出し、八階にある食堂兼談話室に入った。そして、西の空が望めるテーブルにゆっくりと腰を下ろした。

太陽はすでに沈み、西の地平線にわずかにオレンジ色を残すほどになり、天頂は深い藍色に染まり始めている。新造はガラケーを開くと、正義に電話した。

「マサさん。折り入って頼みがあるんだ……」

それから三日《みっか》が過ぎ、正義から優介のもとに、社長のお気持ちに変わりがなければ来週から出社したい、との連絡が入った。

「おじさん、ありがとうございます。よろしくお願いします」

優介は垂水にいる正義に、電話越しに深々と頭を下げた。

正義おじさんが丸福マスクに復帰したことで、安田との財務の交渉は任せられる。おじさんなら何とか時間稼ぎをやってくれるだろう。それ以上に、丸福マスクの要石《かなめいし》が、どっしりとあるべきところに収まった、そういう感じだ。優介はその間に新しいマスクを考案し、安田を納得させなければならない。

——それが俺の仕事。

優介はそのことを肝に据えた。

正義おじさんが月曜日の朝一番に出社し、応接室で優介と話し合っていると、「よう」、と言いながら新造が入ってきた。

「か、会長、びょ、病院は?」

優介は驚きとともに素っ頓狂な声を出した。

「もう大丈夫だ。なあ、マサさん」

「はい。そうだとよろしいのですが、わたしは医者じゃありませんので……」

「おい、マサさん、それはないだろう」

二人は、顔を見合わせると、わっははと声を合わせ、さも嬉しそうに笑った。

「マサさん。良く戻って来てくれたな。これからも丸福マスクをよろしく頼む」

新造は正義に向かって頭を下げた。

「よしてくださいよ、会長」

「会長こそよしてくれ。年寄り臭くていけねぇ。俺たち二人は、新さんとマサさんでいこうや」

「そうですか。では、新さん、よろしくお願いします」

「マサさん。こちらこそよろしく頼む」

新造は小さく頭を下げると、竹馬の友はがっちりと握手を交わした。

この二人の空気に優介だけが完全に取り残され、応接室から静かに退去した。

背後から二人の楽しそうな笑い声が聞こえてくる。会長に、いや親父にいま必要なのは気の許せる友人、正義おじさんなのだ。病院の点滴や薬だけでは決してない。

正義おじさんに電話して本当に良かったと思う。そして、すっきりとした気持ちで、新マスクの開発に向かって新たな一歩を踏み出すことができる。

そのはずだったが……。


薄暗い社長室兼開発室に一人戻り、机を前にして座る。新しいマスクを開発しなければ……、丸福の未来はない。ほんの数年前にも同じようなことを考えていた。多少状況が違うとはいえ、新しいマスクを開発しなければならないことに変わりがない。

『男前マスク』と『王女のマスク』はこれまでにない斬新なマスクで、これ以上のものはないと思っていた。ところが、雪花が考案したという『メイリィマスク』や『プリフェイスマスク』、それに小顔になることを強調した文字通りの『小顔マスク』、お肌の美容効果が期待できることを売りにする『美顔マスク』など、各社が創意工夫を凝らした最新のマスクを、競うように製造販売を始めている。

果たしてこれらのマスクを超えるものができるのだろうか。課題を解決するハードルは、『男前マスク』と『王女のマスク』を考案したときよりも、はるかに高いものになっている。その先鞭をつけたのが俺たちだったというのも、今になっては皮肉としか言いようがない。

優介は頭を抱えた。そして、頭を掻きむしる。ばたりと机に倒れ込み考える。大きく息を吸って、はーっと吐く。がばっと立ち上がる、発作的に。そして、壁を睨む。部屋の中をぐるぐると何周も巡る。立ち止まり、天井を睨む。再び、はーっと息を吐き、頭を叩く。今度は頭を左右に振る。でも、何も浮かんで来ない。いつもならすぐに留目せんせーと香織さんに相談に乗ってもらうのだが、テレビ出演以来なんとなくバツが悪く、すっかりご無沙汰している。

しかし、そんなことを言ってる場合じゃない。俺一人で何とかなる問題ではないのはわかっている。

優介は、フットワークの良さが自分のいいところ。そう気持ちを切り替えると、留目特許事務所を目指した。

「せんせー、香織さん。助けてくださーい」

「優介さん。お久しぶりです」

「せんせーは？」

人差し指で隣の居間を指さす。

「せんせー、優介さんですよ。起きてくださ〜い」

香織が隣りの居間に向って声を掛けると、ぼさぼさ頭の茂が柱の陰から顔をのぞかせる。

「優介さん。マスクの件ですよね」

茂はのそのそと起きだすと、事務所の自分の机にのっそりと腰をかけた。

「ええ。どうしようかと思って考えてたんですが、さっぱり思いつかなくて」

「実は、わたしもテレビ出演以来何とかしなければと、悩んでいたのですが、これといったアイデアがなくて……」

「え〜、せんせーもそうだったんですか。あたしもスーパーやドラッグストアで新しいマスクを見つけると、こっそり買っていたんです」

香織は引き出しを開け、ほらね、と笑った。

「本当だ。こりゃあ、俺よりすごいや」

香織が次々に新発売されたマスクを机の上に並べるのを見て、優介と茂は目を丸くした。

「二人ともそんなに感心している場合じゃないですよ。このマスクを超えなきゃならないんですよ」

「わかってますよ。だから、それを相談しに来たんじゃないですか」

なんとかしなければならない、それをどうするか、どんなマスクをどうやって作るのか。巡り巡って、結局、振出しに戻る。三人とも同じように堂々巡りをしていた。

『男前マスク』と『王女のマスク』を作ってきた仲間だからこそ、それを超えるマスクを作ることの困難さがわかるのだ。茂が二人に声を掛けた。

「最初の最初に戻って、新しいマスクのコンセプト作りから始めたらどうでしょうか」

「新しいコンセプト?」

香織は茂のセリフを繰り返した。

そう、と頷くと、「『男前マスク』と『王女のマスク』は、個人個人の顔にフィットさせることが第一の目的でしたよね。それに、メガネが曇らないという機能を加味したマスクでした。第三に、肌に優しいでした。これが『男前マスク』と『王女のマスク』のコンセプトでした」。

優介と香織の二人は大きく首を縦に振る。

香織が、「じゃあ、雪花のマスクは何なの」、と問う。

優介は、う〜んと一声唸ると、

「雪花のマスクは、基本的に俺たちのマスクの模倣品から出発したモノ。だからコンセプトは、都合よく真似る。特許を潰し、それを無視する。これが奴らのコンセプトだ」、吐き捨てるように言った。

「確かに、優介さんが言うとおりよ」

香織もその意見に賛成する。

「しかしですよ、『メイリィマスク』と『プリフェイスマスク』の特徴を見てみると、それぞれ大中小と三種類に分けられる程度で、個人個人の顔に完全にフィットしているかというと、決してそうではない。多少の不満はあるかもしれないけれど、安いということもあり、多くの人に受け入れられている。それに、『メイリィマスク』と『プリフェイスマスク』というネーミングも斬新で、インパクトがあります」

茂は香織と優介に顔を向けると、二人は渋々といったふうに頷いた。

「次にメガネが曇り難いという機能ですが、残念だけど『男前マスク』より優れている。しかし、すべての素材が化学繊維でできているから、肌が弱くアトピーがある人や、敏感肌の人には使いづらい。だから使う人のターゲットを絞っているともいえる」

「確かにそうね」

香織は茂の考えと説明に納得した。

「せんせーの言うことはわかるけど、じゃあ、雪花のマスクを超えるためにはどうすれば良いのですか」

優介は突き付けられた厳しい現実に困惑の表情を浮かべた。

――雪花のマスクに勝てるのか……。

「それをこれから考えましょう」

「これからって、早くしないと冬が終わり、春の花粉シーズンに間に合わない。そうなると……」

優介はあとの言葉を濁した。

その行く着く先は、いわずと知れた、〝丸福が窮地に陥る〟だ。それに、万が一にも丸福が潰れたとなると、M町の中小企業のみんなから得た留目特許事務所の信用と信頼を無くし、この町ではやっていけなくなるかもしれない。

茂にしても優介にしても、もちろん香織にしても正念場に来ていることは、ひしひしと感じていた。

森村誠は居酒屋『兆治』の格子戸に近い、いつもの奥のカウンター席に座っていた。どこを見るともなしに壁をうつろな目で見やり、ちびちびやっている。壁には特に目新しいものが貼ってあるわけではない。今日のおすすめのお品書きがある程度だ。今日のおすすめは、イワシの南蛮漬けとじゃがバター。それに縞ホッケが入荷しました、と書かれた真新しい白い縦長の短冊がピンでとめられている。森村はそれらをただぼんやりと眺めていた。他の常連客と話をすることもない。目の前で親父さんが鶏肉を焼いているのだが、無口な二人がさして話を交わすこともない。

ここにいなければ近頃は、留目事務所の二階にいる。缶ビール二缶と百円の当り目をコンビニ袋に入れ、とぼとぼと二階に上がるのだが、ここでもほとんど会話に参加することはなく、仲間の話を聞いているのかいないのか、缶ビールを片手に部屋の隅にぽつねんと座っている。

常連の優介に聞いても、ほとんど話をしたことがないという。たまに会釈をする程度だそうだ。

森村とはそういう陰気な、何を考えているのかわからない中年男だった。

兆治の格子戸がカラカラとゆっくり開いた。

「おばさん、うちの父さんいる」

森村の一人娘の咲《さき》が顔をのぞかせた。

ショートボブヘアの咲は、紺のデニムパンツに白のタートルネックのセーターを着ており、見るからに活発そうな女性だ。

女将さんはにこにこしながら、いつものカウンターの隅を目で合図を送った。

「また、こんなに飲んじゃって。さあ、帰るよ」

咲が声をかけると、ふらりと立ち上がり、出てゆこうとする。

「おじさん、ありがとう。おばさん、うちの父さん、迷惑かけてない」

「それは大丈夫なんだけどね。ずっとあれだろ。他のお客さんが気味悪がっちゃうのよね。本人のためにも、もう少し食べるか、しゃべるかしたほうがいいと思うんだけど。家ではどうなんだい」

「家でもほとんどしゃべりません。あたしが何か聞いても、あーとか、おーとか、気のない返事で、何を考えているのか。世の中、あーとおーのふた言で済んでしまう。だから本当に心配なんです」

「これじゃあ、咲ちゃん、お嫁にいけないね」

女将さんは心配げに声をかけると、

「なに言って、やがる。俺の事、ほっといて、嫁……行っちまえ……」

「いやだー、この人。まともなことしゃべったわよ。でも、ちょっと、安心したわ」

女将さんはワハハと豪快に笑った。

「バカにするな。俺だって……うぃー」

「わかったから。父さん、帰ろ」

「あー、かえる」

「おじさん、おばさん。ありがとう」

咲は父親を庇いつつ帰って行った。

「咲ちゃんも大変だね。昔のマコちゃんは、あーいう風ではなかったんだけどねー。いつからあんなになっちゃったのか……」

女将さんは昔を思い出したのか、しみじみ言うと、ふーっと溜息をついた。

森村誠の父親は戦後すぐに、米軍払い下げのカメラ、キネ・エクサクタ一台を元手に、駅前の露店でM町写真館を開設し、営業を始めた。開設当初は写真なんて贅沢だと、なかなか客は来なかったらしいが、日本が復興するにつれ、見合い写真を撮ってくれ、履歴書の写真が欲しいと次々に注文が舞い込み、そうするうちに家族連れで写真館にやって来るようになった。そして、高度成長の波に乗り、人びとが余暇を楽しむようになると、それを写真やアルバムに残そうと、カメラブームが巻き起こる。それにつれ写真愛好家が爆発的に増えた。

このようにM町写真館は日本の、M町の発展とともに収益は好調に推移し、まさに絶頂期にあった。子供の頃の誠は、ベレー帽に蝶ネクタイ、子供ながらに最新のスーツを着て、写真館のモデルとして写真に納まり、店の入り口に展示されるほど凛々しい利発な子供であった。

ところが、昭和五十年にデジタルカメラが発売されると、まさかまさかのあっという間にフィルムカメラが駆逐され、カメラ自体も量販店で購入するようになり、町の商店でカメラを買う人はいなくなった。そうすると、日本中の写真館は苦境の淵に追いやられていった。

父親の経営するM町写真館も世の中の流れに呼応するように、瞬く間に疲弊していった。それだけなら、まだ何とかなったのかもしれないが、誠の母が急死するという思いもよらないアクシデントが起きる。心臓発作だった。医者からは元もと心臓が弱かった上に、先ごろの心労が重なったからだろうと言われた。父親はそれを苦にしたわけではないのだろうが、寂しい一人暮らしと重なり、翌年に母を追うようにして交通事故死した。多くはなかったが借金と店だけが残された。

当時の誠は量販店でカメラやビデオ、パソコンなどのコーナーの販売員をしていた。店では従来のアナログ一眼レフカメラから最新式のデジタルカメラまで任され、ビデオやパソコン、それに最新のスマートフォンまで精通した販売員として重宝されていた。贅沢はできなかったが、生活はそれなりに安定していた。だから、誠も妻の玲子《れいこ》も今の生活に不満はなく、満足していた。

それが、母が亡くなり事態は急変する。母に続いて父が事故死すると、誠は急に店を継ぐと言い出した。この時、玲子は猛反対した。写真館なんてこのご時世、やっていけるわけがない。そんなの誰が考えてもわかりきっている。これからの自分たちの生活や、子供の学費や塾代などを考えれば、玲子が反対するのは当然のことで、毎日のように言い争いが続いた。

だが、誠の意志は固く、どうにか玲子を説き伏せ、一人娘の咲を連れ、M町のこの写真館に戻って来たのだった。生活費はというと、ただ一台残されたデジタル写真用の古い型のプリンターだけで、これを修理しながら何とか動かし、たまに訪れる客のデジカメやスマホの写真をプリントするという商売だけに頼ることになった。案の定、店を継いだものの商売とは程遠く、暮らしは日に日に厳しくなっていった。

将来の生活が見通せない分、玲子のイライラは日々募《つの》り、そうなると毎日が喧嘩。朝昼晩と言い争い、家の中は真っ暗になっていった。そして、とうとう大喧嘩をしたのち、玲子は誠には何も告げず、家を出て行った。それからの森村家は高校生になっていた咲が、なんとか切り盛りしてきたというのが実情だった。咲は高校を出ると奨学金を得て短大に進み、卒業すると都内の小さな商社に勤め、OLとして働き、家計を助けている。

誠は咲が働き始めると細々と続けていた商売すらいい加減になり、唯一の稼ぎ時になる夕刻になると、早々に兆治に足を向けるようになっていた。客の少ない昼間は店には出ているのだが、薄暗い店内の机に座り、なにをしているのかわからない。ただ、パソコンと電子部品のようなものを日長いじくっているだけだ。

咲は子供の頃、父親が大好きだった。母と三人で動物園や遊園地に出かけると、いつも自慢のカメラで写真をいっぱい撮ってくれた。カメラを構える父は恰好良かった。いまは厄介な父だが、いつかきっと立ち直ってくれると信じている。お父さんには内緒だからと、お母さんが一緒に出て行こうと言った時、咲は家に残る決断をした。やはり、お父さんを一人にすることはできなかったからだ。

発明をするんだ。これで森村家を復活させる。出て行った玲子を見返してやるんだ。これが父親の口癖になっていた。たまに、咲が会社から早く帰ってくると、待ちかねていたように満面笑みの父が、これは画期的な発明だ、とパソコンのモニター画面を見せてくれる。だが、ほとんど何も動かず、訳のわからないガラクタのように思えた。そのうち、誠は娘にも研究の成果を理解してもらえず、言葉数も少なくなり、自分の殻に閉じこもるようになっていた。

相談相手や仲間が欲しいと思っていた時に、留目特許事務所で開発者や発明家が集まっているという噂を小耳に挟み、それ以来留目特許事務所の二階に通うようになった。ところが妻が去り、店先でもまともに客としゃべることがなかったせいなのか、すっかり口下手になり、咲以外とは意思疎通ができなくなっていた。

留目事務所の二階に来ているものの知った顔は一人もいず、自分より若い人たちがみな楽しそうにわいわいがやがや話しているのを、部屋の隅に座り、ただ黙って聞いているだけだった。

誠は、仲間に入れず疎外感が増すばかりで、自分でも忸怩《じくじ》たる思いに浸っていた。

「留目せんせー、……いますか」

はい、と答える香織。

午後を少し過ぎた時間だ。

「あら、森村さん。二階、まだどなたも来てませんけど」

「せんせーに、特許、出して欲しくて……」

森村の両手には、何も持っていない。いつもならコンビニで買った缶ビール二缶とあたりめの入ったビニル袋を手にしてやって来るのに。この前も特許を出したいと言っていたが、あーうーばかりでまったく要領を得なかった。今日は大丈夫なのだろうか。

茂は机の上に壁のように資料が積まれた間から顔をのぞかせた。

「森村さん。こんにちは。特許ですか。わかりました。お話をお聞きします」

森村は発明と称するものを話し始める。

「えーっと。あー。ごほん。うー」

香織はやれやれ、また始まった、と溜息をつく。この調子では、この前とおんなじだ。ダメだなと思った。

「カメラの、あー、自動焦点、距離。装置、うー、被写体をー、……」

「えっ、いま、なんとおっしゃいました」

茂は思わず聞き返した。

「えー、ぼく、なに言いました」

「いま、被写体がどうのこうのと」

「ああ、被写体と自動焦点距離。組み合わせ、る、うー……」

「被写体と自動焦点距離ですね。それを組み合わせる。どう組み合わせるのですか」

「多焦点と被写体の距離が出る。３Ｄ《スリーディー》プリンターで現像する」

森村はなにを言おうとしているのだろうか。なかなか要領がつかめない。

この時、茂の勘がピクンと働いた。

——きっと、これは何かある。森村さんが真に伝えたいこと、それが何なのか分かれば……。

茂は質問を続ける。

「３Ｄプリンターで何を現像するのですか」

「被写体……」

「被写体……？　３Ｄプリンターで現像する、のですか？」

茂は森村の台詞を繰り返したが、なんのことなのか想像することすらできない。荒唐無稽《こうとうむけい》としか思いようがない。しかし、森村の真剣な眼差しを見ていると、なぜだかわからないが、茂の心の琴線《きんせん》に響くものがあった。つたない言葉の端々に、新しい発想が散りばめられているような、茂にはそのように聞こえていた。

これまでにも研究者や発明家がここに来て、自分の発明を自慢げに話すのだが、そのほとんどは要領を得ず、訳のわからないことを饒舌《じょうぜつ》にしゃべり続けるのが常であった。

ところが、森村はこれまでの発明家、いや森村が発明家と決まったわけではないが、他の人とは違う何かを感じさせた。だがその後、森村は口ごもり、説明することをやめてしまった。

茂は森村のこの状況に、自分の勘を信じて問いかけた。

「いくつか教えてください」

森村は茂の顔を見てコクンと頷いたが、すぐに下を向いてしまう。

「3Dプリンターで被写体を現像するのですよね。それは間違いないですか」

森村はコックリと首を垂れる。

「じゃあ、被写体は何ですか」

「何でも、いい」

——何でもいい……。

「では、次の質問です。いいですか」

森村は顔を伏せたまま小さく頷く。

「3Dプリンターで現像するとは、具体的にはどうすることを言うのですか。それともどうなることを言っているのですか」

「形になる……」

形になるといわれても、あまりにも漠然としており、未だに要領を得ない。茂もこれ以上の質問の

しようがなくなった。すると、

「ぼくは口下手で……、友人もいない。ただ」

「ただ、なんですか」

香織が横から口をはさんだ。

「この町に戻って来て、……嫁はいなくなった」

「奥様はいなくなった……」

「娘がいる。咲……」

「娘さんの咲さんがいらっしゃるんですね」

森村はコックリと頷いた。

「咲さんがいたならいいのね。じゃあ、娘さんと都合のいい時にもう一度いらしてください」

「咲、いたら……」

「うー……、わかった」

そう言い残すと、森村は肩を落とし帰って行った。

「ねえ、せんせー。あの人、大丈夫なんでしょうか」

香織は人差し指を蟀谷《こめかみ》に持って行く。茂はその様子をちらりと見て、

「わかりませんけど、何かあるかもしれません」

「じゃあ、何もないかもしれないってことですか」

「う～ん。そういうことになるかもしれませんねぇ」

とにかく訳のわからない人だ。危険な人じゃないようだけど、本当に変わった人だと香織は思う。こんな人が家にいたら大変なんだろうな、咲さんという娘さんがかわいそうに思えてきた。

そして、次の日、森村は叱られた子供のように、咲の後ろに隠れるようにしてやって来た。

「あのー、森村です。こんにちは」

若い女性の声がする。

はーい、と香織が応えた。

「話を聞いてもらえると父がそう言うのですが……」

「えーっと、咲さんですね。こんにちは。ええ、そうですよ。昨日、せんせーとお話をして、森村さんが咲さんと一緒ならって、そうおっしゃったので」

「そうですか、ありがとうございます。父はどこに行っても口下手というか、いつも言葉が足らなくて、要領を得ないのです。以前はこんなじゃなかったんです。量販店でカメラの販売員をしていたんです。それも優秀な販売員だったんです。それがいつの間にか、こんなふうになっちゃって。だから誤解されることも多くて。それがこちらでは話を聞いてもらえると言って、嬉しそうに話すので、こうしてお伺いしました。よろしくお願いします」

咲は茂と香織に向かって頭を下げた。

「はい。わかりました。こちらこそ、よろしくお願いします」

茂が机から立ち上がり、答えた。

「森村さんと咲さん、こちらにお掛けください」

香織はパイプ椅子をすすめ、珈琲を入れてきますと言って台所に向かった。

「それでは、昨日の続きからお話を訊きましょうか」

「昨日の続きと言われても、あたしには……」

その時、馥郁《ふくいく》たる珈琲の香りが殺風景な事務所の中に漂ってくる。

――これはモカマタリだな。香織さんの好きな珈琲だ。

茂は香織が淹れる珈琲が大好きだ。香織が四つの珈琲をお盆に載せ持ってくる。

「いい香りですねぇ。なんという珈琲ですか」

咲が尋ねる。

「これはモカマタリ。『幸福のアラビア』との異名もあるそうです。白くて甘い薫りのする花が咲くそうで、程よい酸味と甘みがあり、芳醇な味わいが特徴と言われています」

「あのー、お名前は……」

「香織です。かおりと書いてかおると読みます」

「香織さん。すごいです。珈琲のこと、よくご存じなのですね」

「あたし、珈琲と本を読むことが好きなんです」

「そうなんですか。それで何のお話でしたっけ」

「昨日の森村さんのお話では、確か、被写体を３Ｄプリンターで現像できるというお話でした」

茂は昨日の森村の話を、わずか一言で話し終えた。

咲は父親に語り掛ける。

「お父さん。３Ｄプリンターで現像できるってどういうこと」

「普通のプリンターは、その机にも置いてあるが、二次元の紙の上に文字や図面、写真などを印刷する。二次元の２Ｄ《ツーディー》だ」

「そうね」、と咲は相槌を打つ。

「３Ｄプリンターは、三次元のオブジェクトを造形できる機械の総称だ」

「要するに立体構造物が作れるわけね」

「そうだ。普通は３Ｄ・ＣＡＤ《キャド》とか３Ｄ・ＣＧ《シージー》のソフトと膨大なデータが必要だ。しかも、３Ｄ・ＣＡＤとか３Ｄ・ＣＧのソフトはとても高価な代物で、その上、操作が複雑で普通の人には使いこなせない。だが、僕が考案したソフトなら、デジカメを使って誰でも立体構造物を作ることができる」

驚いたことに森村は、咲さんと一緒なら普通に喋っているではないか。それに自分の発明を説明させると、さらに能弁になるようだ。昨日までの森村はいったい何だったのだ。まるで別人だ。

茂や香織が目を丸くしているのに気が付いた咲は、

「そうなんです。うちのお父さん、あたしがいると安心するのか、普通におしゃべりができるのです」

えーっ、と茂と香織は同時に驚きの声を張り上げた。

「おかしいでしょう。あたし、本当に困っているのです。でも今日のお父さん、今までにないほどよくしゃべりました。あたしもびっくりです」

咲は嬉しそうに、そして、にこやかな笑顔を茂たちに向けた。

——幼稚園児がお母さんのスカートをもって、なかなか離れられない姿は見聞するが、森村のような大人になってもそのようなことがあるのだ。それも娘を頼っているなんて。

香織はそれを目の当たりにして本当に驚いた。

思い出したように茂が質問を続ける。

「そうすると被写体は何でもいい、そういうことですね」

森村は大きく頷くと、嬉しそうにニーッと笑う。

「それを特許にしたいということですね」

茂は念を押すように訊いた。

「お父さん、特許にしたいモノって、そういうことなの」

森村は咲に顔を向けると目を合わすことなく、コックンと首を垂れた。

「せんせー、お父さんの今の話で特許が出せるのでしょうか」

「いやー、それだけではなんとも言えませんというか、もっと多くのことを教えていただかないことには……」

「そうですか。でもお父さん、一生懸命にいろんなこと、試していたんです。あたしからもお願いします。特許を出してください」

咲はまるでできの悪い子を気遣う母親のように、頭を深く下げるのだった。

「わかりました。なんとかしたいと思います。でも、いくつかの質問に答えていただかないといけませんので、咲さんもご協力をお願いします」

「ええ。お父さん、それでいいよね」

森村は、頼むと娘に頷き返した。

「じゃあ、今日はここまでにして、明日またいらしてください」

咲は父親をかばいながら一緒に帰って行ったが、あの後ろ姿からではどちらが親なのかわからない。

「香織さん」

「わかってます。とにかく今の情報だけでも特許を調べてみます。何もないことを祈りますけどね」

香織は茂が望むことを誰よりも早く察知し、実行できる有能な特許調査員に成長していた。

香織は、自分の席にあるネットで買った中古のパソコンを立ち上げると、日本の特許庁の検索サイトにつなぎ、デジタルカメラ、３Ｄプリンターをキーワードにして検索をかけた。答えはすぐに出た。

「せんせー、森村さんの話ですけど、似たような特許がいくつも出ています」

ディスプレイを茂の方に向けた。

「こんなにたくさんあるんですね。これでは特許になりません。もう少し、キーワードを増やしてもらえますか」

「はい、わかりました。ちょっと待ってください……、はい、どうぞ」

香織はすぐさま調査画面に戻りスタンバイする。

「キーワードに自動焦点距離と立体像を加えてください」

香織はたちまち望みの結果を探し出してくる。

「せんせー、三件あります。それもほとんど森村さんが説明された内容と同じようです」

「そうですか。それは、ますます困りましたね」

次の日の夕刻になり、咲に連れられた森村が母親に叱られた子供のように、とぼとぼとやってきた。

二人が事務机を前にして座ると、

「昨日のお話から、香織さんに特許調査をしてもらいました」

「特許調査、ですか？」

咲は復唱したが、特許調査が何なのかよくわからない。

「ええ。森村さんの発明が過去にあると特許になりません。それを確認するための調査です」

「ああ、はい。わかります」

「それで、香織さんに調査してもらったのですが、過去に似たような特許が出されていて、このままでは森村さんの発明は、残念ですが、特許になりません」

森村は俯いたまま聞いていたが、いきなり顔を上げると、

「あっ、あれは画期的な技術……。誰も発明できない……。僕、七年、研究した、だから……」

そう言うと、再び俯いてしまった。

それで、と言って茂は言葉を継いだ。

「このままだと特許にならないのですが、昨日お聞きしたデジタルカメラと３Ｄプリンター以外に、なにか発明の要素というか、ポイントになることはないでしょうか。例えば、自動焦点距離とか立体像などです」

「お父さん、どうなの」

「……」

森村は何も答えようとしない。顔を伏せたままだ。

茂も煮え切らない森村に、これ以上は無理だなと思い始めた。そして、最後の質問をした。

「では、森村さんは実際にその発明を、どのようにされているのですか。ここでやってみてください」

無言で頷くと立ち上がり、しわくちゃのジーンズのポケットからスマホを取り出し、画面をカメラに切り替える。森村は茂を立たせると、スマホのカメラを茂に向けた。そして、茂の顔を正面からと右斜め、右後ろ、背面、そして左後ろからとぐるりと一周し、茂の頭部の写真を写した。

――いったいこれが何になるというのだ？

茂はそう思ったが、森村のすることをじっと見守っていた。

森村は今、写したばかりの写真を確認すると、スマホの画面を茂に向けた。

「こんな感じ……」

スマホの画面に映し出されたものは、茂の正面からの顔の立体画像だった。スマホ画面に指をタッチさせ、右、左と動かすと、茂の顔が左に右に動き、横顔が現れる。指を下に滑らせると、頭頂部になる。ぴんと跳ねた髪の毛が写っている。逆に指を上に移動させせると、のどや顎が写し出された。

茂はこのような立体画像を見るのは初めてだった。

「これはすごいですねぇ」

茂は驚嘆の声を上げた。

咲と香織は茂をはさんでスマホの画面をのぞき込んだ。

「お父さん。これを作ってたの。スゴイよ！」

「そっ、そうだろう。スゴイだろう。こんなのどこにもないよ。きっと歴史に残る大発明になると思う」

つい今しがたまで俯き、泣きだしそうな顔をしていた森村が、喜色満面、これ以上にない笑顔を作り喜んだ。

でも、と茂は思う。森村はたった一人で、世間と隔絶した中で四六時中コツコツと、それこそ寝食を忘れ、研究に没頭していたのだろう。しかし、同じようなことを考え研究している人間は、世界中を探せばどこかにいるものだ。今回の森村の発明もすでに世界中で研究され、これといった新しさはない。残念だけど、これだけでは特許にするには不十分だ。

「森村さん。このスマホの立体画像だけでは特許になりません。すでに多くの研究者により特許が出願されています。たいへん残念ですが……」

「いや、待ってくれ。違うんだ。これを3Dプリンターにつなげると立体像が簡単にできる」

森村は必死になって食い下がってくる。ここで諦めたら、何年も何年も研究してきた苦労が無になってしまう。自分の説明が悪いのだ、口下手だから、そう思うと悔しくてたまらない。

「スマホの三次元画像から、3Dプリンターで立体像を造形するという技術は、すでにあります」

茂はダメを押すようにして言った。

「せんせー、何とかならないんでしょうか」

先程まで父親の発明を喜んでいた咲は、複雑な表情を見せ必死に追いすがる。なんとしても父の努力を無駄にしたくなかった。父親が日々黙々と研究していたのを、咲が一番よく知っているからだ。

「せんせーの顔が簡単にできるのですよ。それでもダメなんですか」

咲は念を押すようにして訊く。

「ええ。いくら、わたしの顔ができても、です。そう、わたしの顔が……」

――えっ、わたしの顔ができる……。

「あっ！」

――まさか。

叫ぶような声を出した茂の頭に、ピンと音を立てて何かがはじけ飛んだ。

茂はあたふたと、二人にそう告げると、森村と咲は期待と不安が入り混じった複雑な表情で帰って行った。

「森村さん。咲さん。明日、もう一度お越しください。ひょっとしたら、何か手があるかもしれません」

香織は事務所を出て行く二人の後ろ姿を見送りながら、ザワザワとした不安が浮かび上がってくる。

「せんせー、何とかなるかもなんて、無責任なこと言って大丈夫なんですか。特許調査をしたら、森村さんの発明はすべて過去にあるじゃないですか。絶対に特許になりませんから」

香織は自分の調査結果に自信を持っており、そのように断言する。

そんな香織の意見を無視して、茂は腕を伸ばし机上の電話を掴むと、一秒の時間をも惜しむように短縮ボタンを押した。

「もし、もし。優介さん、えーっと、六時になったら兆治に来て。話があるんだ」

――そんな無茶……。

優介の都合など一切構わずに電話を切り、香織さん、兆治に行くからね、とだけ言い、目の前の仕事を大急ぎで片づけ始めた。

香織は兆治のいつもの席に茂と座っている。優介への電話の後も何の理由も明かさぬ茂の態度に、香織は憮然としていた。もやもやした気持ちを抱えたまましばらくすると、息せき切らした優介が飛び込んできた。

「なんなんですか、理由も言わず急に呼び出して。新米社長は意外と忙しいんだよ、せんせー」

とぼやき、厨房から出てきた女将さんに生ビールを注文した。

「三人ともそんなに血相を変えて、いったい今日はどうしたんだい。また、テレビに出るとかかい」

「いえ、いえ、そんなんじゃなくて、純粋に打ち合わせです」

茂は真面目な顔をして答えた。

「そうなんだ。じゃあ退散するけどね。しっかりやりなよ」

女将さんは今夜の話に加われないと知ると、厨房の奥に消えた。

茂はいつもの乾杯を省略して、早速話を始める。

「森村さんをご存知ですか」

「森村？　ああ、いつも二階の隅っこで、じっとしている人でしょう。何にもしゃべらなくて、なにしに来ているのかさっぱりわからない人ですよ」

ビールをひと口飲み終え、淡々と森村の印象を述べる。

「その森村さんが考えた技術と、優介さんのマスクとをつなげられないかと」

「えぇー、森村さんの？　本当ですか。あの人にそんな技術があるんですか」

優介は森村のことをまったく信用していないようである。

茂は、デジタルカメラと３Ｄプリンターで三次元の物を作り……、そう切り出しつつ森村の発明を説明していく。

「だから、これを利用して新しいマスクになりませんか」

「なりませんかと言われても、せんせーのその説明だけではさっぱりわかりませんよ」

ねー、香織さん、と優介は香織に同意を求めた。

いつもの茂は発明者から説明を聞く立場なので、ただ話を聞いていればいい。今回はそうはいかない。技術をきちっと理解し、相手に分かってもらうためには、的確に要点を捉え説明しなければならない。だが、そうすることは本当に難しいものだと、改めて実感した。

「優介さん。今日のせんせー、変なんですよ。森村さんと話した後、急にこんなふうになっちゃって」

「確かに変ですねー」

優介はうまく説明できないせんせーも俺と同じだと、ケタケタと笑い出した。

「わかりましたよ。ゆっくり順序立てて話しますから、よく聞いてください。これは森村さんの発明だけの問題じゃなくて、丸福さんの新しいマスクにつながるかもしれませんから」

優介は新たなマスクにつながると聞いて姿勢を正し、生真面目《きまじめ》な開発者の顔つきに変わった。

それは香織も同じだった。森村さんのわけのわからない発明が優介さんを助けることにつながる。

そう思うと茂へのもやもやした気持ちはどこかに吹き飛んで行った。

茂は森村の話がマスクとつながるかもしれないと、漠然と考えていた。確たるものがあるわけではないが、新しいマスクにつなげるために、問題点を一つずつ紐解いていく。

「これは基本だと思いますが、丸福マスクはオーダーメードにこだわりたい。このコンセプトは他社にはない最大の特徴だと思います」

「確かにそうよね」

「だから、今回の新しいマスクは、一人一人の顔に完璧にフィットしたオーダーメードマスクにする」

茂は熱を込めて発言したとたん、優介は直ちに反論した。

「そんなの無理ですよ。どうやって一人一人の顔の完全なデータを取るのですか。それを集めるのは大変だったじゃないですか。せんせーだって香織さんだって知ってるでしょう。今更、オーダーメードにこだわることもないでしょう。新しいものを考えた方がいいんじゃないですか」

「実は、優介さんの言う通りだと思っていました。森村さんの話を聞くまではね」

「森村さんの話……?」

ええ、と茂は首を縦に振る。

香織はオーダーメードマスクと、森村の訳の分からない話がどうしてつながるのか、それこそ訳がわからない。

「ねぇ、優介さん、今度一緒に森村さんの話を聞いてもらえませんか。お願いします」

茂は頭を下げると、香織もつられるようにしてぺこりと頭を下げた。

そして二日後の土曜日の午後に留目特許事務所の二階の通称、わいがや会議室に茂と香織、そして優介。それに、森村と父をサポートする咲が集合した。

「今日は皆さんにお集まりいただき、ありがとうございます」

茂は最初にあいさつをし、今日の会合の趣旨を話す。

「森村さんはデジタルカメラの写真と3Dプリンターをつなげて、立体像を作るという技術をお持ちです。しかし、この技術は先人たちにより、既に発明されています。このことは、香織さんが先行技術や特許を調査して見つけています。ですから、残念ですが、このままでは森村さんの技術は、特許にし、権利化することができません」

「せんせー。このままでは特許にならない、とおっしゃいましたが、なんとかすれば特許になるということですか」

咲が父親の傍で心配半分、期待半分に尋ねた。

「なんとかなるかどうかは、これからの話し合いによります。森村さんや咲さんのご希望にお応えできるよう、みんなで知恵を絞り、良い案を考えましょう」

咲が頷くのを見届けると、茂は自分の考えを単刀直入に切り出した。

「森村さんの技術が、オーダーメードマスクを製造するときに使えないでしょうか」

茂は集まった全員の顔を見ながら問いかけた。

優介は、使えないかと言われても、何を発明したのかも理解していないのに、はいそうですか、と答えることはできない。

「せんせー、今の説明だけでは誰にもわかりません……」

香織は下を向いたままブツブツ言った。

肝心の森村は、茂の話など聞こえていないのか、ぼんやりと天井を眺め、指さしている。

「お父さん、どうしたの。何か思いついたの」

咲が父の異常に気が付いた。

「森村さんが、どうかされたのですか」

茂が訊く。

「はい。お父さん、何か考えている時の、あれが癖なんです。きっと何かいいこと、思いついたのだと思います」

この咲の発言に、「えーっ」と、三人は驚いた。

「アイオーティー……」

「いま何と言ったの、お父さん」

「アイ、オー、ティー」

「あのう、アイオーティーと言っていますけど……」

そう答えた咲だが、その言葉の意味することがわからないのだろう。首を傾げている。

「ＩｏＴ《アイオーティー》」

茂は口に出して言ってみる。そして、もう一度森村に向かって問い直す。

「森村さん。ＩｏＴのことですか」

森村はこっくりと頷いた。

「せんせー、アイオーティーって何でしょうか」

最初に質問したのは咲だった。

「アイオーティー、アルファベットでＩ、ｏ、Ｔと書くのですが、Internet《インターネット》 of《オブ》 Things《シングス》 のことを言います」

「そのアイオーティーってなんですか。第一そのアイオーティーとかいうものと、マスクがどうしてつながるというのですか」

優介はまったくわからないと、両の手のひらを肩口のところで広げて見せた。

香織は、ＩｏＴという言葉は何度か耳にしたことがあるが、それが何を意味しているのか、理解できなかった。

「そこのところを一緒に考えたいのですよ」

「なんだ、使えるかどうかわかんない、ってことか」

優介は、自分が知らない世界で話が進んでいくことに、いら立ちを感じ始めていた。

「優介さん、そんなにあせらないで。話し合いは始まったばかりなんだから、これからですよ」

香織は優介をなだめた。

茂は自分が理解している、というか知っていることを紹介する。

「アイオーティーというのは、モノのインターネットと訳されています。モノとモノが、ヒトとモノがつながることを意味します」

「ヒトとヒトもある」

森村はぼそりと呟いた。

「確か、そうでしたね」

「モノやヒトがつながって、どうなるというのですか。輪でつながって、電車ごっこでもするのですか。マスクとはまったく関係ないじゃないですか」

優介は腕を組み憮然としている。

「いや、そうじゃないと思います……」

意見が噛み合わず、みな黙り込んでしまった。

——この話は無理だったのだろうか。わたしの的外れで終わってしまうのか……。

茂がそう思い始めたとき、

「関係ある……」

ぼそりと呟く声がした。声の主は、森村だった。

「お父さん、いまなんて言ったの」

「アイオーティーはすべてのモノがつながる」

「すべてのモノ？　なにそれ。もう少し具体的に説明してくれよ。俺にはさっぱりわかんないよ」

優介は理解できずに、イライラがつのる。

「だから……、そのマスクともつながる」

森村はぼそぼそと続ける。

「マスクと何がつながるの？」

咲は父親の考えていることを、辛抱強く聞き出そうとしている。

「機械、カメラ、イヌ、トンボ、カエル、飛行機、電車。つながる」

「犬やトンボとつながるの」

ああ、と頷くと、

「ヒトとでもつながる」

「そうか！　やっぱり、そうだったんだ」

茂は大きな声を張り上げた。

「せんせー、どういうことですか」

優介は目を丸くした。

「そうだったんですね。ヒトとマスクですよ。ＩｏＴでつながるんだ」

そう言うと、茂は声を殺すようにして、くくくと笑い出した。

「何がそんなにおかしいのですか。せんせー、一人で笑ってないで教えてくださいよ」

香織は突然笑い出した茂の声に、自然と頬がゆるんだ。

「わっ、笑ってしまい、ごっ、ごめんなさい」

茂はそう言い終えると、今度はこらえきれなくなり、フフフ、はっはっはと声を出して笑った。

「せんせー、笑ってばかりいないで、その謎解きを早くしてください」

優介はたまらず、言った。

茂は笑いをかみ殺すと、ごほんと咳払いし、居住まいを正した。

「ヒトとマスクがつながると､その人にピッタリのマスクができる。そういうことですよね､森村さん」

森村は、ああ、と頷き返す。

「ひょっとして、それって、その人に完全にフィットしたオーダーマスクができるってことですか?」

目を輝かした優介のこの質問に、茂は大きく首肯すると、

「たぶん、そういうことだと思うのですが」

「なんだ。たぶん、ですか」

優介は勢い込んでいただけに、ガクッと肩を落とした。

「うー……、できる」

再び森村だった。

「お父さん、できるって、その人専用のマスクだよ。本当に、できるのね」

「ああ……、できる。それは、これ」

すっと差し出されたのは、今日のために持ってきていたデジタルカメラだった。

「デジカメですか。これがどうして……」

「ねえ、お父さん。このデジタルカメラが、どうしてヒトとマスクをつなげるの。ちゃんと説明して」

咲は父の研究が報われるかもしれないと思うと、自然と熱がこもってくる。

「このカメラで顔、写す。するとマスクになる」

「ええー。そんなのあり得ないよ。カメラでヒトの顔を写しただけでマスクができるなんて。そのカメラは魔法のカメラかなんかですか」

優介は森村の話をまったく取り合おうとしない。

「優介さん、ちょっと待ってください。森村さんには、もう少し考えがあるんだと思います。それを咲さんに聞いてもらいましょうよ」

茂は咲に視線を向けた。

「お父さん。よく聞いてね。ヒトの顔をこのデジタルカメラで撮るんだよね」

森村は、コックンと頷く。

「それでこのカメラをどうするの」

「3Dプリンターにかける……。かお……！」

「かお？　顔ができるのね」

「それですよ。優介さん。顔ですよ。かお！」

「だから、顔がどうしたと……？　うっ。そうか、カオかー」

茂と優介。二人は同時に向き合い、わっはっはと声を立てて笑った。

完全オーダーマスク完成す

次の日、茂と香織は森村の写真館に来ている。

M町駅西口を出て、すぐに左に折れるとそこが西口商店街の入り口だ。錆の浮いたアーケードが当時の賑わいを示す証拠となっている。アーケードの天井は、透明の樹脂でできているようだが、あちこちにシミが浮き出ており、汚ならしく、もはやみすぼらしいという言葉の方が当てはまる。

商店街に入って左側の並びには、香織が時々昼食用のメロンパンを買うパン屋兼喫茶店があり、新聞店に金物屋、そして居酒屋『兆治』が並んでいるが、その間のところどころは一日中シャッターがおりて、開くことはない。

森村の写真館は商店街の右側に、それもアーケードをくぐったすぐのところにある。埃で煤けた店先は客が訪れることを無言で拒否しているかのようだ。

土埃で汚れたドアを開け、中に入る。目の前に古めかしいガラス張りの陳列ケース兼カウンターがあるが、ここも掃除をした形跡がない。取り忘れられた古めかしい商品が、ところどころに転がり、まともな商売をしていないことは、一目でわかる。

「こんにちは。森村さん。留目です」

奥の暗がりから振り返る人がいる。優介だった。

「優介さん。早いですね」

「そりゃそうでしょう。新しいマスクができるかもしれないんですよ、じっとなんかしていられません」

確かにそうだと、香織も茂も納得する。

はーい、と奥の方から声が聞こえ、咲が顔をのぞかせた。

「せんせー、香織さん。お待ちしていました。ここ汚いでしょう。お父さんが掃除をさせないものですから」

「掃除しないって、どういうことですか」

香織が不思議そうに尋ねると、咲はくすっと笑いを漏らした。

「父は、きれいにしたら客が来るだろ、そうしたら、困る、ですって」

「困る……、それじゃあ、商売にならない……。ああ、そういうことですか」

「はい、そういうことなんです」

香織は納得すると咲と顔を合わせ、微笑んだ。

茂は、なんだかよくわからないが、森村の家は普通とはかなり様子が違うようだと思う。

優介は、清潔な環境がモットーの丸福マスクの工場では考えられないな、と首を傾げていた。

目の前の作業台にはパソコンとバラバラの電子部品が無造作に置かれ、ごちゃごちゃとした配線がそれらの部品をつないでいる。作業台の奥には得体の知れない、四本の支柱だけで支えられた四十センチ四方の箱が置かれている。この箱はほとんどが空洞で、その中ほどに唯一の小さな部品が取り付けられていた。

「狭い所ですが、こちらにおかけください」

咲は雑然と物が置かれた作業台の周りに丸椅子を用意し、優介に並んで二人をそこに招いた。

「本当に汚くてすいません」

咲は恐縮していると、ちょうどその時、憂鬱な顔をした森村がのっそり現れた。

「発明が生まれる神聖な場所を汚いとは何事だ！」

森村は別人のように流暢に喋る。

――いったいこれはどういうことだろうか。

三人はお互い顔を見合わせると、同じ疑問が湧いてくる。それを察した咲は、

「そうなんです。お父さん、ここにいるときはまともになるみたいで……」

「ということは、隣の部屋ではどういう……」

香織が念を押すように訊くと、咲はゆっくり首を左右に振った。

「僕のことを詮索するよりも、聞きたいことがあるんだろ。それを先にやろうじゃないか」

森村はいたって真っ当な意見を言う。

「そうですね。そうしましょう」

茂も我に返り、森村に応じた。

「昨日までの森村さんの話では、デジタルカメラで撮った人の顔ができるということでしたよね」

「ああ、そうだ」

「それを試してみたいのですが」

「試すのは良いが、特許にならんのだろ。陳腐な技術ということなんだろ」

森村は不機嫌そうに横を向く。

「ええ、それはそうなんですが、別の使い方をすれば特許になるかもしれません」

「それは本当か」

「本当にそうなるかどうかは、これからのテストの結果によります」

「う〜ん、わかった。そう言ってもらった方が、こちらもすっきりするというもんだ」

「では、お願いします」

「僕はどうすればいい」

森村は人が変わったように、目の奥に鋭い光を宿した聡明な科学者の顔になった。

「森村さんは優介さんの顔を作ってください」

わかった、と返事すると、使い込まれたデジタルカメラを取り出し、優介の顔を正面からと右の側面、左の側面と、ぐるりと優介の顔を撮り続けた。その数は七枚ほどだっただろうか。

森村は優介の顔のデジタル画像をパソコンに送る。

「この男の写真が欲しければ、写真用のプリンターにつなげば印刷できるが、写真はいるのか」

「いいえ、写真はいりません。優介さんの顔の三次元画像が欲しいだけですから」

「わかった」

森村はパソコンからコードを伸ばし、作業台の奥に置かれた謎の四角い箱に接続した。

「この四角い箱は何ですか」

優介は身を乗り出すようして訊ねた。

「これが3Ｄプリンターだ。いまではどこでも売っているよ」

どこでも売っているといわれても、優介も茂も、ましてや香織にとっては想像だにしたことのない、初めて見るものだった。

森村はパソコンのリターンキーをパチンと叩くと、目覚めたばかりの3Ｄプリンターからジーッと微かな唸り音が聞こえる。

「これはかなりの旧式だから、顔の像ができるまで三十分はかかる。それまで待ってくれ」

3Ｄプリンターはジジジとかすかな音を発しながら前後右左に動き、小さな液滴を排出している。

「この液のようなものは何ですか」

香織が訊いた。

「それは熔けたプラスチックの液だ。ノズルと呼ばれるところで熔かされ、その小さなノズルの先から液滴となって出てきて、カメラで撮った画像通りの立体像を作っていく」

直径二、三ミリのプラスチックのひものようなものが、3Ｄプリンターのノズルに取り付けられている。それが一ミリ一ミリと、少しずつノズルの中に引き込まれ、熔かされ、ノズルの先で小さな粒になり吐き出され、三次元の立体像として構築されていく。まるで、働きアリが壮大なアリ塚を作るために群がり積み上げていくようだ。

最初に優介の顎が現れ、唇が、頬と鼻が順に現れてくる。目が形づけられ、最後に額と頭部ができ、完成した。

３Ｄプリンターから取り出された優介の顔は真っ白で、まるでデスマスクのようだった。

――気持ちわる〜い。

香織の正直な感想だった。

「これが俺の顔ですか。気持ちわるぅ」

優介も顔をしかめた。

「ああ、そうだ。これがお前の顔だ。気持ち悪いだろう」

森村はあっけらかんとして言う。

――あんたに言われる筋合いはない。

優介は心の中で毒ついた。

「ところで優介さん、このデスマスクがあれば、この顔にあった完璧なオーダーマスクができますか」

「ああ、これがあれば簡単だ。後は俺たちに任《まか》せてください。完璧にフィットしたマスクを作ってみせますよ」

「それに奈々ちゃんが好きだったウサギやトンボを刺しゅうすればいいわね」

香織が話に加わる。

優介が、「それと丸福のマークとね」、と付け加えた。

「やりましたね。これで新しい完璧なオーダーマスクの完成ですね」

茂が笑顔で、優介と握手した。そして、優介と茂の話を聞くともなしに聞いていた森村が、

「そのマークもマスクにプリントできる」ぼそりと呟いた。

「プリントじゃなくて、ミシンで刺繍するのですが……」

　優介が答えたが、森村は、

「プリントだろうが刺繍だろうが、デジタル情報だからどうにでもなる」

　いとも簡単だと涼しい顔をしている。

「優介さんの工場のミシンは、手で動かすミシンですか」

　茂が訊いた。

「まさか、今どき、手動のミシンなんてありませんよ。作りたいデザインをミシンにインプットすると、後はミシンが自動的にそのデザインを刺繍していきます」

「それなら、わたしが好きな北斎の浮世絵とか、ゴッホのひまわりを入力すれば、それが刺繍されたマスクができるのですね」

「ゴッホのひまわりが刺繍されたオーダーメードマスクができる。それはすごい、すごいですよ」

　優介は、これで完全なオーダーメードマスクができると、興奮が最高潮に達した。

「やったー。森村さん、ありがとう、ありがとうございます」

　優介は両手で森村の右手を固く握りしめ、深く頭を下げるのだった。

　ちょっと待ってー、と香織が不安そうな声を出した。

「あたし、まだよくわからないのだけど、あたし用のマスクが欲しいとき、あたしの顔写真を誰が撮ってくれるのですか。ここに来て森村さんに撮ってもらうのですか」

「ああ、そうか。そんな当たり前で肝心なことに気が付かないなんて。みんなにここに来てもらうなんて絶対にムリだ……」

優介はがっくりと肩を落とした。しかし、森村は優介の落ち込みなど意にも返さず、

「みんなが使っているスマホに、無料でこの３Ｄアプリをインストールしてもらえばいい」

「無料の３Ｄアプリですか。それは良いけど、誰がそんなアプリを、しかも無料で提供してくれるのですか」

森村は先ほど使用した旧式のパソコンを指さした。

――そんな古めかしいもので大丈夫なのだろうか。

優介は不安になった。そして、香織も同じようなことを思っていた。

そんな雰囲気を察したのか、

「このパソコンは、見た目はこんなんだが、中身は最新式のＣＰＵ《中央処理装置》を搭載している。だから高速で処理できる」

森村は泰然自若《たいぜんじじゃく》、悠然としている。

「そのデジカメで撮った優介さんの顔写真を高速処理し、３Ｄプリンターにデータを送ったのですね」

茂が確認すると、森村はそうだとばかりに力強く、顎をぐいと引いた。

「それはわかったけど、マスクが欲しい時、どうすればそのアプリをゲットできるんですか」

優介が尋ねた。

「それは丸福マスクのホームページとか、無料のアプリのストアにアップしておけばそれでいい。客はそのアプリをインストールして、その後はアプリの指示通りに顔写真を撮ってもらう。撮り終えた

ら画面にオーケーの合図が出る。それをタップすれば瞬時にして丸福のサーバーに送られる」

「そのデータに基づいて３Ｄプリンターを使って、ユーザーの顔マスクの立体像ができ上る、そういうことですか」

「そうだ。その顔マスクを使って、君らの言うオーダーマスクを作ればいい」

「そうか。そういうことか。これはすごいことになりそうです」

優介は完成したオーダーマスクを想像して、小さくガッツポーズをした。

それに、と言って森村は付け加える。

「さっき、せんせーの奥さんが言っていたウサギとかトンボだったかな、注文主の好きなマークを同時に送ってもらうと、それもマスクに刺繍できる」

「えっ、ちょっと待ってください。あ、あたしはせんせーの奥さんじゃありません。パートナーです」

香織は顔を真っ赤にして否定した。茂も目をまん丸に見開き固まっている。

「お父さん。何て失礼なこと言うの。ごめんなさい」

咲は、申し訳なさそうに茂と香織に頭を下げた。

「奥さんだろうとパートナーだろうと、そんなことはどっちでもいい」

「お父さんたら。いい加減にして」

咲は父の非礼を詫びるように、大きな声を出した。

「喧嘩はそのくらいにして、早速、森村さんのやり方で、実際にうちのパソコンとミシンを使って、マスクを作ってみたいのです。よろしくお願いします」

優介はそう口にすると、森村に深く頭を下げるのだった。

そして、次の日曜日、丸福マスク製作所の開発室がテストの場となり、全員が再集合した。

森村が開発した3D立体像作成ソフトは、『3DMS』と命名され、そのアプリを優介が使っているスマートフォンにアップした。

『3DMS』の「3D」は三次元を表し、「M」は森村のMであり、丸福のMであり、もちろんマスクのMをも示した。「S」は、システムのSだ。ところが、咲は父が考えた『3DMS』というネーミングに、『3Dマスクシステム』に改名することを提案した。これは茂や優介、香織に感謝を表したものだと説明し、そして、みなに受け入れられた。

咲は、これまでのお父さんの努力と辛抱が報われたと感激した。

香織はこの日のことを、優介に内緒で加奈女に電話し、新しいマスクを作るテストをするから、来てほしいと連絡していた。加奈女は突然のことで驚いたが、優介とのわだかまりを何とかしたい気持ちと、何より優ちゃんの新しいマスクができるところを見てみたいと勇気を出してやってきた。

加奈女が丸福マスクの開発室にそーっと顔をのぞかせると、

「加奈女さん、来てくれたんだ。ありがとう。ここに座って」

香織は立ち上がり、加奈女に自分の椅子を勧めた。

優介は加奈女の突然の来訪に驚き、加奈女が自分の隣の椅子に座ると、心臓がドクンドクンと大きく波打った。

「さあ、これで全員が集まりましたね。優介さん始めましょうか」

茂の言葉に、優介が、うっ、うんと頷いた時、ガタン、と派手な音がして、いきなり開発室のドアが開いた。

「あっ、あー。安田さん。それに、植田さんまで……。どっ、どうしてここへ……」

優介は加奈女に続き、安田や植田まで現れ、驚きのあまり、固まってしまった。

「信金マンは地獄耳だということを忘れないでほしい。これからはせいぜい気を付けることだな。わたしだからよかったものの、この情報が他に漏れていたら一体どうなったことか。新社長はまだまだ脇が甘いな」

安田は現れたかと思うと、いきなり悪態をついた。いつもながら慇懃無礼な奴だ。

「そんな事より、事前にこの実験を、どうしてわたしに連絡してこなかったんだ」

「どうしてって、実験といっても本当に成功するかわからないし、第一こんな実験に信金の人を呼ぶなんて、聞いたことないですよ」

「これからは事前に連絡することだな。今後の融資に関わるかもしれない。それより、準備ができているなら早速やってくれ。わたしは、休みを返上して来ているんだぞ」

――断りもなく勝手に来ておいて、早くしろとは、どういう了見をしているのだ。

腹が立ってきたが、こんな奴らに関わっていられない。新しいマスクができるのか、それを早く知りたい。

「では、始めたいと思います」

優介は宣言した。

森村は緊張をほぐすためか、首を大きくぐるりと回すと、優介に頷き合図を送った。そして、その後は身じろぎひとつしないで、優介のパソコンの前で待機した。

咲は父の後ろで心配げに見守っている。まるで初めての授業参観日に出席した母親のようだ。

香織の胸はドクドクと大きな波を打ち始めた。

茂はこの実験の一部始終を見逃さないように、全神経を集中させた。

加奈女も緊張で体を強張らせている。

「加奈ちゃん。第一号のモデルになってもらってもいいかな」

優介は勇気を出して声を掛けた。

「えっ、あたしが？　あたしでいいの？」

優介はうんと顎を引く。

加奈女は香織に顔を向けると、香織はそれがいいわ、と笑顔で答えた。

モデルは決まった。優介はスマホの画面に、『３Ｄマスクシステム』のアプリを呼び出すと、画面は写真撮影スタンバイの状態になった。普通の写真撮影と異なるのは、スマホの画面の右上にドーナツ状の丸い輪があることだ。ドーナツ状の輪は真ん中から右に三つ、左に三つの扇状に区切られており、全部で七つの領域に分けられている。

優介はスマホのカメラを加奈女の正面の顔に向ける。そうすると、画面上のドーナツ状の輪は、真ん中の扇状の部分がフラッシュし、イエローからブルーに変わる。これがオーケーのサインだろうか、この状態でカメラボタンを押す。正面からの加奈女の写真が撮れたことになる。今度は右に一五度ずれ、ブルーになったところでシャッターボタンを押す。さらに右にずれる。右側面、耳の所の写真を撮り終える。

次に左側に移り、写真を撮り続ける。すべてで七枚撮った。スマホの画面上に撮影終了の合図が出て、オーケーボタンを押すと、加奈女の顔の立体画像が現れた。この間、三分ぐらいだったろうか。ここまでは思っていた以上に簡単な操作で、あっけないほどだった。

スマホ画面に現れた加奈女の立体画像を加奈女に、そして全員に見せる。スマホを右、左に動かすと、加奈女の顔の画像もその動作に合わせるようにして左右に動き、立体感がはっきりとわかる。

「わー、加奈女さんだ。すごいです～」

香織はスマホを動かしながら感嘆の声を上げた。

隣では、安田がそれを覗き込むようにして見、うーむと唸っている。

「次にどうすれば……」

優介は不安げに森村に尋ねた。

「画面、指示どおり」

森村の言葉はいまだにたどたどしいが、聞き取れるようになっている。

優介は言われるままに、スマホの画面に目を這わせると、〝この画面を転送しますか？〟と出ている。

〝はい〟と〝いいえ〟があり、もちろん〝はい〟のアイコンをタッチする。

〝はい〟をタッチしましたと優介はみなに告げたが、何も起こらない。開発室はシーンと静まりかえり、身動き一つするのもはばかられた。

ほんの数秒だったのだろうが、長い長い待ち時間だったように感じる。優介のパソコンがピンポーンと着信音を奏でる。このパソコンにも森村が開発した『３Ｄマスクシステム』の受信ソフトがインストールされている。ウインドーの最初の一行に、優介のスマホからのデータが着信したことを示すように明滅している。これをクリックすると先ほど撮った加奈女の顔の立体画像が浮き出てきた。

画面上には〝３Ｄ立体像にプリントしますか〟という問いがあり、〝はい〟をクリックする。優介のパソコンに、今朝早く持ち込んでいた森村の３Ｄプリンターが接続してあり、３Ｄプリンターはカタンと小さな音を発し、ウィーンと、小さな唸り声を上げると、せかせかとノズルが動き、加奈女の顔を造形し始めた。待つこと数十分。出来上がったプラスチック製の加奈女の仮面をみなに見せた。

安田が手にしたとき、

「この仮面の顔に合ったマスクを作るのか」

優介は、「そうです。完全にフィットしたマスクを作ります」と胸を張って答えた。

安田は、そうかと納得したように見えたが、しばらく考えたのち、

「ダメだな、これは」

安田はしかめっ面したまま、断言するようにダメ出しをした。

「な、何故、ダメなんですか。この仮面があれば、この人に合うマスクができます。今までにない完璧にフィットしたマスクです。日本中から、自分専用のマスクが欲しいと、いや、ひょっとしたら世界中のお客様から、注文が殺到するかもしれない」

優介は必死になって、一気にまくし立てた。

「甘いな。そこが欠点だと気が付かないのか。確かに、これがあれば注文主の顔にフィットしたマスクはできるだろう。だがな、優介君。よく考えてみなさい。日本中のユーザーから注文が来たら、それをどうやってこなすつもりだ。加奈女さんの仮面を作るだけでも三十分近く、正確には二八分かかっている。千人から注文が来たら、一万人の注文が一気に来たらどうするのだ。ましてや世界中のユーザーから作ってくれとオーダーが来たら、二四時間、それをこなす必要が出てくる。そんなこと、このシステムだとまったく不可能だな。オーダーマスクはできるかもしれないが、ビジネスにならない。それにだ。いま作ったその仮面はどうするのだ。注文した人に送るのか、それとも丸福の倉庫にしまって置くのか。時間がたって、その人が太ったり痩せたりしたらどうなるのだ。そのたびに仮面を作るのか。無駄だ。この技術は不完全だ。無駄が多すぎる。だから成功は覚束《おぼつか》ない」

そういうことだ、とまったくの上目目線で安田は言い放った。

優介は愕然《がくぜん》として、拳《こぶし》を握り締め、込み上げてくる怒りで顔を真っ赤にさせた。しかし、優介は安田の指摘に言い返す言葉が見つからなかった。

「そこにいらっしゃるのは留目弁理士ですかな」

茂は一歩前に出て、「はい。わたしが留目です」、と安田に応える。

「ところで、この技術は特許になりそうですか」

突然、特許はどうかと聞かれ、何と答えればいいのか迷ったが、結局、

「このままだと難しいかも」

「それはますます困りましたな」

茂のその一言で、開発室は真冬の冷凍室に入ったように、一瞬の内に凍《こお》りついた。それを何とか打ち破るように、

「お父さん……」

咲の弱々しい声音が冷え切った開発室に響いた。

無理難題を投げかけているように見える安田だったが、実は皆が見落としていたこの技術の重大な欠点を指摘していた。

いや、茂も優介も心の底の底では気が付いていたのかもしれない。だが、一刻も早く新しいマスクを開発して発売したいという気持ちがまさり、目に見える成果を得ようと急ぎすぎていたのかもしれない。それを安田が、ずばりと核心を突いたのだ。だからだろうか、その意見に誰も何も言い返せないでいた。

「わかった。なんとかする」

それを打ち破ったのが森村の、重く沈んだ、しかし、しっかりとした強い言葉だった。

加奈女が、「優ちゃん……」、と声を掛ける。

安田のダメ出しに反論することができず、ただ茫然とするだけだった優介は、加奈女の声で我に返った。

「わ、わかりました。支店長さんご指摘の課題を解決してみせます。でも、俺だけじゃあ、絶対に無理です」

「無理な人間がやけに自信ありげだな」

安田は含み笑いを投げかける。

優介はそんな安田の言葉を一切無視するように、森村を正面に向き直ると、

「森村さん。ご覧のとおりです。悔しいけど安田さんのご意見はもっともだと思いました。これを何とかしたい。それで、丸福マスクを助けると思って、わが社の開発顧問になってください。明日から、いや今日からお願いします」

優介は森村に深々と頭を下げるのだった。

「お父さん……」

咲が再び父親に声を掛けた。

森村はゆっくり咲の方を向き、うーむとひと声唸る。そして、

「咲」

「はい……」

「僕は今日からここに泊まる」

「泊まるって、どういう事よ。ここは優介さんの会社よ」

「わかってる。僕の家とここを行き来する時間がもったいない。この問題をふた月、いや、ひと月で解決する。そのためだ」

そんなあー、といったきり咲は黙ってしまった。

「森村さん……。ありがとうございます」

優介はただただ、森村に頭を下げ続けた。

安田と後ろでハラハラしながら見守っていた植田の二人は、そんな様子を見届けると、満潮《みちしお》が引くように静かにすーっといなくなった。

開発室の外では岩倉が、ドアの前でそわそわしていた。安田が出てくるのを見届けると、

「安田さん……」

岩倉は心配げに安田を見つめた。

「岩倉さん。ご苦労様でした。この後が大変楽しみになりました。ありがとう」

岩倉は何が起きていたのかわからず、ポカンとし、去って行く安田と植田を茫然と見送っていた。


「という訳で、開発部に顧問として森村さんに来ていただくことにしました」

優介は自宅のリビングで朝起きてきた父親に、昨日の結果を含め報告した。

「開発部に訳のわからん人間を入れてもいいのか。技術をつかんで逃げられたら大変だぞ」

「親父、知らないかな。駅前に、昔、M町写真館ってあっただろう。あそこのご主人だよ」

「M町写真館のご主人って、確か、親父が交通事故で死んで……、一人息子が……、その子か」

素っ頓狂な声を出した。

「森村の子供はいつも恰好いい服を着て、俺たちとは違う世界の人のようだったが」

「そういや、親父も首からカメラをぶら下げて、俺たちの写真をよく撮ってくれてたよな」

「そうだな。そういう時もあったなあ」

と、昔を懐かしむように目を細めた。二十年、いや三十年近く前になるだろうか、風景写真だ、家族写真だ、と駆けずり回った時期が確かにあった。

「ところで会長に頼みがあるんだけど」

「頼みだと、なんだ」

「新しいマスクの開発と、社長を両立させるのは無理だ。そこで相談なんだけど、新しいマスクができるまで、親父に社長に復帰してもらいたいんだ。正義おじさんも復帰したことだし、どうかな」

「どうかなって、社長に頼まれてはなぁ」

新造は久々に聴く社長という呼び名に、改めて新鮮な感動を覚えていた。息子から社長と呼ばれただけだが、自然と顔がにやけてくる。そうなるのをぐっと我慢して、

「まあ、ことは非常時だしな。頼まれれば仕方ないが、俺一人で決めるのも問題があるだろう。マサさんが出社したら相談してみるよ」

新造は、それで、いいな、と念を押したが、優介はこれでしばらくの間、開発に集中できると安心した。


優介は、いつものように社員のみんなが出社する前に開発室に入った。すると何かが動く気配がする。一瞬、泥棒かと思ったが、そうだ、昨日から森村さんが開発室に寝泊まりすると言っていたのを思い出した。本当にこんな所に寝ていたのだろうかと心配になったが、

「森村さん、おはようございます」

優介は部屋の奥に向って声を掛けたが、返事はなく、シーンと静まり返っている。まさか、本物の泥棒か？　と、思った時、奥から森村が、冬が近いというのに額に汗を浮かべて出てきた。

「おは、よ……。部屋、ようす見てた」

森村のたどたどしい話し方は一向に変わっていない。やはり、咲さんがいないとダメなのだろうか。これからどうやってコミュニケーションをとればいいのか、これは大変だぞ、と改めて覚悟した。

「俺が手伝うことがあったら、何でも言ってください」

優介は声をかけると、森村は小さく頷くのだった。

優介は新しいマスクを開発するといっても、何を手伝えばいいのか、何から手を付ければいいのか、わからない。手持無沙汰のまま昼が近づいた。

この間、森村はパソコンに向かい一心不乱にキーを叩き、どこから探してきたのか机の上に置いたクマの置物を、デジカメでカシャカシャと写している。

うまくいっているのだろうか、尋ねてみようかと何度も迷ったが、我慢した。自分も『男前マスク』と『王女のマスク』を開発している時、誰からも声を掛けられたくなかった。実際、親父は俺のことを何にも言わずに、黙って見ていてくれた。

今、俺にできることは、じっと待つことだけだ。


「ということなんだよ。マサさん、俺に社長に戻れって、優介が」

「社長にですか。いまの状況ですと、それが良いようですね。でも、わかっていると思いますが、昔のようにはいきませんよ」

「なんだよ。俺の心臓のことを言ってるのか。新造が心臓にやられるとは、こりゃあ、心臓に悪いぜ」

新造は一人、ガハハと高笑いした。

「……」


「せんせー、昨日の森村さんの実験、興奮しましたね。でも、あの安田さんって、なんだか嫌な人でしたけど、でも、鋭いですね」

香織は昨日のことを思い出していた。

「噂には聞いていましたが、本当にそうでしたね」

「安田さんが指摘した問題点ですけど、それが解決できたとしても、特許にならないんじゃないですか」

「香織さん。わたしも昨日の実験を見ていてそう思いました。このままでは特許にならないとね。特許のない技術はすぐに真似をされ、模倣品が出てくるでしょう。そんなことになったら、優介さんたちは何のために新しいマスクを研究しているのか、まったく無駄になります」

「そうですよね。そうなったら、また、あの中国女の思いのままになってしまいます」

「中国だけじゃなく、日本の競合メーカからもやられてしまいます。それに、丸福さんを護れない特許事務所なんて、この町に存在する意味がなくなります」

茂は冷静に分析した。

――森村さんの発明を特許で護る。それをどうすればできるのか、それを考えなければならない。その答えが出なければ、新商品の開発に成功したことにはならない。

茂は、その解答を求め頭を悩ませていた。しかし、どうすればいいのか、まったく手掛かりが見つけられない。

「せんせー、やっぱり現場百回じゃないですか。優介さんの会社に行ってみましょうよ。きっとヒントが見つかりますよ」

「まるで殺人現場ですね。ここにいてもいい案が出ないし、行ってみますか」

香織は通勤用のママチャリで、茂は唯一の乗り物のミニベロにまたがった。

茂の事務所から優介の工場は商店街を抜け、駅前に出て、そこを左に折れ、しばらく自転車を走らせると中小企業団地の入り口に着く。そこをもう一度左に曲がり、少し行ったところにある。

工場の事務所で事務員のおばちゃんに声をかけると、社長は開発室にこもりっきりで、そっちに行くように言われた。マスク工場の中を通り、奥まったところにパーティションで区切っただけの開発室がある。ドアをノックする。

はい、とくぐもった返事があり、ドアが開く。優介が姿を現した。

「ああ、せんせー。それに香織さん。いらっしゃい」

「どうですか、新マスクの方は……」

香織が囁くような声で訊く。

「いやぁ、それがなんとも、どうなっているのか、俺にはさっぱり……」

「さっぱりって……」

「森村さんのやっていることが、まったくわからんのです。だから手伝いようがなくって。それと森村さんのやろうとしていることって、コンピュータとかデジタルとかいう電子分野じゃないですか。俺は文系だし、何がどうなっているのかちんぷんかんぷんで。手伝いたくても手伝いようがないんです」

そう言って、嘆くのだった。

茂は、元は理系だが、分野も違うし、研究現場を離れて十年が近い。だから、状況は優介と同じようなものだった。森村さんの頭の中に何が描かれているのか、それを実現するために何が必要で、それをどう表現すれば特許になるのか、マスクのさらなる特徴はないのか、それを探しに来たのだが、こんな状況ではヒントすら見つけられない。

開発者の森村さんに訊くしかないのだが……。

「ところで、森村さんとは、ちゃんと話してますか」

茂が尋ねると、優介は無言で頭を左右に振るのだった。

「それはいけませんね。わたしの方も森村さんの技術を何とか特許にしたいと考えているのですが、今のところいい案がなくて……」

「せんせーの方もですか」

茂は、困りました、という言葉を喉の奥に飲み込んだ。

「やっぱり、咲さんに来てもらわないとダメなんでしょうかね」

香織がポツリと漏らすと、三人はお互いの顔を見合わせた。

そしてその夜、三人は兆治でいつもの奥のテーブルに着いた。優介は森村も誘ったが、仕事があるといって振り向きもせず固辞した。あれだけ毎晩のように通っていた兆治なのに……。

カラカラと遠慮がちに格子戸が開いて咲が顔をのぞかせると、こっちこっちと、香織が手招きし、咲は優介の隣りに座った。そして、茂の方に顔を向けると、

「せんせー、お父さんの発明、あたしにはよくわからないものなんですけど、特許にしてあげたいんです。お金なら何年かかってもお支払いしますからお願いします」、と頭を下げた。

「いえ、お金の話は、今はおいておきましょう。その前に大切なことは、お父さんの技術が特許になるようにしなければなりません。それを相談したくて、今日、こうして集まりました。そのために咲さんにも仲間に加わっていただきたいのです」

「あたしが、皆さんの仲間にですか？　あたし、なんにもできませんけど」

咲は思いがけない仲間と言う誘いに、場違いな違和感を抱いた。そして、優介が、

「お父さんはとても一生懸命に研究されています。今日もここに誘ったのですが、研究があるからと言って来なかったくらいですから」

「そうですか。まったく、お父さんらしいです。お父さん、研究をやり始めたら何にも見えなくなって、ご飯も食べないんですよ。本当に心配です。あるとき、あたしが会社から遅くに帰ると、ふらふらしてて、今にも倒れそうになってて……」

「そうなんですか。それはすごいですね。俺も飯食うのを忘れることがあるけど、ふらふらにまでなっ

たことはないです」

優介は森村が朝も昼も食べずに、パソコンやミシンをいじっていることを思い出した。今日はちゃんと食事を摂ったのか心配になってきた。

茂は話題を元に戻す。

「咲さんにお願いしたいのは、お父さんが考えていること、頭の中で描いていることを聞き出してほしいのです。そうすれば、われわれだって少しはお手伝いできることがあると思うのです」

「そうなんですか。でも、あたし、お父さんに何を訊けばいいのか、わかりません」

「それはこちらでお知らせしますので、咲さんが通訳というか、われわれにもわかるように話してもらえればいいのです」

「そんなことで上手《うま》くいくのでしょうか」

「それはわかりませんが、じっとしていても時間ばかりが過ぎ、ひと月でできるかどうかわかりません。もし、万が一にもお父さんが倒れるようなことにでもなったら、それこそ大変なことになります」

「そうですねぇ……。わかりました。お役に立てるかどうかわかりませんけど、頑張ってみます」

そうと決まれば成功を祈って乾杯しましょう。香織が音頭をとる。

「森村さんの発明がうまくいきますように！　かんぱーい」

香織、優介、茂はジョッキを掲げ、お酒の飲めない咲は恥ずかしそうにウーロン茶のグラスをジョッキに当てる。

ガチン、ガチン、かちん。カンパーイ！

絆を深める夜は更《ふ》けて行った。


咲の次の休日の朝。

咲が優介と一緒に開発室に顔を出した。それもおにぎりを山のように持って来ている。父親に食べてもらうつもりなのだろう。

「お父さん。これ差し入れだから、食べてね」

あ〜、と一声だすと、咲が持ってきたおにぎりの山をむしゃぶりつくようにして食べ、あっという間に平らげた。よほどお腹がすいていたのだろう、満足に食事をしていなかったに違いない。

「咲のおにぎりが一番うまい」

一つげっぷをすると、満足そうにお腹をさすった。

「ねえ、お父さん。研究は進んでるの」

「うるさい。いまやってるところだ。用が済んだら帰れ」

「森村さん。おにぎりまで用意してくれた娘さんに、いくら何でもそんな言い方はないでしょう」

優介は口を添えた。

「ふん」

森村は言い返すことはなく、机に向かうと、黙々と手を動かし続ける。

カチャリと音がして、茂と香織の二人がやってきた。

開発メンバーの全員がそろったところで、優介が意を決して森村に声を掛けた。

「森村さん。お話があります」

　森村は振り向きもせず、目の前の作業に没頭している。

「森村さん。手を止めて、こちらを向いてください」

「ウー……。何だ」

　いかにも面倒くさそうに顔を上げた。

「この前の実験の結果では、安田さんが指摘したように、あの方法でマスクを製造し販売することは難しいでしょう。それに留目せんせーがおっしゃっていましたが、特許も難しいと」

　優介の少し後ろにいる香織も大きく頷いている。そして、優介は続ける。

「それで、新しいマスクの開発方針を相談したいのです。いま、森村さんはそのために一生懸命に研究してくださっていることは、本当にありがたいと思っています。でも、それを知っているのは森村さんだけで、俺も知らない。ここにいる留目せんせーも香織さんもわからない。新しいマスクに特許がなければ、仮にいくらいいモノを開発したところで、すぐに真似されてしまいます。これではダメなんです。新しいマスクの技術を、森村さんの発明を、留目せんせーに権利化してもらいたいのです。そのためにも、どこをどう工夫すればいいのかを話し合いたいのです。どうか耳をこちらに向けてください。お願いします」

　優介は横を向いたまま、あらぬ方向を見ている森村に一心に頭を下げた。

「お父さん。社長さんの話をちゃんと聞いて、お願いだから」

　咲は父親に懇願した。

「ちゃんと、聞いてるよ」

「ではお話しいただけますか」

森村は、ふーっと大きな息を吐くと、みんながいる方に向き直した。

「安田という奴《やつ》は信金の人間か。まったく気に食わん。だが、あいつの言うことは悔しいが、わかる」

森村は娘の咲が同席しているからか、普通に話ができている。

「まず、あいつの言った、仮面を作成する工程をなくそうと思った」

「と、いうことはスマホからその人の顔の情報を使って、直接マスクを作るということですか」

茂はここからは自分の出番とばかりに質問する。

「わたしもあの仮面を作る工程がなくなれば面白いと考えていました。でも、それをどうすればいいのかはわかりませんでした。もしそうなれば、特許になるかもしれません」

そう告げると、香織が、

「せんせー、それはどうでしょうか。あたしも仮面さえなくなればと思いました。それでもう一度特許を調べなおしたのです。残念ですが、デジカメやスマホのデータからモノを作るという特許はいくつかあります。だからそれは……」

「ムリだということですか」

優介が訊いた。

「いや、無理かどうかまではわかりませんが、せんせーどう思いますか」

香織は問いかけた。

「特許に『モノを作る』という記載があるとすると、その特許に抵触する可能性はあると思います」

「それじゃあ、これ以上いくら研究しても意味がないのか……」

森村は自分がやろうとしていることが否定されたようで、ムッと顔をしかめた。

「だから、そんなことにならないように考えたいのです」

茂がそう言うと、いくつかの質問を重ねる。

「森村さんは、ユーザーの顔のデジタル情報を、マスクを縫製するミシンに直接導入して、マスクを作るシステムを構築しようとしている、そういうことですよね」

そうだ、と森村は答えた。

「丸福のロゴマークや絵も入れられると言ってましたよね」

「ああ、そう言ったが、絵を入れる操作まではしていない」

「それは、入れることは可能ですか」

「ああ。できる」

「それならユーザーさんが描いた絵をデジカメで送ってもらったものも、刺繍できますか?」

「できるよ。理屈は同じだ」

茂は次々に質問を続ける。

「森村さん。ユーザーの希望で、いろんな柄《から》のマスクを選ぶことができましたよね」

「もちろんだ。マスクの柄や絵やマークを、選んでもらうボックスを設《もう》けておけばいいだけだ。自分で書いたものにしたければ、それをスマホのカメラで写してもらえばいい」

「お父さん、そんなことが本当にできるの。それなら、とても素敵なマスクになると思うけど……」

「咲さんもそう思う。あたし、想像しただけで楽しくなってきたわ。森村さん、早くその技術を完成させてください」

香織はできたマスクを想像すると心が躍り、ワクワクし始めた。

「だから、それをやっているのに、お前たちが邪魔をした」

「お父さんったら……」

咲は父が皆から期待されていることが嬉しくて、誇らしかった。そう思うと、胸が急に熱くなり、涙がにじんだ。

茂が言った。

「ユーザーさんの顔の情報だけでマスクを作るのでは、特許にするのは難しいかもしれません。だけど、ユーザーさんの希望のマークやマスクの柄を指定してマスクを作る特許はない。そうだよね。香織さん」

「はい。ありません」

香織は自信ありげに言う。

「優介さん。森村さん。いまの方針でマスクを作る技術を確立してください。それに」

「新しいマスクの商標ですよね」

間髪入れずに優介が、茂の後の言葉をつなぐ。

「名前は香織さんの役目でしたよね」

香織が頷こうとすると、「あのー」と、咲が声を掛けた。

「マスクの名前なのですが、あたしではダメですか」

「咲さんが、ですか。ええ、もちろん構いませんよ。いい名前が思いついたら是非、提案してください。お父さんが新しいマスクの技術を作り、咲さんがマスクに名前を付ける。とても、いいです。最高です」

優介は笑顔で賛成した。

「そっ、そうね。咲さん、頑張って」

「すいません。出しゃばったみたいで。でも、あたしも何かお役に立ちたいから」

「みんなで考えて、みんなで作る。そんなことが日本で、このM町のちっぽけな会社で偶然にも起きた。それでいいんじゃないですか」

優介は達観したようなことを呟いた。

森村はあらぬ方向を向いていたが、その実、しっかりと聞いていたようで、難しい顔をしながらも、満足げに、頬がヒクヒクほころんでいた。

「そうと決まれば、香織さん。わたしたちは帰って、新たな知財コンプレックスを構築しましょう」

「はい！」

香織の小気味いい返事が皆の気持ちを表していた。話がまとまったと思われたその時、

「顔のデータが欲しい」

森村がぼそりと呟いた。

「咲や社長の顔のデータだけではマスクミシンを完璧に動かすことができない。どんな顔の人でも

ぴったり合うマスクにするためには、デジタルデータを補完する情報が欲しい。最低でもそうだな、二百、いや三百人分は欲しい」

優介がわかったと、最初に手を上げた。

「子供の分は、俺と加奈ちゃんとふたりで集めるよ。きっと手伝ってくれると思う」

「このマスクって、病院で治療中の人ほどいいんじゃないかしら。病気で体力が衰えた人や、もともと抵抗力の弱い人たちの感染症を予防するためにも、顔にぴったり合う方がいいんじゃない」

香織はそう提案した。

「確かにそうだけど、そのデータはどうやって……」

「あたしがお母さんに頼んでみるわ。お母さんは看護師をしているから。これで撮るだけでいいんでしょう」

香織は、スマホを取り出した。

「それじゃあ、ダメだ」

森村はすぐさま否定した。

「お父さん、ダメってどういうこと。スマホでも撮れるんじゃないの」

「香織さんのスマホには、僕が開発したソフトが入っていない。だからだ」

「なんだ、びっくりした。そういうことですか。そのソフトはどうやってインストールするのですか」

「丸福マスクのホームページに入ってくれ。〝マスクをオーダーする〟というアイコンがある。それをタッチすれば、それで終了だ」

わかりました、と香織は言い、丸福マスクのホームページの〝マスクをオーダーする〟をタッチした。インストール中……、完了です、の合図が出る。

香織はスマホのカメラを茂に向け、画面上の指示通りにボタンをタッチしていく。七枚の撮影を終えると、オッケーが出て、転送しますか、と問われる。画面の指示に従い、〝はい〟のボタンを押す。

スマホ画面に『ありがとうございました』と、可愛いショートヘアの事務員がお辞儀している。

――あれっ、どっかで見たような……。

森村がパソコン画面を睨んでいると、ピンポーンと着信を告げた。

「届いた。大丈夫。これで留目せんせーの仮面ができる。やってみる」

３Ｄプリンターが立ち上がり、ジージーと唸りながら茂の顔を作っていく。

真っ白な茂の仮面ができあがり、茂がそれを手に取ると、

「これがわたしの顔ですか。もっといい顔だと思うのですが……」

それを聞いて、香織も優介も声を上げて笑い出した。

つられるようにして、咲も笑い、森村は苦虫を潰したような顔で無理やり笑っている。

皆の笑い声がこれからの成功を祝っているようだった。

リベンジ

先の研究報告会から、あっという間にひと月が経った。

丸福マスクの二階の会議室。

臨時役員会議が開かれようとしている。会議室のテーブルはコの字型に並べられ、右側に会長の新造、優介社長と工藤正義相談役が着席している。それと対峙するように左側にK信用金庫M町支店長の安田と副支店長の植田が並んで座っている。

今日の会議は、新マスク製造技術の発表会も兼ねているため、コの字の縦の列には、オブザーバとして森村開発顧問と、知財戦略の説明のために留目弁理士と香織調査員が、それに森村の発言を補助するために、咲が森村に付き添うように隣に並び座っている。森村の机の上には古びたデスクトップパソコンが一台置かれていた。

この会議の主な議題は新マスクの発表会だが、真の狙いは従業員のボーナスや来年のマスクの資材調達費と、新マスクを製造するために新たにパソコンやディスプレイなどを購入するための融資を取り付けることにある。もしこの会議で、前回のように新マスクの欠陥や、先行きが不透明だと安田から指摘されれば、融資を得ることはできなくなる。いくら正義おじさんが必死になって、安田に口利きをしてくれたとしても、そんなことで安田が、首を縦に振ることはないだろう。

優介が立ち上がり一礼すると開会を宣言した。

「本日はお忙しいところ、弊社の新マスク発表会にお集まりいただきありがとうございます。弊社は、『男前マスク』と『王女のマスク』の売り上げ回復のため奮闘しておりますが、他社が思いのほか早く新商品を売り出したため、残念なことに売り上げが低下する傾向にあります。弊社においても、新たなマスクを市場に投入しなければ、その失地を回復することは難しい、と考えています。それで」

話を続けようとしたとき、安田が、

「優介社長。その話は後回しにしないか。新マスクを早く見せてほしい」

まどろっこしい挨拶など無用だと言いたいのか。

「はっ、ハイ。わかりました」

優介は返事をすると、急に胸がドキドキし始めた。

「えー、それではこのマスクを開発した森村さんの方から、説明していただきます……」

予定通りとはいえ、指名され立ち上がった森村は椅子を蹴倒し、ふらりとよろけた。咲は咄嗟に父親を支えた。

こんなので大丈夫だろうかと、皆が心配する中、安田は何事もなかったようにじっと一点を見つめ、森村の説明を待っている。

「安田さんをモデルに試したい」

森村はしっかりとした声音でそう言った。

「うむ。わたしをモデルにか」

「その方が実感していただけるのでは」

見間違いかもしれないが、森村はニヤリと笑ったように見えた。

「安田さん。スマホを出して、丸福のホームページから、オーダーマスクを作るというアプリをインストールしてください」

「わかった」

安田は脇に置いていたカバンからスマートフォンを取り出すと、丸福マスクのホームページを開いた。

「これだな。これをクリックして、オーケーを押してと……」

ブツブツと独り言を口にしながら、作業を進めていく。インストール完了のサインが出た。

「次にこのアプリを立ち上げて、指示通りに安田さんの顔の写真を撮ってください」

「自分ではちょっと難しいな。植田、やってくれ」

植田は安田からスマホを受け取ると、手慣れた手つきで次々に安田の写真を撮っていき、終了のサインが出ると、スマホを安田に返した。

「後は転送のボタンを押して、これでお終《しま》いか」

そう言い終わると、森村の前に置かれたパソコンからピンポーンと着信音が鳴った。森村の指がしなるように動き、キーボードのリターンキーをパチンと叩く。その音が会議室に響いた。

「よし。これでここでの作業のすべてが終わりました」

「なるほどこれなら簡単だな。それでわたしのマスクは何日後にできるのだ。ここへ取りに来るのか、それとも郵送してくれるのか」

「いいや、もうちょっと待ってくれ。ここで渡す」

「ここでか……」

安田は想像していなかったのか、少し驚いたようだった。

「待っている間に植田さんのマスクのデータを取りましょう」

優介が声をかけた。

植田は頷いた。スマホへのソフトのインストールを終えると、今度は安田が植田の顔写真を撮った。

「スマホ画面に出てくるドーナツ状の撮影の指示通りに植田の顔を合わせ、シャッターを押せばいいのだな。なるほど、次はこうだな」

再びブツブツ言いながら、安田は植田の顔写真を撮り終えた。転送のボタンを押そうとすると、森村が待て、と声をかけた。

「マスクに好きな色や模様が選べる」

「模様ってなんだ……」

安田が不思議そうに訊く。

「マスクの色や柄、それに加奈女さんが描いた昆虫や花などのマークを選び、マスクに刺繍することができます。この世に二つとない自分専用のマスクになるのです」

優介は立ち上がり、誇らしげに説明した。

植田は頷くと、薄茶色のタータンチェック柄に、ラクダのマークを選び、転送ボタンを押した。

「この世に二つとない自分専用のマスクか。それは素晴らしいじゃないか。丸福さんが考えていることはよくわかった。しかし、それが本当にできているのか、確認しないことにはな」

安田は疑り深いのか、慎重なのか、そう言った。

森村のパソコンに植田の情報が届く知らせがピンポーンと鳴る。それを確認すると、森村はリターンキーを再び、指をしならせパチンと叩いた。

すると、それがまるで合図だったかのように、会議室のドアがノックされ、そーっと開いた。遠慮がちに青木のおばちゃんが顔をのぞかせた。

会議室の全員の目がドアでたたずむ青木のおばちゃんに集中した。

「あのー、会議中に申し訳ないですが、頼まれていたマスクです。会議中でもいいから持ってきてくれと、優介坊ちゃんに言われてたものですから」

青木チエは七十に手が届くらしい。優介が生まれる前から、丸福マスクで働いており、今はマスクの縫製部のまとめ役をしている、現役バリバリのおばちゃんだ。

「青木のおばちゃん、ありがとう」

優介がドアに歩み寄ると、小さな箱を受け取った。そして、その箱を安田の前に静かに置いた。

「支店長、その箱を開けてみてください」

安田は箱を受け取ると、訝《いぶか》し気に上蓋を開けた。その中にはカードのような紙片が入っている。取り出してみると、メッセージが書かれており、そのメッセージには、

安田　修治様

ご注文いただきありがとうございます。このマスクはあなたのお顔にフィットしたオーダーマスクです。気に入っていただけると幸いです。

このマスクはわたしが心を込めて縫製いたしました。

品質には十二分に配慮しておりますので、特にお肌が弱い方、病気療養中の方には安心して使っていただけます。

㈱丸福マスク製作所縫製部　青木　チエ

と、署名と捺印がされていた。

「これがわたしのマスクか。もう、できたのか」

優介は自信をもって、「はい」と答えた。

「今すぐ、つけてみてください」

優介がそう言う前に安田はすでに箱からマスクを取り出し、つけ始めている。

「おー、なんだ、この装着感は。頬にピッタリで、優しい肌触りだ。どこにも無駄な力がかかっていないな。確かに、今までのマスクとは違うな」

そこまで言うと、安田はくっくっと笑った。そして、

「まるで魔法のカメラから出てきたマスクだな。いいじゃないか」

「ありがとうございます」

優介はこれ以上ないという笑顔になった。

再びドアがノックされた。顔をのぞかせたのは赤嶺のおばちゃんだ。赤嶺幸子は青木のおばちゃんの五年後輩になるそうだけど、優介にとっては、どちらも頭の上がらないおばちゃんたちだ。

赤嶺のおばちゃんは部屋に入ってくるなり、いきなりまくしたてた。

「恰好いいマスクができてるよ。誰がこれをつけるんだい」

「ひょっとしてわたしのでしょうか」

植田が椅子から立ち上がると、興味津々《しんしん》に一歩前に出た。

「ふ〜ん、あんたがつけるのかい。なんだかねー」

訳のわからないことを呟くと出て行った。

早速、植田は箱を開けると、同じような紙片が入っている。開いてみると、

植田　良則様
このマスクは、あなたのお顔にフィットする、オーダーメードマスクです。わたしが心を込めて作りました。ご愛用宜しくお願いします。
㈱丸福マスク製作所縫製部　赤嶺　幸子

と、なっていた。

植田は箱の中を確認すると、十枚入っている。一枚を取り出し、装着する。チェック柄のマスクの右耳の近くにふたコブラクダが刺繍されており、左耳の下には丸福マークが虹色に輝いていた。

「おい、植田。それ恰好いいな。これと交換してくれ」

「だめです。これはわたし専用ですから。支店長の顔には合いませんよ。そうでしょう、優介社長」

植田は身をよじって安田の要求を拒否した。

そんなやりとりを優介はニコニコしながら、もちろん、そうです、と答えた。

「オーダーメードというのは難儀だな」

安田はぼやいた。ぼやきながら箱の中身をそれとなしに確かめると、五枚しか入っていない。

「どうしてわたしの箱には五枚だけなのだ。しかもみんな、真っ白じゃないか」

「実験の結果を一刻も早くお知らせしたいと思い、特に急ぐようにとお願いしていたので。それに白は支店長のご希望でしたので」

「そうだったかなぁ。それにしても、せっかちは損をする、ということか」

安田は口をへの字に曲げた。

「今からでも柄とマークを選ぶことができます。先ほどのスマホのデータに柄とマークを追加し、再送信してください」

安田はゴホンと咳払いをすると、スマホのデータに薄いブルー地にトンボのマークをオーダーし、オッケーボタンを押して転送した。安田はオーダーマスクのアプリを完全にマスターしたようだ。

「ところで新社長。素晴らしい技術ができたようだが、すでにわかっていると思うが、これらの技術を護るための特許の方はどうなっているのだ」

「はい。その件につきましては、開発戦略顧問をしていただいている留目せんせーにお願いしています」

茂は立ち上がり、「新マスク・パテントポートフォリオ《特許資産構成》」と題する数枚の資料を配り、説明する。

「丸福マスクの他社にはない最大の特徴は、一人一人の顔に、完全にフィットしたマスクだということです。このコンセプトの究極の形が、今回の技術といえるでしょう」

参加者は茂の話に頷きながら聞いている。そして、茂は新マスク技術と、他の関連する技術の特徴を、比較しながら話を進める。

デジタルカメラやスマートフォンで被写体を三次元画像で撮影し、その画像のとおりに三次元の立体像を形成させる技術は、すでにありました。このことは香織さんの調査で明らかになっています。

しかし、形成された被写体に、この場合、仮面になりますが、この仮面にフィットしたマスクを作るという直接的な特許技術はありません。ですが、仮面に合わせてマスクを作ること自体は、今までの既存の技術でできます。ですから、単純な既存の技術の組み合わせに過ぎません。そのため、権利化は難しいでしょう。

仮に権利化できたとしても工程が煩雑で、コスト高になります。これは、ユーザーにとっても丸福マスクにとってもメリットは大きくない。このことは安田さんのご指摘のとおりです。

そこで、今回の技術は顔のデジタルデータから、その人の顔にフィットしたマスクを直接作るというものです。この技術はまったく新しく、画期的であり、先ほど申し上げたように既存の技術の単なる組み合わせではありません。

簡単に申し上げますと、マスクから見るとまったく異分野のカメラとのコラボです。これは誰にでも容易には想像できないでしょう。さらに、ユーザー希望のマスク柄やマークを選択し、そのマスクを製造する技術は、これこそまったく新しい技術です。

よって、これらの丸福マスクの新技術は特許権を得ることができるでしょう。

会議室は水を打ったように静まり、皆は茂の一言一句を訊き洩らさないように、聞き耳を立てている。そして、茂は続ける。

次のページをご覧ください。かさかさとページを繰る音が聞こえる。

これは香織さんが作成したパテントマップ《特許地図》です。

そこには二次元のグラフに多くの黒い点の集団と赤い点と緑の点の集団、そして、いくつかの青い点が見られた。

ここからは香織さんに説明していただきます。

香織は立ち上がり、パテントマップの説明を始める。

黒い点群は、他社や既存の技術を表します。そして、赤い点は『男前マスク』と『王女のマスク』の特許に相当します。赤い点と黒い点群は明らかに離れた、異なる技術であることがこのグラフからも一目瞭然です。ところが緑の点は赤い点の近くにあり、競合していることが見て取れます。

ご推察のとおり、緑の点群は中国からの『メイリィマスク』と『プリフェイスマスク』、それに国内の競合他社から発売されている、美顔や小顔を特徴にしたマスクなどです。

安田と植田、新造と正義はこのグラフを食い入るように凝視している。

香織は小さく胸を張ると続けた。

もうお分かりだと思いますが、青い点は今回の新マスクに関する技術を表します。カメラで撮った顔のデジタル情報を使うこと、デジタル化された情報から直接マスクが製造されることなどから、これまでの技術群からは遠く離れた技術であることが明瞭にわかります。

安田をはじめ全員が、香織の示した色分けされたグラフに吸い寄せられ、見入っている。

森村が考案した技術は、広大なテクノロジーの大海原に、一人悠々と泳ぐ姿を彷彿とさせた。

「あたしからの説明は、以上です」

香織は、皆が自分の説明に聞き入っているのを肌で感じながら、高揚した気持ちを抑えるようにしてパイプ椅子に腰を沈めた。

誰一人声を発するものはいなかった。それだけ香織の説明が完璧で、非の打ち所がない……、と思われたが、

「マスクの商標はどうなっている。名前は決まっているのか」

その声は、またしても安田だった。

「いえ、それは……、咲さんが……」

優介は咲と安田の顔を交互に見た。

名指しされた咲は、緊張しながらもすっと立ち上がると、

「あなたは?」

「はい。森村の娘で、咲といいます。父が丸福さんの仕事を手伝うようになってからずっと考えていました」

「そうですか。それで」

「あたし、『丸福オーダーマスク』がいいと思います。洋服でもバッグでもそうですけど、有名ブランドはお店の名前ですべてがわかります。だから『丸福』の『オーダーマスク』。これしかないと思うのです」

「これしかない、ですか」

――まるで単純で、インパクトに欠けるようだが、これでいいのか……？

安田は、腕を組み、深く考えるように目を閉じた。

「あたしも、いいような気がします」

香織は最初に賛成した。

「それ、単純すぎないか」

これまでうんともすんとも、一言も意見を発しなかった新造が口を開いた。

「『丸福』はいいんだが、『オーダーマスク』だけでは聞いた時の印象、というか、グッと、こう胸にくるものがない」

「そうかもしれませんね。『王女のマスク』は名前を聞いただけで、そのマスクをつけてみたい、と思わせる何かがあった」

相談役の正義が同調した。

それに対する咲からの反論はない。ただ俯いているだけだった。

「単純だからいいのだ」

大きな声だった。まさかの森村からの発言だった。

「いいかね。商品のネーミングというのはインパクトがあり、ユーザーに印象深く興味を持ってもらえるものと、何の変哲もない名前でありながら、その名前を聞いただけで企業のイメージから、商品の信用までのすべてがわかるものの二種類がある。例えば『王女のマスク』は前者であり、『丸福オーダーマスク』は後者のそれを目指すものだ。そうだな、咲」

「えっ、ええ。お父さん……、ありがとう」

咲は、うん、と大きく首を縦に振った。

新造と正義は、なんとも頼りないと思っていた森村が、迫力のある声で理路整然と意見を述べたその姿にタジタジとなった。

腕を組み、瞑目していた安田が腕を解くと、

「そこだな。これからの丸福にとって、それこそが重要なことだ。企業イメージ。企業ブランドとはよく思いついた」

「『丸福オーダーマスク』が、これからの丸福の将来を担っていく、ということですか」

優介は安田に問いかけた。

「それをあの娘さんが、わたしたちに教えてくれたのだ。新社長、感謝するんだな。後は商標を出願し、二度と崩れることのない知財コンプレックスを構築することだ。留目弁理士、朝井さん、よろしくお願いします」

安田は茂や香織に向かって頭を下げた。

安田が頭を下げるなんて考えてもみなかった。

顔を上げた安田はニヤリと笑う。

「新社長、話はこれで終わりかな。明日、融資の件で細かな点を相談したい。申し訳ないが、M町支店までご足労をお願いします」

そう言い残すと植田を連れ、そそくさと帰って行った。


「やりましたね。森村さん。ありがとうございました」

優介は森村の席に歩み寄り、握手を求めた。

「いや……」

「お父さん。これまで頑張ってきて、よかったね」

隣に座る咲も嬉しそうだ。

「みんなのお陰だ。みんなの助けがなければ、僕一人じゃあ、どうにもならなかった。でも、あの安田という奴は、僕たちの敵なのか味方なのか、よくわからんなあ」

「そうなんですよ。最初の開発会議のとき、いきなり飛び込んできて、これじゃあダメだといい。俺たちを混乱させ、今日は『丸福オーダーマスク』がいいと進言したり、どういう人なのかよくわかりません」

優介は森村に同調したが、

「あの男に騙されるな。信金屋なんて変わり身が早くて信用できんからな。俺も昔、リーマンショックの後、融資の返済を迫られ、酷い目に合った。その時に頑張って助けてくれたのがこのマサさんだ。マサさんには本当に世話になった」

「新さん。それはもう言いっこなしですよ。でも安田という人は、これまでの支店長とは何かが違うような気がします」

「何が違うの。正義おじさん」

優介が尋ねた。

「そうですねぇ……」、と口にすると遠くを見るように考え込んだ。

しばらくして、そうですね、と再び口にすると、

「丸福を応援してくれているのかもしれません」

えーっ、と驚くみんなを代表して、新造が、

「マサさん、それはいくら何でもないだろう。あいつらはいつも俺たちを食い物にしてきたんだぞ。それが証拠にどれだけ追い詰められ、苦しめられたことか。それを一番知っているのは俺よりも、マサさんじゃないか」

「確かにそうなんですけど、安田さんには何か違う、うまく説明できないのですが、叱咤しながらも頑張れよと励ましてくれているような、そういうメッセージを感じるときもあったものですから。まあ、新さんの言うことが正しいのでしょう。わたしの大きな勘違いでしょうね」

でも、信金さんには、そうあって欲しいものです、と言葉をつなぐと、ハハハと笑い、頭をかいた。

優介は『丸福オーダーマスク』を製造するための設備を購入した。もちろん、森村の指示に従ってだが、それらのほとんどは、優介の知らない電子製品や部品だった。

森村はこれらの電子機器類をどこから調達してきたのかわからないが、新品はほとんどなく、中古品が多いようだった。そのおかげで、新たな設備投資は大した額にはならず、会長の新造や正義も驚いたように目を丸くした。

融資は、K信用金庫M町支店から取り付けているのはもちろんのことである。

優介は縫製設備の更新の状況を報告するため、岩倉とともにM町支店を訪れた。しばらくして通された支店長室には植田がすでに来ており、安田と何やら密談中であった。

「安田支店長、この度はご融資ありがとうございました」

優介は丁寧に頭を下げた。

「わざわざご来店いただきありがとうございます。さあ、こちらにおかけください」

安田は優介と岩倉をソファに招いた。

「『丸福オーダーマスク』を製造する準備は順調に進んでいますか」

安田は笑顔で問う。

「はい。森村さんに精力的に進めていただいており、計画よりも早く販売にこぎつけられそうです」

「それは良かったですね。先日の会議でいただいた青地にトンボのマークのマスクですが、家族にもとても評判が良くてね、自分たちのも欲しいとせがまれたくらいです」

それに続き植田も、

「あの後、ラクダのマークのマスクをつけて友人に会ったのですが、恰好いいと、とても羨ましがられました。『丸福オーダーマスク』は大評判になると思いますよ」

そのときのことを思い出したのか、自然と頬がほころんでいる。

「安田支店長と植田さんにそう言っていただくと、鬼に金棒です。本当にチャレンジした甲斐がありました。皆さまの応援のお陰だと思っています」

わたしたちもその気持ちを忘れないようにしないといけない、と安田は言うと、襟を正すように座りなおした。

「わたしたちのような中小の信用金庫は、地元の企業さまや商店さま、そして個人のお客さまに対し、これまで以上に誠意をもって接していかなければならないと思っています。そのためには、お互いがよく理解し合い、情報交換を密にする必要があると考えています。それを弊庫から見た『リレーションシップ経営』と名付けています」

優介は、えっ、と叫んだ。

その時、植田は目を伏せるように下を向いた。

三年ほど前の経営会議の時に、『男前マスク』と『王女のマスク』を販売するための融資を取り付ける手段として、丸福の『リレーションシップ経営』を安田に提案した。この『リレーションシップ経営論』は、植田から内々に教えてもらっていた。それを安田が口にしたのだ。

安田は改まって丁寧な口調で続ける。

『リレーションシップ経営』論は、もう四年近く前になるでしょうか、と言うと、K信用金庫の役員会議での顛末からその後の一部始終を、優介と岩倉に話し聞かせた。

「そうだったんですか」

優介は初めて知ることばかりだったが、植田の顔を覗き見ると、そうなんですと小さく頷いている。

「それで、優介新社長にお願いがあります」

安田はもう一度座りなおすと、姿勢を正した。

「もちろんのこと、丸福さんとは今後とも、『リレーションシップ経営』を深化させていきたいと願っています。願うと同時に、『丸福オーダーマスク』のビジネスを是非成功させて、地域の新しい手本になってもらいたい。それが弊庫から見た『リレーションシップ経営』です。そのためにも、このプロジェクトの失敗は許されません。優介新社長には、そのことを重ねてお願いしたいのです。よろしくお願いします」

そう言い終えると、安田はすっと立ち上がった。それにつられるようにして、植田も同時に立ち上がり、優介たちに深く頭を下げるのだった。

「そういう事だったんですよ」

優介はその日の夕刻、いつもの兆治で、思いもよらない安田の提案とこれまでの経緯を茂と香織に話した。二人はそれを神妙な顔つきで聞いていた。

「そんな裏事情があるとは思いもしませんでした。それならなおさら、地域のためにも、K信用金庫さんのためにも失敗はできませんね」

香織はしみじみ言った。

「そうなんだよ。今までは自分の会社だけを考えていればよかったのに、この街の中小企業のためになんて言われても、恐れ多くって、まったくピンとこない。なんだか責任だけがズシーンとこのあたりに感じて……」

優介は肩を抑え、そう言いながらも、まんざらでもないのか、頬はにやけていた。

「せんせーだって、責任重大ですよ。知財コンプレックス。今度は決して潰れない、特許の城をお願いしますよ」

優介は本気半分、冗談半分でそう言った。

「そんなの当り前ですよ。ねー、せんせー。完璧なお城を作りますから」

香織は自信満々だ。

「知財の城は、『男前マスク』の時もそうだったんですけど、いつも全身全霊、考えに考え抜いて構築しています。今回の知財コンプレックスも、意匠や商標を含め有機的に組み合わせていますが……」

茂はそこまで言うと、自信なげに俯いた。

「せんせー、大丈夫ですよ。あれだけ考えたのですから、自分たちのやってきたことを信じましょうよ」

香織はいたって明るく振舞った。

――見えない敵が現れる前から恐れていては、前には進めない。

茂はそう納得すると自然と頷いていた。

いよいよ『丸福オーダーマスク』の発売日となった。

発売日だと言っても具体的な商品があるわけではない。ホームページにはあなたの顔に完全にフィットしたオーダーメードのマスクを提供します、とある。

何のことかと戸惑うユーザーに対して、オーダーマスクの商品説明と、注文の仕方を紹介するビデオが張り付けられている。そのモデルになったのが、男性はK信用金庫M町支店長の安田だった。これには新造や正義、優介も茂も香織もみな一斉に驚き、猛反対した。当初、社長の優介か、開発者の森村の起用を考えていたからだ。

この時の安田の弁では、最近のコマーシャルで社長や開発研究者が登場している。ならば、信用金庫の支店長が出演してもおかしくはないだろうと、まったく理由にならない屁理屈をつけ、だから出演させてくれという申し出だった。優介たちは、ちょっと強引な考えではないかと思ったが、ビデオ作成を依頼した地元の広告会社の社長というか、担当者なのだが、その提案にすっかり悪乗りし、やる気が倍増したというから、世の中わからないものである。

女性の方は、森村が、安田が出るなら僕の娘の咲を採用して欲しいと要望を出した。こちらもやや強引と思われたが、咲もお父さんが開発したマスクの宣伝になるならと、喜んでモデルになった。

そして、この日に合わせて、一般紙と業界新聞に広告を出した。

お客様へ

いつも丸福マスクをご愛用いただきありがとうございます。

さて、あなただけのマスクをオーダーメードしてみませんか？

業界初めての完全オーダーマスク。

画期的なＩｏＴ技術を駆使し、完成したあなただけのオーダーマスクをぜひ、お試しください。

これまでに経験したことのない付け心地を、皆さまにお約束いたします。

㈱丸福マスク製作所社長　福田　優介

このようなコマーシャルや宣伝を打ったが、すぐに注文がくるはずがない。誰しもそう思っていた。

将来の大量注文をこなすために新設した三台の高性能パソコンの最初の一台に、ピコーンと注文を受信したサインが出たのは、工場が動き始めた朝の九時から五分が経過したときだった。

三次元で表示された顔を見ると若い男性で、ネット広告を見たという欄にチェックが入っている。そして、生地はスカイブルー地に緑のカエルのマークを指定していた。枚数は基本の十枚だった。

森村は緊張と喜びで震える指で、この情報を直ちにマスク工場に設置してある青木チエのおばちゃんが待ち受けるデジタルミシンに転送した。デジタルミシンにはディスプレイが取り付けてあり、その画面に転送されてきた男の顔と完成予定のマスクが表示され、マスクと顔のマッチング程度を確認することができる。不具合があれば、青木のおばちゃんが長年にわたるこれまでの経験を活かして修正する。その修正ソフトは、優介や茂、香織たちが集めた、三百人の顔データとおばちゃんたちのノウハウから作られていた。

ディスプレイ画面上にあるマスク製作開始のボタンを押すと、マスクミシンが動き出し、マスクの縫製が始まる。マスクができ上がると、青木のおばちゃんは最終確認を含め、耳に付ける柔らかな、これも特製のゴムひもを取り付け、オーダーマスクが出来上がる。最後に、青木のおばちゃんからのメッセージに捺印し、箱に入れ、完成する。箱の上には注文主の住所が印刷されたシールが張られ、すぐにでも発送が可能だ。

青木のおばちゃんは、商品としての第一号の一連作業を無事完了すると、ほっと小さく息を吐いた。

すると、赤嶺幸子のおばちゃんが担当する二番目のマスクミシンのモニターに新たな注文が届く。

「ねえ、チエさん、あたしにも来たよ」、と叫ぶ。

青木のおばちゃんが、よかったねと声をかけた。

そう言ったとたんに三番目の白畑春子のおばちゃんのマスクミシンに次の注文が入った。

「あたしにも来たー」

春子さんが奇声を揚げて喜んだ。

その後、青木のおばちゃんのモニターに、幸子さんに、春子さんにと、次々に注文が届く。

これをこなすだけでも大変だわ、青木のおばちゃんは気持ちを新たにする思いだった。

優介は初日から予想に反する大量注文に、成功は間違いないと確信した。

忙しく注文を受け、処理している森村に優介が近寄り、

「やりましたね。初日からこんなに多くのオーダーが来て、森村さんのおかげです。ありがとうございます」

森村の働きをねぎらいつつ礼を述べた。

「礼を言うのは僕……。こんな男を辛抱強く信じてくれて……。僕ひとりではできなかった……」

森村はたどたどしい言葉で言うと、椅子から立ち上がり深々と頭を下げた。顔を上げると、知り合った当時とは別人のような、眼光鋭い自信に満ちあふれた研究者の顔になっていた。


『丸福オーダーマスク』はその注文の仕方が面白いと、女子高生やOLにツイッターやSNSを通じて、あっという間に評判となった。数人の女子高生が集まると、『丸福オーダーマスク』の画面を開き、キャーキャー騒ぎながら、写真を撮り、この柄がいいんじゃないとか、このうさぎ、かわいいー、あたしは断然カメよ、などと盛り上がり、次々に注文していく。

ちょっとしたオーダーマスクブームと呼んでいい現象が起きていた。

もちろんこの間、丸福マスクはてんてこ舞いの大忙しとなった。工場内にあるマスクミシンのほとんどを丸福オーダーマスク用に改良し、さらに新たなミシンの発注もかけた。

これらの資金はK信用金庫M町支店長の安田が即決で、決断してくれた。

青木のおばちゃんは優介に、

「『男前マスク』と『王女のマスク』のときも大忙しだったけど、こりゃあ、もっとすごいわ。でも、森村さんが作った人工知能のミシンがほとんどやってくれるから助かるよ。あたしらはそれがちゃんと動いているか、見てればいいからね。いろんな柄やデザインが刺繍され、できてきたマスクに心を込めて丁寧にゴム紐を付ける。お客さんのみんなが、喜んでマスクをつけてくれるのだから、ありがたいね。優介坊ちゃん」

涙もろくなったのか、瞳を潤ませ、青木のおばちゃんはそう口にするのだった。

木枯らしが吹く年末に、他社からは一歩も二歩も遅れはしたものの、市場での評判は、『丸福オーダーマスク』が他社製品を圧倒している。売り上げの数量は大きなものではなかったが、収益性は断トツにいい。そのこともあり、丸福マスクの業績は見る見るうちに改善していき、業界ナンバーワンも視界にとらえるところまでになっていた。

苦境だった秋口から何とか年を超え、春の兆しがM町にも届き始め、いよいよ花粉対策用のマスクの注文が届くようになった。

『丸福オーダーマスク』は装着する人の頬や鼻の形にぴったりと添うため、その密着性が他のマスクとは比較にならないほど優れている。そのため、この時期を契機に一気に他社を抜き去り、業界トップの座に返り咲くことが優介や森村の新たな目標になっていた。

そのような状況を横目でニンマリしながら見ていた男がいる。

『アッと驚く、こんなはなし』のテレビディレクターの向島だ。向島はスマホを手に取ると、優介のダイヤルをタップした。

――ご無沙汰いたしております。その節はご出演いただきありがとうございました。いろいろおありだったようですが、その後いかがですか。ところで、どうでしょうか、いま一度、『アッと驚く、こんなはなし』にご出演いただき、新しく開発された『丸福オーダーマスク』の誕生秘話や、ご苦労なさった点などをお話しいただけないでしょうか。

そう言うのだった。

「俺たちにまた出ろと言うのですか。この前は、雪花と霧山がいきなり現れ、話の展開が思わぬ方向に行き、嫌な思いをしたんだぞ。あなたたちに利用されるなんて、二度とごめんだ」

——そうかもしれませんね。でも、よくお考え下さい。今回出演なさることで、前回のリベンジができるとは思われませんか。

「リベンジだって。それを俺たちにしろというのか。それこそ、あんたたちの思う壺じゃないか」

——まあ、そう考えていただいても結構です。でも、うまくいけば最高の宣伝になりますよ。では、また、ご連絡いたします……。


「そういう事なんですよ」

優介はいつもの兆治のいつもの席で、茂と香織にジョッキを合わせるとそう切り出した。

「リベンジですか」

茂は気乗りのしない沈んだ声で繰り返した。

「ねえ、優介さん。これって、チャンスなんじゃないですか」

香織は前回の失敗を忘れてしまったのか、テレビと聞いて目を輝かせた。

「やっぱり、チャンスですかねぇ。俺にはよくわかんないですけど」

「チャンスですよ。今度はこちらがぎゃふんと言わせてやりましょうよ」

香織は上唇にビールの泡をつけ、気勢を上げた。すでにやる気満々の様子だ。

「もし出演するとしたら、どういう話をするのか、作戦を立てておかないと、霧山さんや雪花さんのことだから、一筋縄ではいきません。前回と同じようなことになったら、やっと持ち直してきた丸福に、その影響は計り知れないでしょうから」

だから、失敗は許されない、茂はそう言いたかった。

「じゃあ、断ればいいんですね。俺もその方が楽だし、いつまでも、あんな奴らに関わりたくない」

優介はこれですっきりしたと、さばさばした顔になった。

でも、と茂は続ける。

「このまま引き下がれば霧山さんや雪花さんに馬鹿にされ、見くびられたままになります。それは丸福にとって、どうなんでしょうか。このまま尻尾を巻いて引き下がれば、違うところから思わぬ競合が現れ、どんな火の手が上がるかもわかりません」

「せんせーは一体どっちなんですか。はっきりしてください」

優介はイライラし始めた。

「やらずに済むんだったらやりたくはないです。だけど、いつでも戦うぞという姿勢は見せておかないと、どこかの誰かによって足をすくわれないとも限りません。だから準備を整えて、出演依頼を受けましょう」

「そうよ、せんせーの言う通りよ。優介さん、今からでもディレクターさんに出演すると返事してください」

香織が意気込めば意気込むほど、優介は不安になり、心配が募るのだった。

『アッと驚く、こんなはなし』の番組スタジオは、以前と大きく変わった様子はなく、優介は前回より落ち着いて周りを見渡せる余裕があった。

それは、茂も香織も同じだった。控室ではスタッフからの注意事項やアドバイスを余裕をもって聞き、出されたオレンジジュースで口を湿らすこともできた。

控室のドアがノックされ、これから出番です、とスタッフに案内される。スタジオに入ると賑々しいファンファーレと共に司会者が、

「丸福マスクの福田優介社長、留目茂弁理士、そして朝井香織調査員の登場でーす」

声を張り上げ、司会者の前に設置された縦長の真っ白なテーブルの片方にバニーガールが優介、茂、香織の順に案内する。

新たな音楽が流れると激しくスモークが舞い上がり、赤や黄色のフラッシュライトが明滅する。司会者の声音は一段と跳ね上がり、興奮をあおる。スモークが晴れると、その中から前回勝者の楊雪花と霧山弓弦の二人が並んで堂々と胸を張り入場してきた。

雪花の美しさは、勝者の余裕か、以前より増したように思える。美しい女優を見慣れた司会者をはじめ、左右に分かれひな壇に並んだ男女十二人の俳優やお笑いタレントたちもハッと息をのみ、目を丸くして雪花のその妖艶な容姿に釘付けになっている。

雪花は光り輝く白磁を思わせる真っ白なミニのチャイナドレスで、裾から刺繍された絵柄は、コバルトブルーの朝顔のツルがくねくねと腰から胸へと伸び、ところどころでラピスラズリの碧い花が咲いている。黒く輝くロングヘアが右肩から右胸へ流れ落ち、真っ白なドレスと強烈なコントラストを

なしている。霧山は鈍色《にびいろ》の光彩を放ついぶし銀のスーツを着ており、首から下げた真っ赤なネクタイが勝者の勢いを感じさせた。

雪花と霧山が同時に着席すると、司会者は前回の経緯を説明するために、

「ブイをどうぞ！」、と目を大きく見開き、大げさな仕草でカメラに向かって合図を送った。

ビデオで紹介されたのは、

『男前マスク』と『王女のマスク』が、不織布とガーゼからできた製品であること。

模倣品から護るための「特許の壁」が完璧ではなかったため、簡単に崩れ去った、と紹介された。

それに対抗するように、雪花の『メイリィマスク』と『プリフェイスマスク』は、機能性においてもコストに関しても、丸福マスクの『男前マスク』と『王女のマスク』を超えているとわかりやすく解説されていた。

カメラは司会者の顔をアップにとらえると、

「丸福マスクさんは、その後、大きく営業成績を落としたそうです」

そんなの当たり前、それはしかたないよ、とタレントたちが意地悪く叫ぶ。それを無視するようにして司会者は続けた。

「それを回復するために、新たなマスクを考案されましたね。福田社長、それをご紹介いただけますか」

指名された優介は、コックリと頷くと、スーツのポケットからおもむろに手のひら大の小さな袋からマスクを取り出した。

「これが新しく開発した、『丸福オーダーマスク』です」

司会者や出演者に右から左へとゆっくり巡らすように見せた。そのマスクはすっきり晴れた夏の青空を思わせるブルー地にトンボの意匠が刺繍されている。左下には丸に福の字のロゴマークがスタジオのライトを受けて虹色に輝いた。

オー、恰好いい、ステキーなどの声が飛ぶ。

そして、優介は続ける。

「これはわたしの顔のデジタルデータに基づき、わたし専用に作られたオーダーマスクです。花粉は言うに及ばず、細菌やウイルスの侵入を抑えることができ、理想的なマスクになっています」

会場内は、優介の説明だけでは理解できないようで、へーとか、う~んとかの声しか聞こえてこない。それを察した司会者は、

「顔のデジタルデータですか。もう少し具体的にお話しいただけますか」

「皆さんがお持ちのスマホに、弊社で開発したオーダーマスクのアプリをインストールしていただき、それに従って皆さまのお顔の写真を数枚写していただきます。後は、送信ボタンを押していただくだけで注文が完了します。そうすると、直ちにマスクの製造が開始され、翌日には、世界でたった一つのお客様だけのマスクがお手元に届きます」

優介のその説明と同時に、茂と香織は自分専用の個性的な意匠を凝らしたマスクを取り出し、それぞれ装着すると会場のタレントたちや、テレビの視聴者によくわかるようにアピールした。

茂のマスクは、チェック柄に緑の四つ葉のマークが、香織のマスクはピンク地に真っ白なウサギがくっきりと刺しゅうされていた。

タレントたちから、ホーとか、かわいい、めちゃくちゃ恰好いいなど、あちらこちらから感嘆の声が漏れ始めた。

「自分だけの、世界に一つしかないマスクなんて、とても素晴らしいですね」

司会者はここまでの話は、もちろん調査済みで、台本に書かれているとおり、想定内だった。

ここからが台本にない本音のところで、生番組だからこその、司会者の腕の見せどころ、いや、話術の見せどころ。留目先生と声を掛ける。

「以前、先生が築かれた『男前マスク』と『王女のマスク』の『特許の城』は、こちらの霧山先生によって脆《もろ》くも崩れ去った、そうでしたよね」

司会者は茂を見下すように言った。

「そうですねぇ。そういう言い方もできるかもしれませんね。しかし、特許制度自体が技術を公開することが前提ですから、それを超える新しい商品が出てきてもいいのです。それによって技術が発展し、皆の生活が良くなる。それが特許制度というものですから」

茂の向かいに座っている霧山が、間髪を入れずに、即刻異議を唱えた。

「それはいかにも詭弁《きべん》というものでしょう。ユーザーの技術を護ることができなかったと、潔《いさぎよ》く正直に認めるべきではないでしょうか」

確かにそうだと、司会者も出演しているタレントたちも頷き、茂の次の言葉を待った。

「『男前マスク』と『王女のマスク』は特許戦略的には甘かったかもしれません。それは認めるとしましょう。しかし、先の ビデオで紹介されていた楊社長が考案された『メイリィマスク』と『プリフェイスマスク』は、『男前マスク』と『王女のマスク』があったからこそ生まれた技術で、それ以上のモノではありません。

　さらに付け加えるなら、『丸福オーダーマスク』は、『メイリィマスク』と『プリフェイスマスク』が生まれてきたからこそ、さらにこれを超えるものとして考案された、一人ひとりに完全にフィットすることを目指した究極のマスクです。そして、その完成形が『丸福オーダーマスク』です」

「なるほどそういう事ですか。ところで、福田社長。『メイリィマスク』と『プリフェイスマスク』を超えるために使われた技術は、これまでのマスクの製造方法とはかなり違っているように思うのですが、その点はいかがですか」

「この技術は長い間コツコツと写真技術の改良を夢見てきた、一人の男の執念があったからこそ、生み出されたものです。そして、その技術と弊所の長年積み上げてきたマスク製造技術が融合して作られました」

「写真技術とマスク技術の融合、それはいったい、どういうことでしょうか？　まったく違う分野のようですが」

　優介は続ける。

「写真のデジタル技術とマスクを縫製するというアナログ技術の融合です。今風に言えば、ＩＴ《情報技術》とＩＣＴ《情報とコミュニケーション技術》の融合、人とマスクのＩｏＴ《アイオーティー》です。すなわちモノのインターネットを可能としたものです」

「現代の技術を総動員してできたマスクということですね」

そうだ、と優介は大きく頷き返した。

再び、霧山が発言した。

「『丸福オーダーマスク』は素晴らしい。しかし、その技術を護るべき特許はどうなんですか。『男前マスク』と『王女のマスク』の二の舞にならないという保証は、どこにもないでしょう」

そう反撃すると、いつでも潰して見せる、と自信ありげに不敵に笑うのだった。

そのとおりです、と茂は淡々と答える。

「再び、楊社長の元で『丸福オーダーマスク』を超える素晴らしいマスクを創り出す。お互いが切磋琢磨することで、技術の革新が進むのです。是非チャレンジしてみてください」

茂はここでいったん言葉を切り、霧山の顔を凝視した。

「『丸福オーダーマスク』の技術は、デジタルカメラによる立体画像の現像技術と、それを可能とするソフト技術。送られてきた情報を三次元のマスクに縫製するマスク製造技術、これらが融合したものです。このことのすべては特許に明瞭に記載しています。

そして、ユーザーの顔のデジタル情報とマスクという物の交換を行うことで、『丸福オーダーマスク』のビジネスが成り立っている、ということです。これらのプロセスは、霧山先生もすでにご承知の『ビジネスモデル特許』になっています。一つ一つの技術は早晩改良されるでしょう。しかし、このスタイルでマスクビジネスをすると、ことごとく『丸福オーダーマスク』の特許に抵触するでしょう。ですからこの特許から逃れることは出来ません」

――ビジネスモデル特許だって！

霧山といえども茂の話に対して、即座に反論し、丸福に傾きかけた流れを覆すことはできなかった。

隣で静かに状況を見ていた雪花であったが、このままでは『メイリィマスク』と『プリフェイスマスク』のイメージまで落ちかねないと思い、

「日本でダメなら、十四億人いる中国で使わせてもらうわ」

フフフと、顔をゆがめ、とってつけたように笑うのだった。

だが、茂は雪花の台詞《せりふ》をすでに予期していたのか、にっこり微笑むと、

「今、お話した特許のすべては、PCT《ピーシーティー》出願、すなわち国際特許出願をしています。この出願は世界中の国に、同時に出願したことになります。もちろん中国も含まれています。ですから、中国で模倣し、製造販売することは出来ません」

「何ですって……」

雪花の白くつややかな顔が、見る見るうちにピンク色から朱に染まるのが、テレビ画面を通してはっきりと見て取れた。

そして、優介はテレビカメラに向かって語りかけた。

「いつしか『丸福オーダーマスク』を超える技術が生まれてくるでしょう。弊社が開発した人工知能を搭載したマスク縫製技術には、五十年六十年もの間、ひた向きに積み重ねてきた経験を持つ縫子のおばちゃんたちの、ただただお客様のためを思い、ひと針ひと針心をこめて縫い上げる、地道なノウハウがぎっしりと詰まり、息づいています。そして、おばちゃんたちは、お客様の顔にぴったりと合い、お客様に満足していただけるように、細心の注意を払い、愛情をこめて縫い上げています。

これからも色々な技術が生まれ、現れてくるでしょう。これはモノを作ることを職業としている限り永遠に続くことです。それが宿命だとしても、わたしたちのお客様への細やかな愛情と、それを可能とする技術やノウハウを持つ丸福マスクは無敵です。

この心は、初代の新次郎から二代目の新作、三代目新造へと受け継がれています。俺は、いや、わたしは丸福マスク製作所の四代目になりますが、これを肝に命じて精進してまいります」

と締めくくった。

この番組の定番である、視聴者による投票が行われた。青ボタンは丸福マスクを、赤ボタンは雪花のマスクを支持するとなっている。

結果は、青が八九パーセント、赤は一一パーセント。圧倒的な丸福マスクの勝利に終わった。

この生放送のテレビ番組を、硬い表情で食い入るようにして見守っていた人たちがいる。

丸福マスクの新造と正義だ。二階の会議室に設置されたテレビの前に座る二人の目は真っ赤で、無言のままじっとテレビ画面に見入っている。二人は声を出さずに泣いていた。

日曜日のゴールデンタイムなので、二人だけで静かに見ようと思っていたのに、総務兼財務部長の岩倉が縫製部の青木のおばちゃんにそっと声を掛けると、幸子さんや春子さんに伝わり、するとあたしも行く、俺も見ると言って、ほぼ全員の五十名ほどが二階の会議室に集まり、新造と正義の後ろでテレビ画面を身じろぎもせずに見つめていた。

青木のおばちゃんはヒクヒクと肩を震わせ、口にハンカチを当て大粒の涙をこぼしている。

「優介坊ちゃんがあたひらのこと……。うれひぃーよー」

あとは言葉にならず、ハンカチを両目に当てて、おいおいと声を出して泣き始めた。

丸まったその肩を優しく撫でる幸子さんと春子さん。彼女たちもまた、頬を伝い流れ落ちる涙をこらえることができない。

岩倉も唇を真一文字に結び、瞼に涙をためていた。

「何だよー、この人、見かけによらず涙もろいねー」

春子さんは泣き笑いしながら岩倉の背中をさすると、岩倉の目に溜まった涙がポロポロとこぼれ落ちた。

新さん、と正義は喉の奥に引っかかった言葉をやっとの思いで絞り出した。

「四代目はすごいねぇ。『お客様に寄り添った、真心のこもったマスクを作る』。丸福の心を、伝統をちゃんとわかってくれている」

それを聞いた新造は流れる涙を拭おうともせず、ただ、うんうんと首を何度も振った。そして、手のひらで涙をひと払いし、顔を上げ、正義に話しかけた。

「マサさん。本当にありがとう。マサさんにそう言ってもらえるのが一番うれしいよ。優介はいつの間にか、あんなにでかくなって、俺を乗り越えてくれた」

同じ時刻、母親の夕子は自宅の居間で一人テレビを見ていた。

――優ちゃん、おめでとう。本当によかったね。

心配ばかりさせられていたわが子だったが、キラキラ輝く息子の成長を一人静かに喜んでいた。

スタジオでの『アッと驚く、こんなはなし』は終了した。生番組だけあって、最高潮に高まっていたスタッフの緊張は、向島の「はーい、終了でーす。お疲れさまー」の言葉とともに一気にほぐれた。皆、お疲れーとか、アイオーティーだってよー、など口にしながら散り散りに去って行った。

向島が優介たち三人に歩み寄り、

「お疲れさまでした。今日はありがとうございました。福田社長と留目先生にとっては、最高の番組になりましたね。完璧にリベンジが果たせたのでは……」

だから、感謝しろとでも言うのだろうか。

「そうですね。ありがとうございました」

と、優介は素直に頭を下げた。

「それでは、また、機会がございましたら、出演をお願いするかもしれませんので、その時はよろしくお願いします」

向島は番組が終わり、ホッとする間もないのだろう。そう言い終えると、目を細めハツカネズミのようにせかせかと優介たちの傍から離れて行った。

「そうそう何度もあると、こっちが参っちまうよ」

優介は去って行く向島の背中を見ながら小さく呟いた。

それは、茂も香織も同じ思いだった。

優介と茂と香織の三人は、この番組に出る前に、前回のときのような失敗をしないように、この番組に対する問答集を作り、何度もリハーサルをしていた。その成果が出たともいえるが、あまりにも思い通りに行き過ぎて、肩透かしを食らった面もあった。

茂はふと思った。

——ひょっとしてこれは、向島の台本どおりで、われわれは向島の掌の上で踊らされていただけではないのか。

向島が去った今となっては、確かめようもないが、ふとそんな気がした。もう、それは終わったこと、どちらでもいいことだが。

すぐ前に雪花と霧山がいる。

優介と茂と香織は顔を見合わせると、大きく頷きあう。

そして、優介は、雪花に向かって大きく一歩を踏み出した。

上海

「雪花さん！」

優介はすぐ目の前を行く、いくぶん肩を怒らせた女に声をかけた。

霧山はすっと振り向いたが、雪花は立ち止まり白い背中を見せたままだ。

「何かご用かしら。おめでとうとでも言ってもらいたい」

「いや、そうじゃない」

「じゃあ、なんなの」

つっけんどんに振り向くと、白い能面の眉間に小さな皺を刻んだ。

雪花はこのテレビ番組が、自分の思い描いた展開にならず、腹立たしさでいっぱいだった。

茂は優介に目で合図すると、

「福田社長に代わってわたしからお話しします。楊社長は、わたしたちとビジネスをするお考えはないでしょうか」

「ビジネスだって」

霧山は虚を突かれ、驚きの声を出した。

「『丸福オーダーマスク』を中国で作ってみませんか」

「丸福のマスクを、わたしが中国で……。福田社長がわたしを雇いたいとでもいうのかしら」

雪花の眉間の皺が更に深くなった。

「そうではありません。勘違いしないでほしい」

「では、どういうこと」

「雪花さんの工場で、『丸福オーダーマスク』を、いやこの場合だと、例えばですが、雪花印の『オーダーマスク』になるのでしょうか、それを作ってみませんか」

「わたしが雪花の『オーダーマスク』を作る。そういうことですか」

茂と優介は、そうだと頷く。

「中国でも丸福の特許があるのでは。それはどうなるのです……」

霧山はそう言葉にすると、何事かを雪花に耳打ちし、優介たちに言った。

「わかりました。そのお話は後日お聞きしたいと思います。それでいかがですか」

優介は小さく頷き、了承した。


テレビ出演した翌日、優介が出社すると、社員から盛大な祝福を受けた。

「優介、よくやったな。中国女を木っ端みじんに打ち砕いたじゃないか。これで胸のつかえがおりた。すっとしたぞ」

新造はそう言いながら優介の肩を叩いた。

「優介坊ちゃん、おめでとうございます。心よりお祝い申し上げます。こちらに呼んでいただき、優介社長のご立派な姿を拝見でき、工藤正義は幸せ者です」

元専務はうっすら涙をため、大げさに喜んだ。

青木のおばちゃんがよたよたしながら優介のそばに駆け寄ると、昨夜の感激を思い出したのか、眼に涙をいっぱいにして、言葉を詰まらせた。

優介は青木のおばちゃんの肩を抱き、

「おばちゃん。それにみんなが応援してくれたおかげです。ありがとうございました」

他の社員もみんな優介の周りに集まり、口々に、オレもすっきりした、恰好良かった、おめでとうございます、と褒めたたえた。

優介は集まった社員に、ありがとうございました、と深く頭を下げ、礼を述べた。そして、

「皆さんの気持ちはありがたく受け取りました。さあ、仕事場に戻ってください。今日はテレビ放送の後だからメチャクチャ忙しくなりますよ。頑張ってくださいね」

みな口々に、オー、ハイ、わかってるよ、と言うと、自分たちの持ち場へと戻って行った。

お祭りのような晴れやかな雰囲気は、社員がいなくなるとすーっと潮が引くように静まった。

優介はひと息つくと、心を落ち着かせ、新造と正義、それに森村と岩倉に声をかけた。

「会長と皆さんに相談したいことがあるんだけど、今よろしいでしょうか」

何のことだと、新造は怪訝な顔をした。

優介は皆を引き連れ、会長室に入っていく。

新造は自分の椅子にどかりと座り、優介たちは部屋の中央にあるソファセットに腰を沈めた。

「それで何の話だ」

新造は優介に問いかけた。

「実は、『丸福オーダーマスク』を中国へ持って行こうと思う」

「待て。今、なんと言った」

「俺たちの技術を持って、中国へ進出しようと思う」

「テレビがうまくいったからって、いい気になるんじゃないぞ。それともお前、どうにかしちまったのか」

「優介社長。わたしもそれはどうかと思いますが……」

正義もあからさまではなかったが反対した。

「いいんじゃねえか」

森村はぼそりと呟いた。

「どうしてそういうお考えになったのか、理由を教えていただけませんか」

岩倉だった。

優介はうんと頷くと、

「一つは、みんなの知っての通り、これまで中国製品にやられっぱなしだった。これからは反転攻勢に出たいんだ」

「反転攻勢だと、お前……身の程知らずもいいとこだぞ」

新造には、あまりにも無謀なことだと思われた。

「新さん。社長の話を最後まで聞いてみましょうよ」

助け舟を出したのは、正義だった。

隣に座る岩倉も頷いている。

次に優介が何を言い出すのか、みな固唾を飲んでその言葉を待っている。

「そして、二つ目は……」

優介はその戦略を話した。


そして、三日が過ぎ、留目特許事務所に霧山から連絡が入った。

——明日の午後二時、四谷にあるホテルクリビアに来てほしい。ロビーでお待ちしています。

「わかりました。福田社長とご一緒します」

茂は電話を切ると、香織に目配せした。香織はわかりましたと、大きく頷いた。

翌日、茂と優介と香織は時間通りにホテルクリビアに着いた。ヨーロッパの王朝風を思わせる木製の自動ドアを抜けると、奥の暗がりから霧山がすーっと近づいて来た。心なしか精気が感じられない。まるでフルマラソンを走ってきた選手のように目が落ち窪み、げっそりしている。

ご案内します、とだけ言うとロビー奥にあるエレベータに向かう。

「楊雪花様は、七階の701号室でお待ちになっています」

「待っているって、霧山さんはご一緒されないのですか」

茂が問いかけた。

「わたしの仕事は、皆さんをここまでご案内する、これまでです。この後は、お役御免ということです。皆さんのご健闘をお祈りします」

そう口にすると自嘲気味に薄い笑いを浮かべた。そして、振り返ることもなく、冬の冷たい風を一身にまとうように肩を丸め去って行った。

優介は、701号室をノックした。

――どうぞ。

くぐもった声が聞こえる。

重厚な木製のドアを押し開くと、雪花は開放的な窓を背にこちらを向いていた。つい先ほどまで窓越しに外を眺めていたようだ。

「皆さん、そこに座ってちょうだい」

三人は黒革張りのソファセットに並んで座る。

雪花はグレーのピンストライプのパンツスーツに白のシャツブラウスで、ロングヘアを無造作に後ろでまとめただけだ。化粧もあまりしていないように見える。

「お茶は何がよろしいかしら」

「あたしは珈琲をいただけますか」

香織は遠慮することなく注文した。茂も優介も同じものを、とオーダーした。

「ここの珈琲はね、グラン・クリュ・カフェと言って、グアテマラ産の最高級の豆を使ってるのよ」

それにと言って、雪花は話を続ける。

「わたしのこの部屋に日本人が入ったのは、あなた方が初めて」

「俺たちが、初めて……。坂根さんや霧山さんは？」

優介には信じられなかった。雪花は優介に目をやると、

「もちろん彼らも、入れたことはないわ」

そう話すうちに、ホテルスタッフが珈琲セットをワゴンに載せて現れた。

スタッフは珈琲豆の入った密封された小瓶をその場で開ける。豆を手回しのグラインダーに入れ、ゴリゴリと静かに挽き始めると、たちまち芳醇な焙煎したての珈琲の香りが部屋中に満ち溢れ、それだけで優雅な気持ちになり、心が落ち着いてくる。

スタッフは四人分のコーヒーを淹れ終わると、一礼して何も言わずに出て行った。

雪花は先ほどの話の続きをする。

「あなたたちには、わたしのこと、どう見えて。気の強い、ケチな中国女？　それともずる賢い、嫌味な女かしら」

ふふふと苦笑いすると、

「香織さんでしたね。珈琲がお好きだと伺っております。この珈琲はいかがですか」

「本当においしいです。心が落ち着きます。この珈琲を好まれる雪花さんの人柄がうかがわれます」

香織はお世辞ではなく、雪花の内面をほんの少しだけ覗き見たような気がした。

「そう、よかったわ。さあ、お話を聞かせてちょうだい」

優介は真正面に雪花を捉えると、

「単刀直入に申し上げます。雪花さんに『丸福オーダーマスク』を中国で作ってもらいたいのです。

それで、中国の病気の人や煤煙やスモッグなどから人びとの健康を守って欲しいのです」

「中国人のためだというのですか」

優介はそうだ、と顎をぐいと引いた。

雪花は優介をじっと見つめている。優介も目を反らすことなく真っすぐな目で雪花を見つめ返した。それは十秒だったか、三十秒だったか、それとも一分だっただろうか……。

雪花は、わかりました、と声にすると、

「でも、条件があるのでしょう。それを話してちょうだい」

優介に変わって茂が話を継いだ。

「『丸福オーダーマスク』の基本特許は特許協力条約《PCT》に基づいて国際出願されています。もちろん中国にもです」

雪花は、わかっていると頷くと、茂は続けた。

「しかも『丸福オーダーマスク』の特許群には、ビジネスモデル特許も含まれています。ユーザーの顔のデジタル情報から直接マスクを製造販売する、これがこの特許の骨子です。この方法でマスクビジネスをすることはいかなる国の人もできません。ですが、雪花さんに、単独での実施権を譲りたいと考えています。ただし、中国国内だけに限らせていただきます」

「わたしが単独……？　ということは、あなたがたは中国では作らない。いえ、作れない。そういう事ですか」

「そうです。独占実施権をお譲りします」

雪花は、うーん、と声を発すると、

「でも、そんないい話、ただではないのでしょう。それで、どのような条件ですか」

「パテント料をいただきたい」

茂は遠回りすることなく、単刀直入に答えた。

やはりそうか、と雪花は頷く。

「日本では、というか世界的に見ても通常、売り上げの五パーセントから十パーセントです。場合にもよりますが、二十パーセントというのもあります。

『丸福オーダーマスク』は本当にいいマスクだと思っています。ひょっとしたら究極のマスクかも知れません。わたしたちはこの素晴らしいマスクを中国の人たちに、より多くの方に使ってほしいと願っています。だから、雪花さんへのパテント料は三パーセントにしたいと考えています。それとソフトの使用料として一パーセント。すべてで四パーセントです。この条件でいかがですか」

茂は一気に話し終えた。

雪花はどこか一点を見つめ、無言のまま考えに耽っている。そして、ふっと我に返ると、カップの底に残った冷めたグラン・クリュ・カフェの最後のひと口を飲み干し、フーッと息を吐いた。

「四パーセント。破格の値段だから、この条件を呑めというのね。わかりました。でも、こちらからも条件があります」

「条件……」

優介は、雪花との交渉がすんなりいくとは思っていなかった。しかし、その条件とは……。

「実際に中国で、上海でできるかどうか、試してみたいの」

「それができれば、契約するということですか」

そうよ、と雪花は大きく頷いた。

「わかりました。その実験をやりましょう」

そうと決まると、優介は雪花に握手を求めたが、雪花はそれを拒否した。

優介は気まずそうに行き場をなくした右手をおずおずと引っ込めた。

茂は、最後に雪花さん、と声をかけた。

「どうしてわたしたちを、この部屋に招いてくれたのですか」

「どうして？　そうね……」

雪花はしばらく言い淀むと、

「そうね。あなた方は真っすぐにマスクを作り続けている。それに、正直だからです。だから信用できる、そう思いました。わたしも嘘は嫌いです。だからです」

「霧山さんは弁護士で弁理士ですけど……」

香織はふと思いついた疑問を口にした。

「彼はね。人を利用し、のし上がることしか考えていないのよ。まあ、坂根よりましかもしれないけれど。でも、どちらにしてもそのような人間を、この部屋に入れたくはない。そんな人間はわたし一人で十分よ。ただそれだけよ」

雪花は自虐気味に小さく笑うと、もうこの部屋から出て行ってほしいとドアを指さした。

ホテルクリビアで雪花と会ってから、あっという間に一週間が過ぎた。

優介と茂、そして香織の三人は、羽田から上海浦東《プードン》国際空港に向かう機内のキャビンに座っている。これから未知のビジネスをするために飛び立とうとしている三人は、それぞれの思いと緊張感を胸に秘め、無言のまま目を閉じている。

〝シートベルトを着用ください。まもなく本機は上海浦東国際空港に着陸します〟

機内放送で我に返った香織は、少しの間眠っていたようだ。

上海浦東国際空港の到着ゲートをくぐると、福田様、留目様、朝井様と大書きされたA3程度のプラカードを手にした男が目に入った。

香織が「ニーハオ」とほほ笑みながら声をかけたが、迎えの男は一瞥《いちべつ》を加えただけで、一言も言葉を発することなく、くるりと背中を見せると、すたすたと前を歩いていく。空港ロビーを出ると、黒塗りのダイムラー社の大型のワンボックスカーが横付けされており、運転手らしき男が出てきて優介たち三人の旅行ケースを次々に車に積み込んでいく。この男も口を利くことはなかった。

サスペンス映画ならこのまま誘拐されてもおかしくないという、ハラハラする場面。そういう雰囲気もあり、香織の心臓はドクドクと脈打ち始めた。心配がさらに募ってくる。しかし、これは映画やテレビドラマではない。現実だ、そう自分に言い聞かせた。

香織は車に揺られていると、少し気分が落ち着いてきた。ワンボックスカーの大きな窓から空を見上げると、薄い水色と淡い灰色が混ざったように、どんよりと霞《かす》んでいる。大型のワンボックスカーの車内はエアコンが効いており、座席もゆったりしている。ここに座っている限り快適だが、車外は気温も湿度も高いのだろう。粘りつくような空気が上海の街を覆っていた。

ワンボックスカーは空港からの高速道路を駆け抜け、一時間足らずで上海外灘《ワイタン》地区にあるリバーサイドホテルに到着した。ホテルの入り口で、女性の可愛いドアガールというのだろうか、襟に金の縁取りのある黒の制服を着た、二人の娘さんが出迎えてくれた。

エントランスから見渡せるフロント空間は、広々としていながら落ち着きがあり、とてもゴージャスだ。ここは中国のホテルというより、ヨーロッパ風の雰囲気を色濃く感じさせ、香織は一目で気に入ってしまった。

優介がカウンターでチェックインの手続きをしていると、フロントクラークから一通のメッセージカードを手渡された。雪花からだった。

メッセージには、最上階のラウンジで待っている、そう書かれていた。

三人はそれぞれの部屋に荷物を置くと、エレベータで最上階に上った。ラウンジはエレベータを出て右奥にあり、入るなり瀟洒《しょうしゃ》な、そして落ち着いた空間が広がっていた。ヨーロッパ調に花で飾られた窓からは黄浦江と対岸の浦東地区にある巨大なミラーボールを貫いたような上海テレビ塔が遠くに見える。

茂はウエイターに楊さんに会いたいと告げると、ウエイターは頷き、三人を窓際の豪華なソファに案内した。

雪花は立ち上がる。黄色のニットと真っ白なスカートを履いている。ロングヘアはアップにまとめられ、あの魅惑的な雪花の姿はここにはなく、どこの都会にでもいるＯＬのように見える。

「ニーハオ。ようこそ上海へ。さぁ、こちらへ」

雪花は窓を背に、ふわりとした笑顔で三人と相対した。

「雪花さん、ニーハオ。早速実験をしたいのですが、ここでよろしいのでしょうか」

優介は落ち着きがなく、そわそわしている。ショルダーバッグからスマホを取り出した。

ホテルクリビアの会合で雪花が出した条件は、

――実際に中国で、上海でできるかどうか試してみたい。

優介たちはそれを証明するためにやってきたのだ。果たして上手くいくのだろうか、心配といえば心配だ。森村さんに聞くと、この技術は世界のどこにいても同じだ。場所は関係ない。ネットでつながっているから安心して、と言われたが、中国の特殊事情があるかもしれない。やはり上手くできるのか、確かめないことには安心できない。

雪花は口元に苦い笑みを浮かべた。

「実験はここではやりません。皆さん、わたしと一緒に来てください」

雪花はそう告げるとすっと立ち上がり、三人をホテルから連れ出した。

空港からこのホテルに来た時に乗った同じ黒塗りの大型のワンボックスカーに乗り込むと、雪花は唇を真一文字にギュッと結び、じっと前を向いていた。

車内は重苦しい雰囲気に包まれ、誰一人口を開こうとしない。都会ならどこにでも見られる渋滞を、ワンボックスカーは何とか潜り抜け、近代的な高層ビルのエントランスに静かに滑り込んだ。

上海健康総合病院とある。

「ここは病院ですよね」

茂が訊く。

「ええ、そうよ」

雪花は表情を変えずに答えた。

「テストって、まさか病院でするのですか」

香織が目を丸くして訊くと、雪花は黙って頷いた。

上海健康総合病院は高級ホテルを思わせる豪華な作りで、エントランスホールを抜け、エスカレータに乗り込む。十一階に着くと、雪花は清潔に磨きこまれたリノリウムを敷き詰めた廊下を、時折キュッキュッと音を立てながらどんどん奥に進んでいく。雪花は一つの病室の前で立ち止まった。ドアには１１０５号室のプレートが貼られている。ネームプレートには楊慶学《ヤンチンシュエ》と書かれていた。

「もしかしてここは……」

香織は小さな声で呟いた。

「そうよ。わたしの父親の楊慶学です」

雪花は微かにほほ笑むと、同時に小さく頷いた。

雪花は重いドアを開け中へ入る。ベッドの傍でじっとしている年老いた小柄な女性に声をかけた。

「媽媽《ママ》、爸《パー》の具合は……」

「あー、雪花さん、来てくれたのね。お仕事は大丈夫なの。爸は、今は安定してるけど……」

この優しそうな女性は、見慣れない三人の男女を目にとめると、不安そうな顔をして、小さく会釈をした。

「それはよかった。媽媽、紹介するわ。この人たちはマスクの開発を手伝ってくれている人たちなの。日本人だけど信用できるから安心して」

――リーベンレン《日本人》……。

「あなたがそう言うなら、きっといい人たちなのね。皆さん、雪花さんを宜しくお願いします」

媽媽と呼ばれた女性はかすかに微笑んだ。

「媽媽、爸専用のマスクを作りたいの。この人たちに手伝ってもらうから。少しだけど、いいかしら」

雪花はベッドに横たわる、やせこけた男のマスクを作ると言い出した。間違いなく雪花の父親だ。ホテルクリビアで突き付けられた謎がここにきて解けた。上海で教えるとだけ告げられたときは、一体どのような条件だろうかと不安でいっぱいだった。

雪花は最初に自分の父親専用のマスクを、テストと称して作ってやりたかったのだ。

優介はこの状況に自分の家族を重ね合わせ戸惑った。ついこの前まで父親の新造がM町中央病院に入院していた。今は無事に退院したけれど、何があってもおかしくない年齢に近づいている。だから、雪花さんやベッドの傍に佇むお母さんの気持ちが手に取るようにわかる。雪花のお父さんはやせ衰え、肌の色に精気というものが感じられない。死期が近づいているのだろうか。

この病人のマスクを作る。やせて、骨と皮だけの、まるで骸骨のような頬や顎にぴったり合うマスクができるのだろうか。

優介はバッグからスマホを取り出し、丸福オーダーマスクのアプリをタッチした。スマホの画面が写真撮影の状態になる。点滴注射を打たれ、寝ている慶学の正面写真、左右の斜めからの顔写真を撮る。ここで、優介は慶学の横顔の写真も撮りたいので慶学を横向けてほしいと頼んだ。

雪花は父親を横向けにしようとしたが、媽媽がそれを止めた。爸は睡眠が浅く、とても疲れている。今はできるだけ静かに寝かせてやりたい。無理に動かし、目覚めさせたくない、というのだ。

仕方がない。慶学の横顔を、耳の位置がわかる程度に少しだけ傾けてもらう。雪花には枕が邪魔にならないように抑えて欲しいとお願いし、何とか写真を撮り終えた。

これで慶学のオーダーマスクができるのか、それはわからなかった。

そんな思いとは裏腹に、雪花は優介たちに言った。

「爸のマスクができなければこの取引はしない。それと四日以内に一ケース百枚入りを三十ケース、届けてほしい」

「それができれば、取引する。そういうことですか」

茂は雪花の後の言葉を引き継いだ。

雪花は黙って頷く。

優介の頭の中はそれどころではなかった。オーダーマスクを作るための顔写真が足らないのだ。このままではデータ不足は明らかだ。マスクができなければ、この契約は成立しない。何のために上海までのこのこやって来たのか、このまま成す術《すべ》もなく日本に帰れば、親父に何を言われるか。

優介は不足したスマートフォンのデジタルデータを手に病室を出、最上階のラウンジに上った。

――森村さん、青木のおばちゃん。このデータで何とかしてマスクを作って、お願いします。

そう念じながら、データを森村宛に発信した。備考欄に、このデータでできるだけ早急にオーダーマスクを三十ケース作って、こちらに送ってほしい。無理を承知でお願いします、と締めくくった。送信すると今度は受信が待ち遠しい。良からぬ思いが頭に浮んではそれを打ち消す。それを何度か繰り返した。

——何をしているんだ。早く返事をしてくれー。

と、心の中で叫んでいた。

森村はパソコンのモニターをギュッと目を凝らして睨みつけている。優介から送られてきた画像は、病院かどこかのベッドに横わたるやせ衰えた病人のようだ。

——この爺さんのマスクを作るのか……。

早速、頭部の三次元立体画像の再現を試みる。頭の方から順次下に向かって立体画像がモニター上に現れてくる。落ちくぼんだ眼窩……。次の瞬間、森村は、「あっ」と叫んだ。

隣で心配そうに見守っていた青木のおばちゃんも、あーあと声を漏らす。

爺さんの飛び出た両頬から下がぽっかりと白く抜けている。耳から後ろの後頭部の画像もない。能面の翁《おきな》の下半分が朽ちかけたようになっている。顔下半分の情報量が少なく、頬から下の正確な三次元立体画像が再現できなかったのだ。

「これでマスクできるかなあ」

森村は隣でモニターを見ていた青木のおばちゃんに訊いた。

おばちゃんはモニターに映し出された白抜けの画像を睨んでいたが、やがてふっくらした丸い顔が左右に動いた。

「これだけじゃあダメだぁ。今までのマスクならどうにでも作れるけど、この人にピッタリのマスクを作るのは無理だ、できない」

青木のおばちゃんは先ほどより強く首を左右に振った。

森村は優介に返信した。頬から下のデータが欲しいと。


優介はイライラし始めていた。実際の待ち時間は十分と経っていなかったが、恐ろしいほど長く感じた。待ちに待った森村から返信の青いＬＥＤの合図がピコピコと明滅した。そこには、

『これではできない。無理だ』

と嫌な予感どおりだった。

優介はもう一度、この人は病人で、これ以上の情報は取れないのだ、何とかして欲しいと返信メールした。今度は一分とかからずに返ってきた。

『この人の落ち窪んだ頬の形状が過去のデータにもない。だから追加の情報が必要だ。正面からの顔写真でいいから、下の方からと上の方からのデータを二枚ずつ送ってほしい』

と書かれていた。これなら病人に負担をかけることなく、写真が撮れるだろう。

優介は急いで階下の病室に引き返す。エレベータの前に来たが、悠長に待っていられない。エレベータの脇にある階段を、息を切らして駆け下りる。確か１１０５号室のはず……。

息を整え、ドアをノックし、中に入る。雪花に、お父さんの正面からの写真を数枚撮りたいと申し出る。

雪花は怪訝な顔をしたが、母親に事情を説明し、了承を得た。決して爸に近づいたり、触ったりしないことが条件だった。

優介は了承すると、スマホのカメラを起動し、ズームを利かして慶学の顔の下の方からと、上の方からを含め少しずつ角度を変えたものを数枚ずつ撮った。

そしてこれでなんとかして欲しいと祈りを込めて森村に送信した。

森村は最初の写真データに新たに届いた頬と顎のデータを、パソコン内の画像再現人工知能ソフトを使って重ね合わせた。頭頂部から顔が再現されていく。頭の後ろは白く抜けているが、額、落ち窪んだ目、えぐり取られたような両頬、小さな鼻、しわの寄った口と順に現れ、最後に痩せて尖った顎が出てきた。立体画像を左右に動かすと、左右の耳までが何とかギリギリ再現できている。

森村はぐっとこぶしを握ると、隣の青木のおばちゃんを見た。

青木のおばちゃんは、後はまかしといて、と一声かけると、座っていた椅子からひょいと立ち上がり、マスク縫製室へと取って返した。

優介は、雪花さんと声をかけた。

「丸福マスクのみんなが全力を尽くしてくれてます。四日が条件でしたよね」

「ええ、そうよ。今から四日後、一時間でも遅れたらこの話はなかった。それでいいわね」

優介は、雪花を睨むようにして、強く首を縦に振った。

香織は腕時計をそっと見た。午後四時を指している。残り九六時間。カウントダウンが始まった。


青木のおばちゃんは人差し指一本で人工知能を搭載したマスク縫製ミシンを立ち上げる。ミシンには森村のパソコンと同じモニターが取り付けてあり、先ほどのやせ衰えた爺さんの三次元立体画像が浮かび出てくる。青木のおばちゃんはやせこけた中国人の爺さんの顔に合う、マスク地の色とマークを選ぶ。もちろん丸福マスクの商標は自動的に左隅に刺繍が施される。

マスクのデザインが決まったところでマスクミシンを起動させる。今まで深い眠りについていたミシンは、目覚めると同時に目にも留まらないスピードで爺さんのマスクを縫い上げていく。

一つができ上った。青木のおばちゃんは手に取り、出来映えをチェックする。ほぼ設計通りにできている。先ほど森村から届けられたプラスチックでできた爺さんの仮面に、縫い上がったばかりのマスクを合わせてみる。やはり極端に痩せこけた頬の部分にごく僅かだがズレが見られる。その箇所を手縫いで修正を施す。そしてその修正データを、ミシンの縫製データに付け加えた。

再度ミシンを起動しマスクを縫い上げる。仮面に合わせる。完璧にマッチングしている。青木のおばちゃんが納得したところで、耳にかけるゴムひもを縫い付けた。

青木のおばちゃんはそれらすべてのデータを、隣で待機している後輩の幸子さんと春子さんに転送した。幸子さんのミシンにもモニターが取り付けられており、青木のおばちゃんからのデータが浮かび上がる。

「どうしてこんなことができるのかねー。森村さんはすごいねー」

「あたしなんか、さっぱりわかんないわ。人は見かけによらないっていうけどホントだねー」

横から春子さんが、そうそうと相槌を打つと、二人して笑い声を上げた。

その時、ゴホンと咳払いが縫製室に響く。

幸子さんが振り返ると、そこにはいつの間に現れたのか、森村がボソッと立っていた。

「あのー。……。マスク、できそうですか」

「大丈夫だよ。ほら、これを見て」

青木のおばちゃんは出来たばかりのマスクを森村に手渡す。

森村は爺さんの仮面とマスクを合わせる。

――カンペキだ。

森村はこぶしをギュッと握り、大きく頷いた。

それを見ていたおばちゃんたちは、森村さん、やったねーと声を上げた。

「さあ、今日中に一人、百枚作るよ」

青木のおばちゃんが幸子さんと春子さんに檄《げき》を飛ばした。

「おー」、「あいよー」

と二人が応え、雄叫びを上げた。

森村は、三人のおばちゃんたちの怪気炎パワーに押されるようにして、縫製室をそっと出ると、スマホを取り出した。

優介と茂、香織の三人は、楊慶学の顔写真のデータを森村に送った後、上海外灘のリバーサイドホテルに戻ってきていた。あれから二時間近くが経つだろうか。

「優介さん。マスク、上手くできるのでしょうか」

香織が心配になり尋ねた。

優介は、わからない、と黙って首を左右に振った。

森村から、もう一度デジタル写真を送って欲しいと言ってきてからは、その後何の連絡もない。

——どうなっているんだ……。

優介たち三人はホテルのロビーで不安な思いを胸に秘め、森村からの連絡を今か今かと待っていた。

優介が握りしめていたスマホが震えたのはちょうどそんなときだった。

——社長。森村です。

「そっ、それで、どうですか」

はやる気持ちを必死に抑え、訊いた。

——あれで何とかなりました。青木のおばちゃんがうまくやってくれました。

「そうですか。とりあえずホッとしました。ありがとうございました。青木のおばちゃんや赤嶺のおばちゃん、白畑のおばちゃんにもよろしく伝えてください」

——ああ、わかった。伝えておく。

優介は日本にいる森村に向かって、大きく頭を下げた。

「でも残された時間は四日、正確には九四時間しかありません。大丈夫でしょうか」

――それはぎりぎりだけど、何とかなると思う。マスクは、おばちゃんたちが明日中には何とかすると言ってくれている。すぐに国際宅配便を手配して発送すれば、二日後にはそっちに送れると思う。

「わかりました。とにかく、よろしくお願いします……」

優介はもう一度日本に向かって頭を深く下げた。そして、顔を上げると静かにスマートフォンをテーブルに置いた。

マスクはできるそうです、そう言うと、優介はフーっと固い息を吐いた。

「よかったですね。これで雪花さんとの約束がかないますよね。ねえ、優介さん」

「それは、まだ……」

優介は自信がなさそうだった。そして、

「たとえマスクが丸福の工場で無事にできたとして、その後、最速の国際宅配便で送るにしても、四日という期限内に届くのはぎりぎりだそうです。もし何かあれば、それが心配だ」

そう胸の内を明かした。

「そうですね。宅配便がネックになるとは思いもしませんでした」

茂も同意すると、二人とも押し黙り、俯いた。

「ここで心配していても解決しませんよ。こんな時は美味しいものでも食べて、元気を出しましょう。ねえ、せんせー、優介さん。そうでしょう」

こんな風に落ち込む男たちを元気付けるのは、香織の役目。いつからこうなったのかわからないが、すっかり板についてしまった。今や、何の違和感もない。

ホテルの外はすでに夕闇が迫りつつある。外灘地区は中国にいることを忘れさせるぐらい欧風化した街並みだ。街灯の橙色の灯りが心を和ませる。スペイン、イギリス、それともポルトガル？　香織は訪れたことのないヨーロッパの街に思いを馳せていた。

茂と優介もきょろきょろしながら黄浦江の河岸をそぞろ歩いた。

「せんせー、お腹すきました」

香織たち三人は、羽田から上海までの飛行機で、軽い機内食を食べてから何も口にしていない。

「あー、俺も腹減った」

優介は思い出したように言う。

「じゃあ、どこへ行きましょうか」

茂はいつものように香織に顔を向けた。

香織はすでにショルダーバッグから上海のガイドブックを取り出し、パラパラとページをめくっている。外灘地区の地図を開く。そこにはいくつかの書き込みがされており、その中の一つを指さした。

「地元のグルメ通が行く、江南料理のお店があります。ここにしましょう。ここからだと十分ぐらいで行けます」

そう言うと、すたすたと先頭に立ち歩き出した。

茂と香織はかつて模倣マスクの差し止めを求めて、横浜の税関を皮切りに、北は真冬の北海道函館から、南は真夏の九州長崎の税関を訪れた。旅先でのレストランを決めるのはいつも香織の役目で、茂はその後をついて行くだけだった。上海でもそれは例外ではない。

優介はそういうことは知る由もなく、あまりにも二人の息がぴったりで仲睦まじい様子に、心がほんわかしてきて急に加奈女の顔が思い浮かんだ。

――今頃、どうしているだろう。

優介は加奈女を慕う、せつない気持ちを打ち消すように、

「いつも二人はこうなんですか」

黙って香織の後ろを歩く茂に訊いてみた。

「ええ、そうですよ。香織さんに任せておけば、きっといい所へ連れて行ってくれますよ」

歩き始めて十分足らずで、ある店の前に来た。香織はガイドブックと見比べ、頷いている。下町にある隠れ家風というのだろうか、派手さはなく、年代を感じさせる外観で、中国というより、ヨーロッパの下町にあるようなこぢんまりとした店だった。石段を三つ上がり、分厚い褐色の扉を押し開く。店内は上海の人たちの活気の中にも、しっとりと落ち着いた品の良さが感じられる空間になっていた。

香織は、髪をポニーテールにした若い女性の店員に、ニーハオと告げると、指を三本立てる。

店員は頷くと、この店の一番奥まったところの、一つだけ空いていたテーブルに案内した。この奥まった感じが居酒屋兆治に似ていると優介は思った。もちろん店の雰囲気はまったく違うのだが。

香織は大きな写真付きのメニューを開くと、傍で佇んでいる黒のチャイナ風ワンピースを着たウエイトレスに、豚の角煮の薄切り、豚スペアリブの甘酢炒め、杭州風エビの唐揚げ、キノコ炒め、とア

サリの蒸し物を一気にオーダーした。メニューの最後にある上海ガニを指さし、指三本を立てた。そして、「上海ビール、サン」、と再び指を三本立てた。それでわかったのだろう。黒い制服のウエイトレスは頷くこともなく、奥にある厨房の方へ消えて行った。

重い気持ちを吹き飛ばすように、上海ビールで乾杯した。薄切りの豚肉の柔らかいこと。甘みと辛みが程よく口の中でふわりと広がる。スペアリブの甘酸っぱさがなんとも言えない。エビの唐揚げもサクサクとしておいしかった。脂っこさや、後口の悪さは感じない。三人は途中途中で、上海ビールで口の中を洗いつつ、次々に料理を平らげていく。

そして最後に上海ガニをいただく。橙色のカニみそがたまらない。ビールとともに胃袋に全てが納まった。優介も茂も出された料理に満足しているようだった。

最後に珈琲が出た。優介がコーヒーカップを手にしたとき、胸ポケットにしまっていた携帯が忙しなく震えた。優介は一瞬固まったようになり、慌ててコーヒーを置くとスマホを取り出した。

いやな予感が三人の脳裏をよぎる。

「はい、はい。わかりました。とにかく無理をしないようにおばちゃんたちに伝えてください」

そういうと、優介は電話を切った。

優介の顔色がピンクから青白く変わっており、声音は暗くて重い。

茂と香織は心配げに優介の口元を見つめ、次の言葉を待った。

「青木のおばちゃんが、倒れたって。救急車で運ばれたそうです」

「えっ、青木のおばさんが……」

香織は口元に手をやり、息を押し殺した。

「原因とか、症状はわかっているのですか」

茂が訊いた。

優介は、いや、詳しくは……、と首を左右に振る。

「俺、心配だから、明日、できるだけ早く日本に帰ります」

「じゃあ、こちらはどうしますか」

「仕方がないです。青木のおばちゃんに万一のことがあったら、それこそ、取り返しのつかないことになる」

「そうですね……」

香織は心配そうに頷いた。

「その方がいいと思います。こちらのことはわたしと香織さんに任せて、明日一番の飛行機で日本に戻ってください。われわれもこちらが片付き次第、帰国します」

香織もそれがいいと頷いた。三人は青木のおばちゃんの無事を祈りながら江南料理店を後にした。

青木のおばちゃん

優介はキャリアバッグを引きずりながら、丸福マスクの開発室の扉を押し開いた。

森村の顔がモニターの光で青白く光っている。たった二日ほど会わないうちに少しやつれたように見える。

「森村さん。ただいま……」

優介は声をかけた。森村は声のする方に顔を上げ、

「社長、どうしたんだ。上海は……」

「青木のおばちゃんが気になって……。それでどうなの」

「気合いが入り過ぎていたみたいだ。軽いめまいで、たいしたことはないそうだ。過労と心労が重なったようで、それに心臓も弱っているって。年が年だからね、と病院の先生が。それで二、三日様子を見ることになった」

「そうですか。とりあえずは大事に至らなくてよかった。それでマスクの方は……」

「赤嶺さんと白畑さんが青木さんの分まで頑張るって、そう言ってる。だからできるとは思うが……」

「それは本当にありがたいです。でも、二人にも無理をさせるわけにはいかない。これ以上、何かあったら……」

青木のおばちゃんは七十が近いと言っていた。そうすると赤嶺のおばちゃんは六五歳で、白畑のおばちゃんは還暦になるはずだ。

「ところで、青木のおばちゃんが入院している病院は」

「M町中央病院」

中央病院か、奈々ちゃん以来、親父が世話になり、今度は青木のおばちゃんだ。続くときには続くのだろうか。

優介は荷物を部屋の隅に置くと、縫製室に向かった。縫製室は無菌状態を保つために防塵白衣とふけや髪の毛を落とさないための帽子、それとマスクを着用しなければならない。スリッパに履き替え埃の除去室を通り、縫製室に入る。赤嶺のおばちゃんと白畑のおばちゃんは、森村が作った人工知能を搭載したミシンに向かって、一心に雪花の父親のマスクを作っている。

優介が近づいても気が付かないようだ。

「赤嶺のおばちゃん」、と声をかける。

モニターとミシンの動きを真剣な眼差しで見入っていた幸子さんは、ピクリと肩を震わせると、声のする方に振り向いた。

「もう、びっくりさせないでくださいよ」

「ごめんなさい。青木のおばちゃんが倒れたっていうし、赤嶺のおばちゃん、あまり無理しないでくださいね」

優介がすまなさそうに声をかけると、幸子さんの眉間に深い皺を刻んだ。

「無理しなきゃ、できるものもできないよ。優介坊ちゃんはそれでもいいのかい」

「そうだよ。今がその時だっていうのに。チエさんに後を任されたんだ。これを乗り切らなきゃ、申し訳が立たないよ。坊ちゃん、仕事の邪魔だよ。ここからはやく出て行っておくれ」

春子さんも幸子さんの隣から大きな声をはり上げた。

優介は子供の時分から、縫製室を出たり入ったりしていた。その度に青木のおばちゃんたちから危ないからと追い出されていた。その時のことを思い出し、苦笑した。

丸福オーダーマスクの製造は人工知能が組み込まれたミシンがするのだが、通常のマスクより細工を細かく施すため二倍から三倍の縫製時間がかかる。楊慶学のやつれ衰えた顔、骸骨のような頬や顎、大きな窪みのある顔にぴったりと添うようにするにはさらに多くの時間を要した。青木のおばちゃんが元気で、三人で協力したとしても二日はかかる計算だった。それが二人になったのだから、幸子さんと春子さんへの負担は大きく、雪花との約束は果たせないかもしれない。

優介は防塵服を脱ぐと、重い気持ちを抱えてM町中央病院へ向かった。

青木のおばちゃんは点滴を受け、ベッドの上で大人しく横になっていた。眠っているのだろうか。

「青木のおばちゃん」、と声をかけた。

青木のおばちゃんは薄目を開けると、しばらくぼんやりしていたが、

「ああ、優介坊ちゃん。どうしてここに。ああー、そうだったね。あたしが倒れたから、戻ってきたんだね。ありがとうね、坊ちゃん。うれしいよ」

そう言うと、皺の寄った瞼にみるみる涙をため、点滴針の付いた手で涙を拭おうとした。

「ダメだよ、動いちゃ」

　優介は慌てておばちゃんの腕をつかんだ。

「そうだったね。こんなかっこうになるなんて、情けないわねぇ。満足に涙もふけやしない。不便でしょうがないよ」

　恨めしそうに点滴針の刺さった腕を見つめた。そして、

「優介坊ちゃん。申し訳ありません。できるなんて、啖呵《たんか》切っといて、これじゃあ、ざまあないね。あたしがいないと、中国の爺さんのマスクができなくなる。爺さんにも申し訳なくって」

　青木のおばちゃんは起き上がり、謝ろうとするのを、そんなことはないから、早く元気になって、と声をかけ、何とか寝かせつけて病室を後にした。

　優介は母親の夕子より、青木のおばちゃんを知らず知らずのうちに慕《した》っていたように思う。縫製室でマスクを作るカタカタとミシンが動く音や、縫製室に漂うガーゼの匂いが好きだった。だから、暇になると縫製室にいる青木のおばちゃんの顔を見に行った。その度におばちゃんは、エプロンのポケットから飴玉やらキャラメルを内緒だよって、そっと口の中に入れてくれた。今にして思い返せば、それが欲しくておばちゃんの回りをウロチョロしていたのかもしれない。

　そのおばちゃんが、何度も何度も申し訳ない、と口にした。こんなことになった責任は自分にもある。一人の爺さんのマスクのために三十ケースなどと雪花の無茶な条件をのんでしまったからだ。

　優介は踵を返すと青木のおばちゃんの病室に戻った。扉を開けると青木のおばちゃんと目が合い、

「おばちゃん。俺、中国のこの仕事、やめることにする。これ以上、おばちゃんたちに無理をさせる

わけにはいかない。俺の大切なおばちゃんたちになんかあったら、オレ……」

「やれ、やれ、何を言い出すのかと思ったら、坊ちゃん。そこの椅子におかけなさい」

優介は涙をこらえ、言われるままに丸椅子に腰をかけた。

「坊ちゃん、どうしたんだい。いきなりやめるなんて。あたしたちのことを心配してくれているなら、それは大きなお世話だからね。そんなのやめとくれ」

「でも……」

「デモもヘチマもないよ。あたしもそうだけど、幸ちゃんも春ちゃんも、いやマスクを作ってるみんなは、縫子としてのプライドがあるんだよ。ましてや、あたしのことで仕事をやめるなんて、とんでもないことだよ」

青木のおばちゃんは、優介が思いもしなかったことを口にした。

「坊ちゃんがあたしのことを気にかけてくれるのは、本当にうれしいよ。でもね、それとこれとは別なんだよ。頼まれた仕事をきっちりとやりこなす。あたしたちもやれると思ったから、それを受けたんだ。それができてこそ、一人前の縫子なんだ。

坊ちゃんのおじいさんの時代から丸福でマスクを作ってきたんだ。坊ちゃんのおじいさんはもっと無茶なことを言ってきたよ。それでもみんな、歯ぁ、食いしばってやってきたんだ。

坊ちゃん。お願いだからやめるなんてことは、二度と言わないでおくれよ」

優介は脳天を木槌で殴られたような大きなショックを受けた。

おばちゃんたちも丸福マスクを何とかして盛り上げようと、必死になってくれている。その気持ちは自分以上かもしれない。軽々しくやめようだなんて弱音を吐いて、恥ずかしくなった。

青木のおばちゃんから見たら、俺はまだまだひよっこだ。

「わかったよ、おばちゃん。やめるなんて、もう二度と言わない。この仕事、きっと成功させるよ。最後まであきらめない。だからおばちゃんも本当にホント、早く良くなって。でも、決して無理はしないで、約束だよ」

優介はベッドに横たわる小さな老婆の節くれかさついた小指と、指切りげんまんをした。そして、病室を出る前に、優介は大好きな青木のおばちゃんに深々と頭を下げた。


再び縫製室に入ると幸子さんも春子さんも、目を真っ赤にしてマスクを作り続けている。

俺も手伝うから、と言って青木のおばちゃんのミシンの前に座ると、

「坊ちゃんの技量じゃあ無理だ」

幸子さんがぴしゃりと言い放つ。

「頼りないと思うのはわかるけど、『丸福オーダーマスク』はコンピュータの指示でできるんだから、俺でも大丈夫でしょう。だからやり方を教えてよ」

「中国の爺さんのマスクはとても堀の深い顔立ちだから、どうしても手縫いで修正しなければならないの。その技術は教えてもすぐには身につきゃしない。だから無理なの。坊ちゃんはそんなこと心配せずに、中国行きのことを考えておいて」

幸子さんがそう言うと、春子さんも顔をこちらに向け、きつい目をして頷いている。

優介はここでも邪魔者扱いされてしまった。しぶしぶ縫製室から出て、開発室に向かう。そこでは森村がモニターと首っ引きでマスクの製造状況を、万が一にも不備が出ないようにと監視している。いまの優介にはどこにも居場所はなかった。


何もできない、空疎でやるせない時間が流れてゆく。

――せんせーや香織さんたちはどうしているだろうか。心配しているだろうなあ。

優介は丸福の工場を出ると体は自然と兆治に向かう。暖簾をくぐり格子戸を開くと、奥のテーブルに背中を向けたせんせーと向かいに座る香織さんが目に入った。

優介は茂と並んで座る。せんせーと香織さんは、雪花に優介が急きょ帰国した事情を説明し、今後の打ち合わせを滞りなく済ませて、今しがた帰国したばかりだという。

三人でジョッキを静かに合わせ、一口ビールを含むと、香織が心配そうに声をかけた。

「青木のおばさんはいかがですか」

「病院へ見舞いに行ってきました。思ったよりも元気そうでしたが……」

その後、青木のおばちゃんからこの仕事をやり遂げるんだ、とカツを入れられたことや、幸子さんや春子さんとのやり取りを話した。

「そうだったんですか。おばさんたちがねえ。わたしたちはもっと、もっと頑張らないといけないですね」

香織は、肝の据わったおばちゃんたちのパワーと底力に感銘を受けた。

「それに、森村さんも鬼気迫る《ききせま》勢いでした」

優介は自分だけが蚊帳《かや》の外にいるような気がして情けなく、落ち込んでいた。

「それじゃあ、あたしたちはこうしてマスクができるまで、じっと待つしかないのですね」

香織は一点を見つめて、そう言った。でも、と茂が心配を口にする。

「マスクが明日できて、大急ぎで宅配便で送ったとしても、雪花さんとの約束の時間に間に合いますか。そこはどうなんですか」

「実は、俺もそれを心配してて……」

優介はジョッキをテーブルに置くと、下を向いてしまった。

「そんなこと、心配してたんですか。あたしにいい考えがあります」

香織はあっけらかんとして言う。優介は顔を上げ、香織を見た。

「宅急便屋さんに任せるんじゃなくって、あたしたちが持って運べばいいのよ。ジェット機でたったの三時間半」

香織は両腕を広げて、ビューン。飛行機の真似をした。そして、

「マスクは軽いし、あたしでも運べるわ」

「香織さん、本気ですか。三十ケースのマスクを……」

優介は大きく目を見開き、香織を見つめた。

「一番おっきなスーツケースに入れるのよ。片方の手に一つずつ、一人で二つは持てるはず。六つのスーツケースに三十ケースのマスクを入れて持って行くのよ。一つくらいならリュックにしょったっ

ていいわ」

「そうか。その手があったか」

香織さん、すごいよ、と茂は感心した。

「でも、せんせーと香織さんに荷物運びをさせることになり、申し訳ないです」

優介は泣きそうな顔をしながらも、頬はほっとしたのか嬉しさで緩んでいる。

三人は顔を見合わせ、

「やりましょー。運び屋を！」

心を一つにした。


ガラガラと巨大なスーツケースを引きずりながら、上海外灘にあるリバーサイドホテルに到着した。このホテルは三日前に宿泊していたのだ。香織は目を上に向け、意匠を凝らした外観を眺めた。怒涛のような日々だったと感慨に浸る間もなく、二人の女性ドアマンが香織に駆け寄り、二つのスーツケースを受け取った。

「シェーシェー」

数少ない話せる中国語を口にした。

優介はレセプションカウンターで楊雪花を呼び出してもらう。

フロントクラークは後ろを振り向くと、棚から小さな封筒を取り出し、優介に手渡した。

封筒の上には福田優介様と書かれている。中から二つ折りになったカードを取り出すと、

Mr. Yusuke Fukuda
I am waiting for you at room 1508
Xuehua Yang

と、流れるようなしなやかな文字でしたためられていた。

優介は後ろにいる茂と香織にそのメッセージカードを見せた。

――1508号室で待つ。楊雪花
三人は頷くと、エレベータに向かう。最上階の1508号室の前に立った。時刻は午後三時四十五分。約束の期限は午後四時だからぎりぎり間に合った。優介はほっと胸を撫で下ろした。そして、重厚なドアに取り付けられたドアベルのバーを持ち、コッコツとノックした。

ゆっくりとドアが開く。そこには淡いピンクのサマーセーターを身に付けた雪花が立っていた。三人は中に招じ入れられ、六つのスーツケースをガサゴソと部屋の中に運び入れる。

「お約束のマスク、三千枚、三十ケースをお持ちしました。確認してください」

優介は、雪花に報告した。

「枚数は合格ね。それと時間も」

雪花は、シャネルの腕時計に目をやりながら、冷ややかにそう言い放った。

香織は手にしていたスーツケースの一つを床の上でガチャリと開け、百枚のマスクが入っている小箱を取り出し、ソファセットのテーブルの上にそっと置く。そして、箱の中から一枚のマスクを丁寧に取り出すと雪花に手渡した。

雪花の手のひらには、すっきりと晴れ渡った空のようなスカイブルー地に、ピンクの薔薇《ばら》が刺繍されたマスクが載っている。

——確か、薔薇の花ことばは、あなたを尊敬します、だったはず。それにしてもこれが爸《パー》のマスクだというのだろうか。こんな歪《いびつ》なものが……。

マスクは鼻梁から深い谷をえぐるように極端に湾曲している。

「どうですか、雪花さん。他のものも見てください」

優介はそう言うと他のスーツケースからもマスクを取り出した。一つは赤地に黒い蝙蝠《こうもり》のマークが刺繍されている。中国では、蝙蝠《ビエンフー》は幸福《チンフー》を呼ぶと信じられている。もうひとつは新緑の緑に茶色のフクロウのマークが刺繍されている。フクロウも福を呼ぶにかけている。

雪花はそれぞれを手に取りじっと見ていた。

「どうですか。これらは弊社のベテラン社員が意匠を凝らし、細心の注意を払い縫製しました。雪花さんのお父さんのために一つひとつ心を込めて作ったものです」

そう言い終えると優介は胸を張った。

「そうですか。でも、本当に爸の顔に合うのか、爸が喜ぶのかはわからない。それは爸が決めることです」

「もちろんそうだが、俺たちはお父さんに喜んでもらえると、確信している」

「そう。では、病院に急ぎましょう」

雪花は本当にこの歪なマスクが爸の顔に合うとは思えなかった。いや、思いたくないというのが本音かもしれない。

三種類のサンプルを数枚ずつ持ち、楊慶学が入院している上海健康総合病院へ向かった。

楊慶学はベッドに一人、寝ていた。雪花は、「爸」と声をかけた。

慶学は薄く目を開けると、虚空のどこかを眺めていたが、濁った瞳が少し動く。雪花だと認めると、目に光が戻ってきた。

「あ～、雪花。来てくれたのか。ありがとう」

雪花は慶学の枕元に跪《ひざまず》いた。

「爸、調子はどうなの」

「調子か。見てのとおりだ。今日はこうして話ができる。大丈夫だ。儂《わし》のことより、お前、仕事、忙しいのじゃないのか」

慶学は娘の来院を喜ぶと同時に、ねぎらった。

「今日はね。この人たちが作った爸だけのマスクを持ってきたの」

「儂だけのマスク……？」

「そうよ。この人たちが爸のために作ってくれたのよ」

そう言うと雪花は、優介たち三人を爸に紹介した。

慶学は優介たちに目をやることなく、濁った眼で雪花をじっと捉えたままだ。

「赤地のマスクと青と緑があるけど、どれがいいかしら。好きなのを選んで」

雪花は慶学の目の前に一枚ずつを手に取り、見せた。

慶学は緑地に茶色のフクロウのマスクを、骨と皮だけになった指で弱々しく指した。

雪花は緑のマスクを両手で持つと、慶学の右耳、そして左の耳にゴム紐をやさしくかけた。緑のマスクは慶学の落ち窪んだ頬や出っ張った頬骨、尖った顎にピタリとフィットしている。

そして、慶学が、

「おー、気持ちいい。ふわっと顔を覆われたようだ。息もしやすく、苦しくない。いいマスクだ。雪花、ありがとう」

「そうなの。それは良かったわ」

雪花は優しい眼差しで慶学を見ていた。

その微笑ましい光景を目の当たりにした優介は、やったぞと、両の掌をぎゅっと握った。

茂と香織は同時に顔を見合わせると、やりましたね、と合図を送った。そして、二人は病室を出た。

「せんせー、これで契約を結ぶことができますね」

香織の言葉に、そうだね、と相槌を打ったものの、茂は一抹の不安を感じていた。

しばらくして、優介と雪花が病室から出てきた。そして、四人は示し合わせるようにして最上階のラウンジに上った。

優介は、開放的な窓から夕暮れが近づいた市街地を眺める雪花に、後ろから声をかけた。

「満足いただけるマスクだったということですね」

雪花は振り向かずに、首だけを大きく縦に振った。

「それでは『丸福オーダーマスク』の特許の使用契約を交わしましょう」

茂は雪花に促した。雪花はこちらをゆっくりと振り向くと、しばらくして、

「契約は、……できない」

再び思いもよらない冷ややかな言葉が返ってくる。

「契約はできないって、どういうことだ。約束が違うじゃないか」

優介は雪花の態度に怒りを覚えた。やはり中国人は嘘つきなのか。

「『丸福オーダーマスク』の素晴らしいことは、爸のマスクを見て、爸の言葉を聞いてよくわかりました。あんなに落ち窪んだ頬や、やせ細った顎にフィットし、それにもまして素晴らしい付け心地と意匠性、それに防菌性能もいいのでしょうね」

「もちろんだ」

「それではなぜ契約を拒むのですか」

茂は訊いた。

「それはわたしたちに問題があるのです」

「わたしたち……?」

「そうです。わたしの工場の従業員は、『メイリィマスク』や『プリフェイスマスク』のような立派なマスクを作れるようになりました。でも、爸の顔に合うような、『丸福オーダーマスク』を作れるだけの技術はまだない。だから工場に来て、その技術を教えてほしい。それを含めて契約をしたい」

優介はマスクを作るソフトの移管までは考えていたが、従業員を派遣することは、当初から考えて

いなかった。

「自分たちだけではできないから、それを教えろということか」

優介は怒りを抑えながら問いかけた。

「技術移管に関する費用は全てこちらで負担します。もちろん通訳も用意します。ただ……」

「ただ？　まだ、あるのか」

「わたしの従業員が、『丸福オーダーマスク』を完全に作れるようになるまで、指導して欲しい。これが最後の条件です」

「マスクが作れるようになった後は……、俺たちとの契約を破棄し、偽物を作ろうという魂胆か」

優介はこれまでのこともあり、精一杯の嫌みを言った。

「それはできないのでしょう。留目先生」

そんな見え透いた嫌みなど、雪花にはまったく通用しない。淡々と茂の同意を求めた。

茂は、そうです、と肯定した。

「この技術はPCT国際出願を通じて、中国でも特許出願しています。だから、丸福マスクさんと契約を交わさない限り中国では、いや、世界中のどの国でも、このマスクを製造し、販売することは出来ません」

茂は冷静に、そして丁寧に説明した。

「それはそうだけど、これまで模倣品で何度も苦い思いをしてきた。だからそんな簡単に信用はできない」

優介は雪花の話を鵜呑みにして、承諾することがどうしてもできない。

雪花は、ははは、と悲しげな悔恨ともとれる笑い声を出すと、大きな溜息をついた。

「それならば、テレビ対決の後、この話を持ち出さなければよかったのでは」

「雪花さんが言うように、それでも良かったのですよ。わたしたちとしては……」

茂はそう口にすると、ひと呼吸置いた。

「でも雪花さんは、中国の大気汚染から妊婦さんや子供たちの健康を守りたい、そう話されました。そして、お父さんの身体を気遣い、そのためのマスクが必要だった。だからどんな手段を使っても、丸福のマスクを模倣してでも、いいマスクを作りたかった、そうではないのですか」

雪花は黙って聞いている。茂は話を続けた。

「優介社長は同じマスク職人として、貴女《あなた》のその気持ちを大切にしたいと思われたのです。わたしたちは、優介さんのマスクにかける情熱には敬服しています。それは、雪花さん、あなたも同じなのでは……」

雪花は目を瞑り、じっとして何かを考えているようだった。そして、静かに目を開けると、

「だから、わたしにどうしろと」

「雪花さんには約束を守ってもらいたい、ということです」

「約束？　わたしは約束を破ったことなどないわ。いままでも、これからもね」

「しかし、わたしたちにはそうは思えない」

「それは見解の相違、そうじゃなくって」

「それじゃあ、信用してもいい、ということですか」

「ええ、それはわたしの望むところよ。わたしたちの唐山市の工場に来て、よく見てください。そこで契約を交わしましょう。その時には技術者の方も一緒に連れてきてください。そして、『丸福オーダーマスク』の製造技術を従業員に教えてください。わたしたちのミシンでマスクができるようにしてください。これは約束です。いいですか」

茂は隣で黙って聞いている優介を見た。

応えようとしない優介にじれたのか、香織が、「優介さん、どうなの」と顔を覗き込んだ。

「わかった。日本に帰って皆と相談する。ただし、これが最後だ。あなたの工場の工員にもよく伝えておくように、何度も教えない。一度だけだ。だからしっかりと聞き、技術を身に付けるようにとね」

「それは、そうね。そのように伝えておくわ」

こうして三人は上海健康総合病院を後にした。


雪花の度重なる強引とも思える要求に、優介の疲れはピークに達していた。思えば朝早くから重いスーツケースを両手に日本を発ち、上海リバーサイドホテルに到着し、これで契約できるかと思いきや、いきなり上海健康総合病院で雪花の父親と面会させられ、マスクの装着実験に立ち会わされた。素晴らしいマスクだとの評価を得たものの契約には至らなかった。ほとほと雪花との付き合いは難しいと思い知らされた。

——しかし、このミッションは成し遂げなければならない。

優介は萎えた闘志を、拳を強く握り奮いたたせた。

茂は病院を出ると大きく息を吐いた。緊張していた体が少しは楽になる。

――楊雪花。一筋縄ではいかない。今回も契約までには至らなかった。このままずるずる引きずられてていいのだろうか。何か手を考えないと……。

そう思うと、再び溜息が出そうになる。

「さあ、二人とも元気出して、唐山市で雪花さんをアッと言わせてやりましょうよ」

香織は二人の男を鼓舞するように明るく振る舞った。

上海の生暖かい風が、三人の背中をガンバレと後押しするかのように吹き抜けた。

拡大戦略会議

翌日、優介たち三人は息つく暇もなく、朝一番のジェットで上海からトンボ帰りした。

優介は帰社すると、上海での状況を報告するために会長室の新造を訪ねた。同時に相談役の正義と開発顧問の森村も同席した。

マスク三十ケースを雪花が滞在するホテルに持ち込み、その後、上海健康総合病院で雪花の父慶学から素晴らしいと評価されたこと、そして唐山市の雪花の工場へ来て技術指導してほしい、と頼まれたことなどをざっくりと説明した。

優介の話が進むほどに新造の顔が赤く紅潮してくる。

「中国人と付き合うのは、もうよせ。この期に及んで契約しないとは。あの女は丸福にとって疫病神だ。お前はここまでよくやったじゃないか。もういい、十分だ。幕引きだ」

「確かに、俺もそう思うのだけど……、しかし」

「しかし、なんだ」

新造はいら立ちを隠せない。優介の気持ちを弄《もてあそ》ぶ中国女との付き合いを、会長として、いやそれ以上に父親として、これ以上認めるわけにはいかない。

優介は口を真一文字に結び、押し黙った。

新造に代わって正義が、

「坊ちゃん、これまでにどれだけ模倣品に苦しめられたことか。『男前マスク』と『王女のマスク』がこんなに早く時代遅れになったのも、あの女のせいです。元はと言えば、雪花が丸福を乗っ取ろうとしたことに始まります。それなのに大切な技術を教えるというのは、どうなんでしょうか。丸福の命は技術です。これを無くしたら丸福でなくなります。そこのところをもう一度、よく考えてみて下さい」

正義は新社長を諭すように話した。

「マサさん。よく言ってくれた。俺も同じ気持ちだ」

「頭では理解しているんだ。騙されているかもしれないって。でも、よくわからなくなってきた」

「中国女にこれまで十分に、温情をかけてやったじゃないか。自分たちは努力せずに、最新の技術だけを欲しがる。そんな奴らに、これ以上付き合う必要があるのか。これ以上いいようにされてたまるもんか、もう限界だ。手を引け」

新造は、息子に言い聞かせるように言った。

その時、「待ってくれ」、と声がかかった。ただ黙って突っ立っていたと思われた森村だった。

「技術を教える教えないと言っているが、その技術は元々僕が最初に開発したものだ。僕にも考えがある……」

「それでは、森村さんはどうすればいいと」

「権利者としては、特許が売れる可能性があるなら、そのチャンスを活かしたい」

森村は、権利を持っている限り、それは当然だろう、と言う。

森村の立場ならそうだろうということは理解できるが、丸福としてはそれをどうとらえるべきか、悩むところだ。

「じゃあ、どうすればいいと思っているのですか」

「今はそれに答える案はない。できれば、留目せんせーや香織さんや他の人たちの意見を訊いてみたい。だから戦略を……。そうだ、戦略会議を開くというのはどうだ」

森村はそう提案し、首を縦に何度も振り、一人納得している。

「会長。森村さんの意見、どう思いますか」

「確かに森村の言うことも一理あるな。それに特許のことになると俺はどうもよくわからん」

「前の臨時役員会議のときに、リレーションシップ経営とかいう話も出てきましたからね。新しい考えが出ないとも限りません」

正義も賛同した。

「マサさん。それじゃあ、M町信用金庫の安田と植田も呼ぶのか」

「そうですねぇ。彼らの意見、考えを聞いておく必要はあるでしょうね。仮にもこの仕事を進めるとなれば、将来の資金のこともありますし、安田さんの耳に入れておく方がいいでしょう」

と、いうことになり。拡大戦略会議の開催が決定された。

それから二日が過ぎ、軽自動車に乗った安田と植田、ミニベロとママチャリでやって来た茂と香織が、丸福マスクの二階の会議室に集合した。

「お忙しいところお集まりいただきありがとうございます」

優介が皆の労をねぎらうために頭を下げると、

「挨拶はいい。本題に入ってくれ」

安田は重要案件が続く中、無理をして今日という日に時間を作ってくれたのだった。

優介はこれまでの経緯をかい摘んで話したあと、新造は優介が中国でビジネスを進めることの危惧を口にした。

「これまであの女に何度も辛酸をなめさせられてきたじゃないか。優介は中国女に利用されているだけではないのか。それに、今回の特許は、本当に大丈夫なのか。以前のこともあるしな。俺にはどうも、そこのところがわからんのだ」

「それにいきなり中国で仕事を始めるのは、冒険が過ぎませんか。それも虎の子の最新技術を提供するのでしょう。危険すぎると思います。先ずは様子見をして、『男前マスク』と『王女のマスク』の技術を教えるというのはどうでしょう」

正義も会長に続き、懸念を示した。

「確かに、会長や相談役の言うことも理解できます。しかし、雪花が望んでいるのは、最新技術で製造されたマスクだし、その技術を欲しがっています。『男前マスク』と『王女のマスク』の技術ではすでに商品価値がないのです」

「だったら、技術を出すのはもう少し様子を見てからということで、どうなんだ」

新造はあくまでも否定的だ。

「ですが……」

優介は答える術《すべ》がなくなった。

会議室は重苦しい空気に包まれた。どのくらい経っただろうか、満を持して安田が質問した。

「ところで第一発明者といえる森村さんは、中国とのビジネスをどのように考えておられるのですか」

「僕は権利を有効利用したい。特許が売れるならできるだけ高く売りたい」

安田は、うむ、と頷くと今度は優介に向かって同じことを聞いた。

「森村さんの気持ちは発明者としてはわかります。それに、同じマスク業者として雪花さんの気持ちもわかる」

「同じ気持ちとは?」

「いいマスクが目の前にあり、それを必要としている人がいる。その人たちを助けてあげたい。子供たちやお年寄りの健康を守ってあげたい。ただそれだけです。それはどこの国の人であろうと同じです。日本人だろうと、中国人だろうと、関係ないです」

「その気持ちはわかるが、だからといって中国女に技術を教えて、元も子もなくしたらどうするんだ」

新造が優介の青臭い、甘っちょろい考えに噛みついた。

「そうならないように、集まってもらったんじゃないか」

「今までのことを思い返してみろ。あの女が約束を守ったことがあるのか」

「でも……」

安田は新造と優介の会話に割って入った。

「留目先生は共同発明者の一人でもあるとか。しかし、ここは弁理士の立場としての意見を訊かせてください」

茂は閉じていた眼を開くと、

「丸福マスクさんはこれまで模倣品にひどく悩まされてきました。それを元から断つ。そして、雪花さんには模倣品の防波堤になってもらう。それが今回のこの計画です」

新造と正義は、茂の言ったことが理解できず、大きく目を見開き、口をポカンと開け固まっている。

安田は、ふーっと息を吐くと、それは、「毒は毒をもって制する」、そういうことだな、と言った。

茂は静かに首肯した。

香織はすっと立ち上がると、一枚の資料を全員に配った。資料が行き届いたところで、茂は立ち上がり、資料を片手に話し始めた。これからせんせーのショーが始まる。

「『丸福オーダーマスク』の事業戦略および特許戦略をご説明いたします。

まさしく、『毒は毒をもって制する』。この作戦の要諦は雪花さんに新たな丸福オーダーマスクの模倣品が出てくるのを防いでもらうためのものです」

茂は、安田に軽く会釈した。

「そのためには、雪花さんにこの特許の権利と製造技術を移管する必要があるのです」

「そんな危険なことをしても本当に大丈夫なのか……」

新造が再び懸念と疑問を呈した。

茂は、それをご説明いたします。資料をご覧ください、と言うと小さく胸を張った。

「第一に、『丸福オーダーマスク』の特許はPCT出願、すなわち全世界に同時に出願されています。もちろん中国も含まれます。

第二は、『丸福オーダーマスク』の特許群には、デジタル写真からマスクを作り、販売するという『ビジネスモデル特許』も含まれています。よって、いかなる国においてもこの方法でマスクを作り販売することは、われわれの権利に抵触します。

第三に、顔のデジタルデータを取得しただけでは完全にフィットしたマスクを作ることは難しい。すなわち高度な製造ノウハウが存在するということです。そして、このノウハウは、一朝一夕には真似《まね》できるものではありません。これが他社の参入を大きく阻むことになるでしょう。

第四に、マスク製造のための人工知能の重要なソフトは、複数の基本ソフトに分割され、それらが複数のコンピュータにインストールされます。その分割されインストールされたソフトを有機的につなげることにより、『丸福オーダーマスク』の製造が可能となります。

この組み合わせは定期的に変更しますが、この指示はすべて森村さんが開発した人工知能を搭載したコンピュータからランダム表に則って無作為に行われます。ですからこれらの組み合わせを解読することはほぼ不可能です。

第五に、もし、これらのソフトが不正にコピーされると、次の瞬間、そのソフトは自動消滅します。

第六に、これらの人工知能ソフトを搭載したミシンの稼働状況は、常に丸福マスクの、森村さんのマザーコンピュータに送られ、二四時間追跡されます。ですから、マスクの製造枚数や、今ミシンがどういう状態なのか、何が行われているのか、すべて手に取るようにわかります。よって、不正な操作が行われても、次の瞬間こちらから製造を停止させることができます」

茂は話し終えると、ふーっと大きく息を吐き、着席した。

「なるほど、特許で管理する部分と、それにノウハウで管理する部分。さらに不正を見付け出す技術。これら三つのまったく違った技術要素を駆使して不正を防御する。そういうことだね」

安田は確認するように尋ねた。

茂は、そうです、と大きく首を縦に振った。

「なるほど、よくできたシナリオだと思う。だが、外部の不正は防げても内部の不正は防げるのか。例えば……」

「そんなことはありえません。丸福の人間は絶対に不正などしません」

優介は立ち上がると震える声で即答した。

隣で新造も、「当たり前だ」と声を荒げた。

正義もあり得ないことだと、珍しく憤慨している。

「そういうことは丸福さんに限ってない。そうおっしゃりたいのでしょうが、会社が大きくなると人の出入りが多くなる。その人たちの中には不正を働く者がいるかもしれない。そうすると……」

安田はもっともなことを口にすると、得体の知れない不安が会議場を覆った。

うつむき、黙ったまま誰も発言しない。

ガタッと、誰かが立ち上がる気配がした。森村が操《あやつ》り人形のように、ふらりと立ち上がった。

「も、森村さん、どうかしましたか」

優介が声をかけた。

「フセイは、できない」、くぐもった声だった。

「今、何とおっしゃいました」

「不正は不可能だ」

「不可能。それはどういうことですか」

安田は身を投げ出すようにして訊いた。

「僕ですらソフトをコピーすると、このソフトは二度と使えなくなってしまう。すると、『丸福オーダーマスク』は、この世からなくなる。だから、不正はできない」

森村はそうたどたどしく言い終えると、崩れるようにして腰を下ろした。

「では、正当にというのか、正しくソフトを修正するとかコピーする方法はあるのですか」

安田が最も気になる疑問を口にした。

「そうするためには、発明者全員の、優介社長、留目せんせー、香織さんと僕の四人のパスワードを入力する必要がある。もちろん、そのパスワードは本人以外誰も知らない」

安田は、うーむ、と一声発すると、

「秘密は完全に守られるわけですね。凄いシステムだと感心しました。この技術は弊庫でも検討してみたいが、森村さん、その節はご協力いただけますか」

思わぬ展開に皆は呆気にとられ、とりわけ、森村は突然の申し出に言葉を失い、優介を見た。

「えっ、ええ。もちろん構いません。森村さんさえよろしければ、ぜひ協力してあげてください」

「快諾いただき、ありがとうございます。ところで、特許の方は留目先生、お願いしますよ」

「もちろんです。喜んで」

森村と茂は思わぬところでビジネスが広がり、その意外な展開に驚いた。

おい、そこの二人、としわがれた声に我に返った。新造だった。

「話がそれてしまったが、要は、マスクの秘密は守られるということだな」

「ええ、そういう事です。それに丸福マスクの製造技術は誰からも秘密を暴かれることはありません。だから、この話を勧めさせてください」

会長、相談役、よろしくお願いします、と優介は立ち上がり深々と頭を下げた。

「マサさん。どうしたもんだろうか」

「面白いことになってきましたね。楊雪花に丸福の真の実力を見せてやる。まったく痛快じゃないですか、会長」

「そうだな、マサさん」

新造と正義は二人して、にやりと笑うのだった。

そして、唐山市へ

優介と茂と香織、そして今回は雪花の唐山工場に『丸福オーダーマスク』の技術指導をするために森村と白畑春子のおばちゃんが同行している。五人は羽田から北京首都国際空港に飛んだ。

北京に着くと、森村はそわそわと落ち着かない様子だった。どうしたのかと聞くと、初めての中国、初めての海外旅行だという。春子さんは中国に出かける前は、どうしようどうしようと、幸子さんに相談したり、青木のおばちゃんにマスクの縫製の確認をしに行ったりと、足が地につかない様子で不安そうにしていた。

青木のおばちゃんからは、「あんたが一番若いんだから、あたしらの分までしっかり頼んだよ」と、はっぱをかけられ、春子さんはそれを強張った顔で聞いていた。緊張感がひしひしと伝わってくる。そんな春子さんだったが、いざ飛行機に乗り羽田を離陸すると、機内食をしっかり食べ、その後はぐっすりと眠っていた。後で知ったことだが、青木のおばちゃんと幸子さんと春子さんたち三人は二年に一度、海外旅行に出かけているそうで、飛行機に乗ることはお手の物だった。

四時間のフライトで北京首都国際空港に着いた。到着ロビーで楊雪花と落ち合い、六人は空港シャトルバスで唐山市に向かう。北京国際空港から唐山市までは二時間半のバス旅だった。

空港を出てすぐに高速道路に乗り、しばらく走ると窓から見える景色はどこまでも続く薄茶色の平原で、ぽつぽつとまばらに樹木が見える程度だった。唐山市到着まであと三十分の距離に来た時、やっと緑の葉を宿した果樹園が見え始め、その先の遠くに灰白色のくすんだお椀を伏せたようなぼんやりとした景色が見えてきた。今日の天候は薄曇り。そのせいもあるのだろうが、しばらくしてそれが、唐山市を覆うスモッグの塊だとわかった。六人を乗せたバスはそれに向かって突き進む。

そして、唐山市のバスターミナルに到着した。雪花がバスから降りると、作業服を着て、顔じゅうを覆うようなマスクを付けた一人の男が近づいてきた。

雪花はひと言ふた言、言葉を交わすと、マスク男は使い込まれたマイクロバスに案内した。六人を乗せたマイクロバスは都会的な市街地から街中をすり抜け、雑然とした下町をしばらく走った。そして、三十分ほど経っただろうか、いかにも場末の工場を思わせる建物の門をくぐった。ここが雪花のマスク工場のようだ。トタン屋根と外壁はスレート張りで、建物の壁や塀は煤煙を含んだ雨だれによる黒いシミが不規則な筋となり、いくつも染み付いていた。

優介はそれをぎょっとした顔つきで見ていると、

「何度ペンキを塗りなおしてもこうなるのよ。空気が汚いとペンキ代まで高くつくわ」

雪花が頬をゆがめ微苦笑した。

工場内に導かれる。靴を脱ぎ、スリッパに履き替える。外界と隔絶された縫製室は、外からは想像できない程きれいで衛生的に見える。縫子をしている女性はふわっとした大ぶりの帽子をかぶり、全員が真っ白なマスクをつけ、清潔で、衛生管理はしっかりされているようだ。

「ご覧になってどう思いましたか」

雪花は優介に感想を求めた。

「想像以上に整理され、衛生的です。これなら何とか『丸福オーダーマスク』を製造する環境としては合格だと思います。春子さん、どう思いますか」

一番後ろで隠れるようにしていた春子さんが、うんうんと頷いている。

「コンピュータ付きのミシンは用意できているか」

鋭い目つきをした森村が雪花に問うた。

「ええ、ではご案内しましょう」

雪花はわれわれをどこへ連れて行こうとするのだろうか。工場の奥へ奥へと進んで行く。扉を開け中に入ると、そこは新たに増設されたのだろうか、新しい縫製室になっており、真っ白な壁が天井からつるされたLEDライトに反射して、眩しいくらいだ。

「この部屋は……？」

思わず優介は呟いた。春子さんもきょろきょろ辺りを見回している。

「もちろん、『丸福オーダーマスク』を作るためよ。お約束のパソコン付きミシンを十台用意しました。いかがですか」

森村はすぐさまパソコンに近づきスペックを確認し始めた。

春子さんはミシンを両手でなぞりながらあちこちと触り、ハリや天秤の動き、ループの釜やボビンケースを入念にチェックしているようだ。

森村が最初にこちらに向き直り、コンピュータのスペック表を指さしながら、

「ここの表示に間違いがなければ大丈夫だろうけど、最終的にはやってみないとわからない」

「やってみないとわからない？　それって、どういうこと」

雪花は鼻を膨らませた。

「これは中国製のコンピュータだろ。コンピュータにはどういう訳かわからないが、稀《まれ》にだが、ソフトとうまくマッチングしないときがある。そうなると、それを解決するのに結構な時間がかかる。それに……」

「それになんですか」

「いや、別に何でもない」

雪花と森村の間にいやな空気が漂いはじめた。

優介は春子さんに、「ミシンの方はどうですか」と尋ねた。

春子さんも森村と同じように、その後の言葉を濁してしまった。

「ミシンの動きに問題ないようです。でも、高速で動き始めたらどうなるのか、それに……」

「二人はわたしたちのことを、あまり信用していないようですね。でも、作業が進めばわかるでしょう。ところでセッティングはいつから始めるのですか。今日ですか、明日ですか」

「もちろん今からやる。いつまでもここにいたくない」

「あたしも、大丈夫。今からやるわ」

森村と春子さんは声をひとつにした。

「では、お願いするわ」

「頼んでいた集中管理するための、パソコンはどこにある」

こちらにと、雪花は森村たちを連れて行く。そこは別の部屋になっており、部屋を示す札に「控制室《コントロールルーム》」と書かれ、丸福の社長室より立派な机が置かれていた。その上には、二十インチのディスプレイが正面と左右に一台ずつ。その前にはキーボードが置かれている。部屋の壁には百インチはあるだろうと思われる、有機ELテレビが掛けられていた。

森村は部屋に入るなり、「おー、すげぇー」と感嘆の声を上げた。

「ここでセッティングするのか」

「ええそうよ。お気に召したかしら」

「もちろんだ」

そう言うと森村は、手にしていた鍵付きカバンから、さらに鍵付きの小さなポーチを取り出した。どこに仕舞い込んでいたのか、小さな鍵を取り出すと、ポーチを開いた。その中から、一つのUSBメモリーを取り出すと、パソコンのポートに差し込んだ。

「ここから先は全員出て行ってくれ。僕は一人の方が集中できるし、見られたくないのでね」

森村は技術屋の元の険しい顔つきになっていた。

雪花は首を小さく左右に振ると、両手を肩まで上げた。

「好きにすればいいわ。ここはあなたの部屋なのだから」

「あたしはミシンを動かしてみたいのだけど」

春子さんが言う。

「どれでも好きなものを使ってちょうだい」

「どれでもじゃなくって、すべてのミシンを動かしたいの」

「あら、そうなの。いいわよ。好きにして」

雪花は呆れたように言った。

「それではわたしたちは契約の話を進めましょうか」

茂が優介と雪花に声をかけた。

「そうね。わたしたちがここにいても仕方ないわね。じゃあ、こちらにいらして」

雪花は再び先頭に立ち、控制室を出て、脇の廊下を抜けると階段があり、上って行く。二階に社長室があるようだ。

廊下をさらに奥に進む。左手に重厚な扉があり、それを押し開く。外観からはまったくうかがうことができない豪華さだ。分厚い臙脂《えんじ》色の絨毯《じゅうたん》が敷かれ、明るいベージュ色の革張りの応接セット、それに並ぶようにしてマホガニーの会議用のテーブルセットが置かれている。調度品は全てヨーロッパ調に統一されている。部屋の片隅にはすっと伸びた常緑樹が置かれ、作り付けの棚にはたくさんの赤紫色の五弁の小さな花が咲いた木が生けられている。この花の香だろうか部屋全体にさわやかな甘い芳香が漂っていた。後で知ったのだが、白檀《びゃくだん》という花で、あの香りには空気を浄化し殺菌作用があるそうだ。

隣りが社長室で、さらにその奥に部屋があり、仮眠ができるようにベッドルームになっているそうだが、そこへは雪花以外誰も入ったことがないという。

会議用のテーブルに茂を真ん中にして右に優介が、左に香織が腰を下ろした。

「森村さんと白畑さんの作業状況にもよりますが、契約内容を確認したいと思います。いかがですか」

茂が雪花に伝えた。

そのとき隣に続く社長室のドアが静かに開いた。緑色のマスクをつけた痩せ細った老人が、老婆に抱きかかえられるようにして入ってきた。その老夫婦は、確か病院で寝ていた雪花の父と母親ではないか。こんなところに出てきて体は大丈夫なのだろうか。

「ご存じだと思いますが、わたしの父の慶学と母の桃華です」

雪花は改めて父と母を紹介した。

「父は五年前まで大学で経済学の教授をしていました。同席することをご了承ください」

雪花は三人を前にして頭を下げた。

──雪花がわたしたちに頭を下げるなんて、ひょっとして、これって初めてのことじゃないかしら。

香織はそう思った。

茂は隣の優介に同席を認めることを目で促した。

「そう言うことでしたら、同席していただいて結構ですが、お体は大丈夫なのですか」

「儂なら大丈夫だ。静かにしておるから、気にせずに進めてくれ」

優介は、今にも崩れそうな慶学を見ながらゆっくりと頷いた。

「それとわたしの方からもお願いがあります。後ほどお話します」

雪花は付け加えるようにして言った。

優介は胸の中で毒づいた。

――まだ何か隠し玉があるんだ。きっと、とんでもないことを言い出すに違いない。もしそんなことになったら、この契約は結ぶなと、会長と相談役からも釘を刺されている。俺だって二人から言われなくてもそうするつもりだ。何でもかんでも雪花の言いなりになるつもりはない。

茂が皆の顔を見た後、条件を述べていく。

「中国国内での、『丸福オーダーマスク』の製造と販売の権利を、単独で雪花マスクさんに譲ります」

「ということは、丸福は中国でこのマスクは作らないということか」

黙っていると言っていたはずの慶学だったがそう呟くと、上着のポケットから真新しい自分専用の緑のマスクを取り出し、しげしげと見ている。

「そうです。中国では弊社は、『丸福オーダーマスク』を作らないし、販売もしません。すべての製造権と販売権を譲渡します」

雪花も慶学も、ウムと大きく頷く。

「ただし、中国で作られた『丸福オーダーマスク』の日本への持ち込み、および販売することは一切認めない。それがこの契約の骨子となります」

「それを承諾しないとこの契約はない、ということですか」

「そうです」

雪花は慶学を見ると、慶学はゆっくりと頷いた。

「わかりました。それで結構です」

「次に、万が一にも不正が行われたら、このシステムは事前通達することなしに破壊されます」

「それは中国国内に限って、ソフトを契約通りに使っていれば、そういう事態にはならないということですか」

「そういうことです」

「丸福のソフトを正しく利用すればいいのなら、問題ないだろう」

慶学が雪花に了承するように促した。

「わかりました。いいでしょう」

その後、細部にわたりいくつかの質疑を行い、茂からの契約の話は終わった。

雪花が、それではわたしの話を聞いてください、とおもむろに切り出した。

「『丸福オーダーマスク』の名称ですが、『雪花のオーダーマスク』に変更は可能ですか。それと販売するためのマスクへの意匠や包装袋へのデザインも、わたしたちのものに変えたいの」

「お話とはそういう事ですか」

優介はとんでもない注文が飛び出してくるのではと、身構えていただけに、拍子抜けするのと同時にホッと胸のつかえが取れるようだった。

「わかりました。もちろんそれで結構です。中国の皆さんに喜んでもらえるデザインにしてください。俺の方からは、雪花のマークの隣に丸福のマークも刺繍して欲しいということだけです」

優介はそう言うと、顔をほころばせた。

茂が、もう一つお願いがあります、と声をかけた。

「マスクの特許番号を各マスクの包装袋に印刷することをお約束ください」

「もちろん承知しています。特許番号を記載しておくことは、ユーザーにとっては安心できるし、『雪花のオーダーマスク』にとっては模倣品を排除するのに役立ちます」

雪花はそう答えた。中国人同士といえども、スキあれば模倣する。それが中国という国なのだ。

「以上の契約書はここに用意しています。森村さんと白畑さんの作業が終わり、技術移管が無事に終了したら、雪花さんと優介社長とでここにお二人の署名をお願いします」

茂は二人の前に二通の契約書を提示した。

全ての説明が終わり、優介が立ち上がると、待て、と声がかかった。慶学が座るようにと骨と皮だけになった手で合図した。

慶学は先ほどから膝の上に置いていた自分専用の緑のマスクを取り出すと、

「これは、君らが儂の顔の写真から作ったそうだな」

優介はそうです、と頷いた。そして、慶学は続ける。

「今までのマスクだと、ゴワゴワした感じで、頬や顎のところに、大きな隙間ができていて、マスクの役目を果たさなかった。しかし、このマスクは、儂のへこんだ頬にもピッタリだ。付け心地も、今までに、感じたことがないほどいい。それを、儂の担当医に見せると、彼は絶賛し、自分も欲しいと言い出した。このマスクこそ、病院で必要だと。それで、全職員に配りたいので、購入したい、との申し出があった。それと、入院患者や、外来患者の多くは、注文してくれるだろう。あの病院だけでも、一万人はいる。ゴホゴホゴボ。それに、この街の空気の悪さは、上海どころではない。日本のことはよく知らないが、君らから見れば、人の住むところでは、ないのかも、しれないな」

つかえつかえしながらしゃべって疲れたのだろう、ゴホゴホと何度も空咳をした。

雪花が慌てて近づこうとするのを手で制して、

「娘の雪花は、このわたしの体を気遣い、マスクにこだわった。このマスクは、今までのマスクとは、次元が違う。きっと、大成功、するだろう」

「爸、ありがとう。そうなるように頑張るわ。先ずはこの唐山の街と上海のネットで始めて、その後、全国のネット上にアップするから注文が殺到すると思う」

「そうなると大変だぞ」

雪花は父親と目を合わせると、にっこりと微笑み、決意を新たにした。

一時間ほどが過ぎただろうか、老婆が心配そうに隣の部屋から顔をのぞかせた。

「お前もここにおいで。この人たちとの話は終わったよ。いい契約を結ぶことができるだろう。儂も無理してここまで来たかいがあった」

「您《あなた》……」

桃華は、その先は言葉にならならないようで、俯き、手にしたハンカチで目頭を押さえた。

「お前には本当に心配かけたな。だが、これで安心だ。お前も一緒に喜んでおくれ」

「そうね。雪花さん、おめでとう。良かったわね。日本の皆さんもありがとう」

気のよさそうな雪花の母親は、瞼に溜まった涙を拭いながら笑顔を見せた。そして、慶学を抱きかかえると隣のベッドルームに戻って行った。

優介たち四人は階下の縫製工場に戻ると、森村と春子さんがミシンの前で疲れ切った顔をして並んで座っていた。

「森村さん、春子さん。調整はどうでしたか」

「無事に終わった。それより、そっちはどうだったんだ」

森村は自分たちのことより、契約の方が気になるようだ。

「説明は終わりました。予定通りです」

茂がにっこりして答える。

そして、優介が、「ミシンの方はどうでしたか」と、春子さんに訊く。

「ミシンは大丈夫、多分使える。後は、森村さんからのデータが送られてきて、マスクがちゃんとできるのか、それはやってみないことには……」

「十台とも大丈夫ですか」

春子さんはこっくりと頷いた。

「森村さんの方は?」

「ああ、僕の方のセッティングはばっちりだ」

「それで、秘密の防止の方は……」

「ああ、もちろんそれも大丈夫だ。コントロールルームのパソコンと、ここのパソコン十台とでネットワークを組んでおいた。すべて計画通りだ」

森村は遠慮がちに、腰のあたりで指を二本立て、似合いもしないブイの字を作って見せた。

「明日は、わたしの従業員に技術を教えてください」

雪花が森村と春子さんに声をかけた。

森村は、わかっていると頷き、春子さんは、ええ、わかりました、と張り詰めた顔で答えていた。

そして、翌朝、雪花マスク工場の新たに増設した最新鋭の縫製室に、急ごしらえの演説台に雪花がすっと立ち、選り抜かれた若い縫子十五名が、その前に横二列に整列している。

雪花の隣には春子さんがこわばった顔をして立っていた。さらに春子さんの傍には、約束どおりに通訳が寄り添っている。雪花が朝のあいさつとともに口火を切った。

「みなさん、おはよう。あなた方は雪花マスク工場の未来を担う人たちです。今日は皆さんに新しい技術が伝授されます。これは今までにない画期的なマスクの製造技術です。この技術を習得した雪花マスクは中国一、いや世界一のマスク工場になるでしょう。そうなるのもならないのも、あなた方次第です。その技術を教えてくださるのは、日本の丸福マスク製作所から来ていただいた、白畑春子さんです。皆さんは、春子先生からしっかりと技術を学んで、自分のものにしてください」

パチ、パチと拍手がまばらに聞こえる。

次に春子さんは一歩前に出ると、おはようございますと挨拶した。

「今日、皆さんにお伝えする技術は、世界で最高の技術です。あたしは一度しか教えません。二度はないです。だから、しっかり聞いて身につけてください」

若い縫子たちからの拍手はなく、やる気があるのかないのか、春子は無視されたように感じた。

コントロールルームでは、森村が中年の男一名と若い女子一名を前にして、マスク製造ソフト『3Dマスクシステム』の立ち上げと、その操作方法を指導している。

男は課長の李《リ》といい、若い女は助課長の王《ワン》と言った。

森村はスマホを取り出し、『雪花のオーダーマスク』のアプリを立ち上げると自動的にカメラ画面になる。森村は李にスマホを手渡し、画面の指示通り、王の顔の写真を撮るように指示した。

李はスマホの取り扱いになれているのだろう、SNSで写真を公開しているそうだ。王の顔の正面、左、右、斜めからと七枚の写真を撮り終えた。最後に森村は王に、マスク地の色と柄、ワンポイントのマークを選ばせ、転送のボタンをタップした。

すると、控制室の最新の最高速コンピュータに、データの着信音がピンと響く。

モニター画面には王の三次元の顔が現れ、森村は李と王にマスク装着時の画像を見せると、王は、これがあたしなのとにっこり微笑んだ。そして、このデータを直ちに縫製室で待機している春子さんの第一ミシンに転送した。

春子さんはモニター上に表示された王の三次元画像を若い縫子に見せた。

「これからこの女性のマスクを作ります」

モニター画像を指さしながらそう言い終えると、画面上の縫製開始のアイコンをタッチした。ミシンが永い眠りから目覚めるとウィーンとかすかに唸るとハリが上下し始め、マスクを縫い始めた。

ミシンは自由自在に王のマスクを縫っていく。鼻梁と頬の部分の凹凸はハリと送り歯とが小刻みに動き、三次元マスクを形作っていく。見る見るうちに王のマスクが縫いあがり、最後の一刺しが縫い終わるとミシンはぴたりと停止した。春子さんは耳にかけるゴム紐を丁寧に縫い付けると、出来上がったばかりのマスクを周りに集まっている縫子たちに見せた。

これまでの様子を見ていた縫子たちは、「ワー、スゴーイ」、と一斉に感嘆の黄色い声を上げた。

「このミシン、あたしも早く、使ってみた～い」

「あたしが先だから」

口々に声を上げると、日本の若い女子以上に姦《かしま》しい。キャーキャー騒がしくしていたところに、森村が李と王を引き連れ、マスクの出来栄えを見るためにやってきた。春子さんは、今できたばかりのマスクを、森村に大事なものを扱うように両手でそっと手渡した。

森村はそれを受け取り、王に見せた。グレー地に右頬下に白いユリの花、左隅にはロイヤルブルーの薔薇の雪花のマークが、その隣に丸福のマークも刺繍されている。

「こ、これがあたしの……、マスク。すごく恰好いいです。あたし、白ユリが大好きなの。つけてみてもいいですか」

森村はもちろんだと頷くと、王にマスクを付けることを促した。

王は感慨深げに眺めていたが、恐る恐るマスクを右耳から装着した。王の顔は一瞬のうちに驚きへと変貌する。

「スッ、スゴイです。このフィット感。気持ちよくて最高です。もう外したくないくらい」

王がマスクに両手を重ね、うっとりしながらそう言うと、あたしも早く作りた～い、と縫子たちが騒然とし始めた。

「静かにしなさい。ここからが大切なの。よく見るのよ」

春子さんは、若い縫子たちに一括を入れる。できてきたマスクと王の頬の隙間や顎のカーブにうまく沿い、合っているのかを縫子たちに見せ、チェックさせた。

春子さんは、経験の少ない縫子にはわからないようなごくわずかなズレを見つけて、ミシンのモニター画面のマスクのラインを手動で修正した。もちろん、このごく僅かなずれは、一般の人には決してわからない程度のもので、最高難度の技術だった。

そして、モニター上のマスク製造開始のボタンを再度タップした。

再びミシンが動き始め、修正したグレー地に白ユリのマスクができてきた。春子さんはそれを王に渡し、付け心地を再度確認してもらった。王はできたマスクを付けると、もぞもぞと頬を動かした。

「確かに、さっきのものより、こうピタッと合っているという感じです。ほら」

王は自分の顔を若い縫子たちの前に突き出した。

「わー、本当だ」、「これ、スゴイかも」、「あたしも欲しい」、「早く作りたい」など口走りながら再びキャーキャー騒ぎだし、王の顔をぺたぺた触りまくっていた。

「森村さん、次のマスクのデータを送ってちょうだい」

春子さんに促されて森村は、ああと答えると、目の前にいる縫子の手を取った。

「次はこの娘《こ》のマスクを作るから。誰かスマホを持っている者はいないか」

しかし、誰も手を上げようとしない。どうしたのかと訝っていると、課長の李が、

「縫製室へのスマホの持ち込みは禁止されている。だから誰も持っていないはずだ」

「それは残念だ。雪花マスクのホームページに『雪花のオーダーマスク』の注文アプリをアップしているのでそれを使ってテストしたかったのだが……」

森村は残念そうに顔をしかめた。すると後ろの方から遠慮がちな手がそろそろと上がった。

「あ、あたし、スマホ持ってます。間違ってポケットに入ってて、でも電源は切ってますから、ここでは使いません」

しおれた花のように肩をすぼめている。

「持ち込みは禁止だが、今日は特別に認めることにする」

李が渋い顔をして言うと、後ろにいた若い縫子は早速スマホの電源を入れ、雪花のホームページを立ち上げる。

「ありました。これですね」

アプリをタップすると、自動的にカメラモードになる。後は指示通りに隣の縫子の顔を写してゆく。そして伝送ボタンを押した。

第二ミシンの担当の縫子が、春子さんの指示でマスク製造開始のアイコンをタッチした。ミシンは直ちに稼働し、新たなマスクが出来上がってくる。そのマスクは真っ赤で、金色の蝙蝠《こうもり》が刺繍されている。これを本人に渡し、できばえと付け心地をチェックしてもらう。

「最高です。赤は中国の色。金の蝙蝠は幸せを呼びます。ロイヤルブルーの雪花のマークも大好きです」

赤いマスクを手にした縫子は大喜びしている。それを見て、あたしもスマホ持ってますと言い出す縫子が何人も現れ、李と王を大いに慌てさせ、あきれさせたのは言うまでもない。

次々に縫子たちはお互いの三次元の顔写真を撮り、次のミシンで縫っていく。十五人分のマスクはわいわいがやがやと活気に包まれ、数時間で出来上がった。

そして、雪花と李、王が見守る中、技術移管とミシンの性能チェックは何事もなく終了した。

「こんなにも素晴らしいマスクが、こうも簡単にできてくるのね。素晴らしい技術だわ」

雪花は、感慨深そうに喜びに浸っていた。


その後、二通の契約書に優介と雪花の署名を交わした。

茂が署名された二通の契約書を確認し、立会人として茂と香織、そして雪花の父、慶学のサインが加わった。最後に、日付けを入れると、一通を優介に、一通を雪花に手渡した。

優介は立ち上がり、雪花と握手を交わした。その光景を眺めていた香織は、技術が国を超え、人と人を結び付けていくのだと思った。その困難な作業を特許の仕事を通じて、肌で感じることができた。そして、それが達成された瞬間を今現実のものとして立ち会っている。

——なんて素晴らしい光景なの……。

森村が、「これで僕も、少しは金持ちになれそうだな」、とぼそりと呟いた。

「もちろん、そうなるでしょう」

雪花は森村の以前のすさんだ生活など知る由もなく、当然だというふうに答え、清々しい笑顔を見せるのだった。

二度目のプロポーズ

優介は誰もいない開発室で自分の机に腰掛けている。

『丸福オーダーマスク』の生産はまったくの順風満帆といえた。ここのところ残業は三か月連続で続いている。おばちゃんたちの、たまには早く帰りたいよー、の要望に応え、今日は残業なしデーにした。椅子に深く腰掛けていると、心地よい疲れが全身を覆う。

優介はふーっと大きな息を吐いた。

ハラハラドキドキしながらだったが、『丸福オーダーマスク』の技術移管も無事に終えることができた。雪花の唐山工場では、一回だけの技術指導と言っていた森村自身がそんな約束を反故《ほご》にし、トラブルの際の細かな技術までを教えていた。春子さんは若い縫子たちの質問に答える形で一生懸命に指導をした。中国の若い子たちは、春子さんのことを春《チュン》先生と呼び、質問攻めにし、春子さんはもうこれ以上はご免だよ、と言いながらも嬉しそうに面倒を見、大役をはたした。

最後の技術指導を終え、お別れの日に、若い縫子たちは春子さんを囲み、「シェーシェー。謝謝。春先生、大好き。また来てねー」、を連呼し、春子さんはすっかりみんなの人気者になっていた。純真で真っすぐで、どこにでもいる若い娘たちだった。春子さんは何人もの縫子たちから別れのハグをされ、最後には、おいおいと声を上げて泣き出す始末だった。

あの熱い別れから早いもので五か月が経とうとしている。

『雪花のオーダーマスク』はネットやテレビを通じて直ちに発表された。スマホからマスクの注文ができる、それも自撮りするだけ、あなただけのオリジナルマスク、というコンセプトが受けた。目新しさもあって、あっという間に中国中で爆発的な人気を博し、『雪花のオーダーマスク』の注文量は倍々ゲームのように激増した。ひと月後には工場の規模を三倍にしたと雪花から連絡が届き、そのスピードに驚いた。その後、それでも注文に応じきれなくなり、さらに三か月後には一気に十倍にし、デジタルミシンを三百台にすると連絡してきた。

その度《たび》ごとに、森村は新たなソフトをインストールするために唐山市の雪花の工場を訪れていた。その際はいつも咲が助手兼、森村の意志の通訳として同行していた。

それにしても信じられないほどの売れ行きだ。ほんの数ヶ月の間だが、『丸福オーダーマスク』の生産量の数十倍になろうとしている。特許料とソフトの使用料の合計は売り上げのわずか四パーセントだったが、丸福マスクの口座に入るこれらの料金はうなぎ上りになっていた。もちろんK信用金庫M町支店の口座に振り込まれるのだが、安田も植田も振り込まれた金額を見て、驚きを隠さなかった。K信用金庫と大きく横書きされた軽自動車に乗ってやってきては、優介や森村たちをねぎらうのだった。

特許料の二分の一は森村の懐に入る。その金額を安田から伝え聞くと森村は目をかっと見開き、体をこわばらせた。絞り出すようにして出てきた言葉は、「信じられない」だった。そして、「半分だ」と呟いた。

なにが半分なのかわからなかったが、後日森村さんに聞いた話では、丸福に来る前の年収の半分だそうだ。森村は極貧の中で３Ｄ写真技術を開発していたのだ。執念の研究者といえるのだが、その努力が報われて本当に良かったと思う。さらに数か月後には、この額が十倍になるという。中国人の消費量には驚くばかりだが、それ以上に雪花の経営手腕がいかんなく発揮されたからだろう。

優介は、『丸福オーダーマスク』や『雪花のオーダーマスク』がうまくいき、ぼんやりとそんなことを考えていると、ふーっと加奈女のことが頭に思い浮かんだ。

――加奈ちゃんはどうしているだろう……。

社長就任パーティーでは俺はどうかしていたのだ。いま思い返すとあの時の俺は、調子に乗りすぎ、舞い上がっていた。奈々ちゃんが亡くなり、落ち込んでいる加奈ちゃんの気持ちも考えないで、いきなり、それもみんながいる前でプロポーズして、自分の思いだけを押し付けるなんて、思い出すだけで恥ずかしさで顔が真っ赤になる。

――もう、加奈女のことは諦めないといけないのだろうか……。

優介は居酒屋兆治のいつもの席にポツンと座っている。

ガラガラと格子戸が開き、香織が顔をのぞかせた。

「いらっしゃい。優ちゃん、先に座ってるよ」

香織は女将さんの明るい声を聞くと、なぜだかほっとする。

こんばんは、と声をかけ、優介の前に座る。

「せんせーは？　後からですか」

香織は、ううん、と意味深に首を横に振る。

「じゃあ、たまには二人で飲みましょうか」

香織は、うんと小さく頷きかえした。

冷え冷えのビールで乾杯すると、優介が「香織さん」、と改まった固い声を出した。

「加奈ちゃんは俺のことどう思っているのかなぁ」

優介はジョッキの露でぬれたテーブルに視線を落とし、ひと呼吸おいて呟いた。

「いきなりどうしたんですか。それで、優介さんはどう思っているのですか」

「俺は……、好きだよ。やっぱり、忘れられないんだ」

「だったら、あたしに訊く前に、加奈女さんにそう言えばいいじゃないですか」

「でも……」

「優介さんの社長就任式でのことを気にしてるの。だったら大丈夫だと思うわよ。いきなりすぎたから、加奈女さんも混乱したんだと思う」

「今なら大丈夫ってこと」

「あたしは加奈女さんじゃないし、子供を亡くした母親の本当の気持ちなんてわからない。でも時がたてば、少しは落ち着いて優介さんのことも考えられると思うの。大事なのは二人の気持ちじゃないかしら」

「そうかなあ」

「そうだよ。あたしなら、正直に想いを打ち明けてくれた方が嬉しいかな。加奈女さんもきっと、そうだと思うけど」

困惑し、俯いていた優介の顔が少しほころんだ。

「本当ですか。本当にそう思いますか」

香織は優介のあまりの勢いに、クキクキと頭を縦に振った。

すると、優介はいきなりズボンの尻ポケットからスマホを取り出すと、電話のボタンを押した。

「加奈ちゃん、オレ。話があるんだ。うん、……。ああ、……」

二人の間でどんな話がなされたのか、香織は知る由もないが、優介は挨拶もそこそこに慌てて出て行った。残された香織は、ひとり寂しげに優介の後ろ姿を見送った。

――せんせーはあたしのこと、どう思っているのだろう……。

優介は兆治を出ると駆けに駆けた。

丸福マスクのある中小企業団地を左に見て、真っすぐひた走る。住宅街に入る手前に加奈女が通う幼稚園がある。そこを右手に見ながら緩いだらだら坂を上る。さらに奥に進んだ先に古い住宅団地があり、その中に場違いな二階建ての古びた集合アパートがポツンと建っている。

錆の浮いた外階段をガタガタいわせ駆け上がる。息がぜーぜー鳴っている。息を整えるのももどかしく、加奈女の部屋のドアの前に立った。指先が少し震えている。一度グッと手を握り、もう一度手を開き人差し指を伸ばし、ドアホンを押した。ピーンポーン。

優介の気持ちとは裏腹に、間の抜けた乾いた音がした。

はい、とくぐもった声が聞こえる。

ドアが開くと加奈女のちょっとはにかんだような笑顔がそこにあった。

そして、優介は話があるからと、加奈女を外に誘い出した。加奈女は優介の後ろを付いて歩き始めたが、前を行く優介は何も語ろうとしない。不安が頭をもたげる。

「ねえ。どこまで行くの」

「うん。この上の公園……」

優介は振り向かず囁くように答えた。

「こうえん……」

加奈女は小さく反芻《はんすう》し、優介の足元を見ながらついて行く。

そこは団地を抜け、坂道をぐるりと巡った高台にある小さな公園。ここからM町が見渡せる。優介にとっては加奈女と奈々ちゃんと一緒に遊んだ最初で最後になった思い出の場所だ。

優介はM町の夜景を見下ろしながら、大きく息を吸い吐き出すときりだした。

「ずっと前から言いたかったことがあるんだ。社長就任パーティーでは加奈ちゃんの気持ちも考えず、俺一人が先走ってしまって、本当にごめん」

加奈女は黙って首を横に振る。

優介はまだ前を向いたままだ。そして、

「オ、オレと結婚してくれないか」

優介はM町の夜景に向かって、ぼそっと言った。

「優ちゃん」

加奈女は優介の背中に向かって声をかけた。

「ちゃんとこっちを向いて、もう一度言って」

優介はピクっと肩を震わせるとゆっくりと振り向き、顔を上げると、加奈女の目を見た。そして、

「俺と結婚してください。お願いします」

優介は夜空に届くほど大きな声で言うと、深く深く頭を下げた。

加奈女はゆっくりと優介に近づき、そのまま横を通り過ぎる。M町が見下ろせる手すりまで近づき、ひと呼吸置くと、

「ハイ」

キラキラ輝くM町に向かって大きな声で返事した。加奈女は話したいことが山のようにたくさんあったのに、咄嗟に出てきたのはこの二文字だけだった。

優介は加奈女の横に並ぶと、

「ありがとう」、と呟くように言葉を返した。そして、

「幸せになろう。奈々ちゃんの分も」

「うん。ありがと……。優ちゃん」

優介と加奈女は、お互い見つめ合い、優介は加奈女をそっと抱きよせると、二人は優しくキスを交わした。

丘の上に吹く甘い風が二人をそっと抱きしめるように包み込んだ。

表彰式

優介が加奈女と結婚してひと月が経とうとしている。

M町の高台の公園でプロポーズした翌日、二人で婚姻届を役所に提出した。受付の女性に、「おめでとうございます」、と言われると思わず頬が緩んだ。加奈ちゃんも俺を見て、にっこりと微笑んでいる。幸せとはこういうものかとしみじみ噛みしめながら感慨に浸った。

香織はそんな二人の話や様子を見聞きするにつけ、羨ましいと思う。そう思うのは、せんせーを一人の男性として意識しているからだろうかと、自問する。

近頃は、これからの自分の進路についていていろいろと考えてしまう。

頬杖を突き、そんなことをぼんやり思いめぐらしていると、ガラガラっと勢いよくガラス戸が開いた。

「せんせー、大変でーす」

優介が飛び込んできた。

「優介さん、どうしたんですか」

ふつふつと考え込んでいた香織は、ビクッとして立ち上がり、茂は資料の山から顔をのぞかせた。

「香織さん、せんせー。大変なことになりました」

「大変はわかりました。それで……」

「雪花から、楊さんから」

「えっ、楊雪花が……。また何か面倒なことを言ってきたのですか」

「いや、面倒じゃないです。いや、面倒かなあ」

「いったい、どっちなんですか」

「雪花が、『丸福オーダーマスク』じゃなくって、『雪花のオーダーマスク』が上海の衛生部から表彰されるから、発明者の俺たちにも同席してくれって、連絡してきて、どうしましょうか」

「『雪花のオーダーマスク』ということは、『丸福オーダーマスク』ですよね。それが表彰される、そういうことですね」

「多分そういうことだと思います」

「でも、あの雪花ですからね。何かあるかもしれません」

茂はいつものように心配を口にした。

「やっぱりそうですかねぇ。でも……何となくですけど、大丈夫なような気もします」

「それはまた、どうしてですか」

「雪花さんの話し方が、とても明るかったんです。森村さんにも来てもらって、一緒に食事をしましょうって……」

「それって、森村さんを引き抜こうとしているとか」

香織は不吉なことを想像した。

「森村さんを引き抜く！　そんなことは絶対、許しませんよ。今の丸福があるのは森村さんのおかげだし、これからも森村さんの力は必要なんだから」

「そうですよねー。それじゃあ、断るのですか……」

香織は顔を曇らせた。

「万一そう言うことがあったとしても、森村さんを信じましょう。それにそんなことは単なる取り越し苦労かもしれません。せっかく表彰してくれるというのですから、行ってみませんか」

茂は何があっても乗り越えられる、そういう自信ができていた。それに、これまでもやってきたように、みんなで考えれば何とかなる、前向きに考えられるようになっていた。

「あたしも行きたいです」

香織は先ほどまでふさぎ込んでいた気持ちを、どこかに吹き飛ばすように勢い込んだ。


優介たち六人は上海エキスポ村にある商業会館に来ている。

当初、森村を入れて四人で参加する予定であったが、咲がいなかったならこの技術は完成していないし、『丸福オーダーマスク』の命名者でもあるのだからと、咲も同行することになった。

ところがその後、優介と加奈女が新婚旅行をしていないから、みなでお祝いを兼ねようということになり、そんなこんなで結局、六人で上海にやってきたのだ。

商業会館のロビーに入ると、そこは高級ホテルを思わせる広々とした開放感があり、ところどころに何本もの色とりどりの南国風の花々が一抱えもある大きな花瓶に生けられ、会場は華やかな雰囲気を醸し出していた。

優介は落ち着かない様子で、誰かを探しているのかキョロキョロしている。

その隣で森村もどことなく落ち着かない様子だ。

「福田優介さん、森村さん」

不意に後ろから女性の声が降ってきた。

ピクリと肩を震わせ振り返ると、この式に招待してくれた楊雪花だった。金糸銀糸をふんだんに使った真っ赤なチャイナドレスに、目に鮮やかなロイヤルブルーの薔薇が左胸に刺繍されている。まるで生きて歩く、雪花マスクのトレードマークのようだ。

「みなさん、ようこそ上海へ。今日は皆さんとわたしにとっていい日になりました。一緒にお祝いしましょう。わたしたちのマスクが上海市民の健康を守る製品として、市の衛生局から表彰されることになりました。最優等賞から第三等まで表彰されるそうです。でも、わたしたちのマスクがどの賞を受賞するのかは、まだわかりません」

「結果は、表彰式の会場で発表されるということですか」

茂が訊いた。

「そうです。一次審査、二次審査が終わり、最終の第三次審査の結果が、今日発表されるのです。この審査は中国全土の健康商品に関する審査会なので、一次審査に上がるだけでも大変な名誉です。地域の衛生局や病院、さらには大学の教授たちの推薦状が必要です。それでもその数は数千件にもなります」

「それで今日の最終審査には何件残っているのだ」

森村が問う。

「今日、招待されたのは二十件、二十組よ。そのうちの半数の十件が三等。本当の闘いは残りの十件から最優等賞一件、優等賞二件、一等三件、二等が四件です」

「ということは、三等はハズレということだな」

森村は商店街のくじ引きのような表現をした。

雪花は表彰会場に優介たち六人を案内した。会場は四階席まであり、一万人は入れるだろうほどの巨大なコンサートホールのようで、舞台から正面にある関係者用のシートに着席した。

「ドキドキしてきたわ」

咲が隣に座る父親に耳打ちする。森村はカッと目を見開いて、舞台を睨んだまま固まっている。

「最優等賞に選ばれるといいですけどね」

香織は茂に話しかけると、

「そうですねー、やはり自国の中国製品が選ばれるのじゃないですか」

茂はいたって冷静に答えた。

「こんな晴れがましい所に連れてきてもらって、あたし幸せだわ。優ちゃん、ありがとう」

加奈女は会場のライトのせいだろうか、目が潤んでいるように見える。

「ここに来れたのも加奈ちゃんの応援があったおかげだよ。俺こそ、感謝してる」

優介と加奈女は、新婚夫婦らしく、いちゃいちゃしている。

その隣では、雪花が一人、目のやり場をなくし、憮然として前方の舞台を睨んでいた。さすがの雪花も優介と加奈女の熱々の二人にあてられているようだった。

一階席から三階席はほぼ満席に埋まり、四階席は下からはよく見えなかった。ザワザワした会場内だが、どこか緊張感が漂い、今まさに表彰式が始まろうとしている。

舞台の左袖に設えた小さなスピーチテーブルの前に、タキシードに蝶ネクタイをした男性司会者がマイク片手に現れた。

「みなさん。大変お待たせしました。これから本年度の衛生商品選考会を始めます。最優等賞に選ばれるのはいったいどの商品でしょうか。その最終選考がこれから始まります」

ざわついていた会場内に凛とした声が響く。

蝶ネクタイの司会者は、二十件の表彰候補の商品名と、技術内容を順に説明していく。

第一、『衛生石鹸、フェイザー』。皮膚の雑菌除去効果が従来の石鹸より十倍優れている。

第二、『健康タオル、シューチン』。垢の落ちがよく、使用後の血行が改善される。

第三、『虫よけスプレー、チーペンウー』。蚊、ダニ、アリなどから肌を守る防虫薬。

次々に表彰候補が発表されていく。

「なかなか出てきませんね」

ドキドキしながら加奈女が呟いた。それを耳にした雪花が、

「最初に発表されるものは、当選から外れることが多いそうだから、楽しみだわ……」

「それなら期待が持てますね」

雪花は、そうね、と舞台に顔を向けたまま答えた。

次々に発表が進んでいき、第十六番が呼ばれた。

『血行改善下着、ミアンルー』。深い眠りが得られ、健康増進につながる。

第十七、『歯槽膿漏防止歯ブラシ、カンデシー』。文字通り、歯槽膿漏の防止に役立つ。

第十八、『雪花のオーダーマスク』。その人の顔にピッタリの完全オーダーマスク。

「おー、十八番目だ。これは有望かもな」

優介は独《ひと》り言《ご》ちる。

第十九、『ジアンコー』。健康改善サプリメント。

第二十、『メイメイジュー』。体質改善梅酒。

すべての候補が発表され、その都度、会場内にどよめきが走った。

「これから最終審査の結果を発表していただきます。プレゼンターは、上海衛生部会頭の張忠家《チャンゾンジア》先生です。では、張先生、よろしくお願いします」

大きな拍手と共に張が右袖から舞台中央に置かれた演台に、巨体をゆすりながら登壇してくる。

「みなさん、お待ちかねでしょうから、早速発表しましょう。二等は……、一等は……」

二等の四件と一等の三件が発表された。この中に『雪花のオーダーマスク』はなかった。

司会者が大きな声で、「優等賞、二件を発表していただきましょう」、と会場をさらに盛り上げる。

張は毎年のことで心得ているのか、しばしの間、勿体《もったい》を付ける。

「……では、優等賞を発表します。優等賞の最初の一件は、体質改善梅酒『メイメイジュー』、です」

会場内にウオーという声が沸き起こり、こだました。それが静まると、

「優等賞の二件目は、深い眠りが得られ、健康増進につながるという、『血行改善下着、ミアンルー』、

おめでとう」

再び会場内は大きな歓声と拍手に包まれた。

怒濤のような拍手と歓声が静まり、あとは最優等賞一件の発表を待つばかりになった。その時、袖から現れた一人の男性が司会者に耳打ちすると、司会者は大きく頷いたように見えた。そして、マイクを握りなおすと、

「会場の皆様にお知らせいたします。たった今、審査部から報告がございました。皆さまお待ちかねの最優等賞ですが、今年はそれを満たす候補がないということで、見送られることになりました」

「えー」、「うそー」、「それはないよー」、などと悲鳴とも怒声ともつかない声が上がり、会場内は騒然となった。

「うそでしょう、お父さんの『雪花のオーダーマスク』が外れるなんて、考えられない」

咲は父をかばうように残念がった。

雪花は目をつむり、膝に置いた両の掌をぎゅっと握りしめた。そして、じっと、落選という二文字に耐えているようだった。

「みなさん、お静かに。たった今、新たな情報が届きました。お待ちください」

司会者がそう言うと、マイクをスピーチテーブルに置いた。伝言用紙を受け取ると、内容に目を通している。その間、会場内は、何がどうなっているのだと、ざわざわと落ち着かない。

「皆さま、お静かにお願いします。審査部からの発表がございます。党中央部の衛生局長、龍新宇《ロンシンウ》先生が急きょ、こちらに来られたということです。早速、ご紹介します。龍先生……」

会場内は驚きと共にわれんばかりの拍手に包まれた。

「龍さんってどういう人なんですか」

咲が隣に座る雪花に顔を寄せ小声で尋ねた。

「龍先生は中国で十指に入るお偉いさんです。どうしてこの会場に居るのか……」、わからないと答えた。

龍はスリムな体形で、高級官僚然とし、颯爽と演台についた。

「党中央衛生局長から、党中央衛生局特別優等賞を選びました。その報告を行います」

おー、と会場が大きくどよめくと、司会者が、静かに！　と叫ぶ。

会場は、シーンと静まり返った。

「では、発表します。党中央衛生局特別優等賞は、『雪花のオーダーマスク』。素晴らしい商品でした。中国の全国民の健康を守ることに多大に貢献されました。これを賞します。おめでとう！」

ウオー、と待ちに待った発表に、会場全体が揺れ動くほどの歓声がとどろき、割れんばかりの拍手が沸き上がった。

「おとーさーん」

「やったよ、俺、やったよ。加奈ちゃん」

「せんせー、あたしー……」

咲、優介、香織は大きな声を発しているのだが、まったく聞き取れない。それほどに会場は騒然とし、興奮の坩堝《るつぼ》と化していた。

森村はあんぐりと口を開けたまま固まっている。

そんな中で、雪花一人が喜びをかみしめるように、唇をギュッと結び、舞台をじっと凝視していた。これまでのマスクに込めた想いと、この思ってもみなかった逆転勝利に、魂が抜かれたような放心状態になっていた。

優介と茂、香織が雪花の傍に歩み寄り、

「雪花さん、おめでとう……」

三人は雪花の手を取り握手をした。雪花は握手をされると、はっとして我に返り、シェーシェーと何度も言葉にすると満面の笑みを浮かべた。

司会者が会場の歓声に負けまいと再び大声を上げる。

「これより党中央衛生局特別優等賞の授与式を行います。雪花マスク総経理《社長》・楊雪花さん、ご登壇ください。プレゼンターは党中央衛生局長の龍新宇先生です」

割れんばかりの拍手の中、楊雪花は席からすっと立ち上がり、中央の階段から舞台に上がる。そして、龍中央衛生局長から賞状と金一封が授与された。

「ここで、楊総経理から喜びのお言葉をいただきたいと存じます」

司会者はそう会場に集まった人々に告げると、雪花にマイクを差し出した。

雪花はしばし逡巡した後、

「党中央衛生局長の龍新宇先生、そして上海衛生部会頭の張忠家先生、並びに審査員の先生方に、弊社の『雪花のオーダーマスク』を選考いただき、深くお礼申し上げます。

わたしはマスクを製造することを通して、いろんなことを学びました。わたしの長年の夢であった、妊婦さんや子供たちを病気や大気汚染から守るという目標に少しでも近づき、中国国民の皆様に貢献できたことを心から嬉しく思います。

『雪花のオーダーマスク』の基本技術は、日本の丸福マスクという会社が持っています。皆さまにその開発者をご紹介します」

そう話すと、森村、茂、香織、そして優介の登壇を求めた。

丸福の四人が恐る恐る舞台に上がると、会場から大きな拍手が再び巻き起こった。

「素晴らしい」、「おめでとう」、「最高だった」あちらこちらから喝采が上がり、四人を讃えるのだった。

優介は両手を上げて会場の皆に応え、マイクが差し出されると、

「『雪花のオーダーマスク』は弊社の技術を使っていただいていますが、中国の皆さまに本当に愛されるマスクを製造するためには、隠れた技術、さらに工夫が必要だったと思います。楊雪花さんがそれを実行され、懸命の努力があったからこその栄誉です。雪花さん、おめでとうございます。そして、こんな素晴らしい表彰式にお招きいただき本当にありがとうございました」

優介は深くお辞儀をするのだった。

優介と雪花は日本と中国という国境を越え、マスクを製造するという仲間として、しっかりとした絆を結ぶことができた。

優介と加奈女、そして茂と香織、その隣に森村と咲の晴れ晴れとした輝かしい顔が並んでいる。

そして、雪花がにこやかに六人を眺めていた。

エピローグ／新たな旅立ち

表彰式が終わり、会場ロビーでホッとしてくつろいでいると、雪花が頬に笑みを浮かべやって来た。

「雪花さん、今日の素晴らしい表彰式にご招待いただき、ありがとうございました」

優介が改めて礼を言うと、雪花はそれを無視するように優介の脇をすり抜け、森村に近づいた。

「森村さん。単刀直入に言うわね。わたしの工場に来ませんか。お給料は今の十倍出すわ」

優介がいる前で、平然と森村開発顧問を引き抜こうとする。それは絶対にダメだ、と言おうとしたとき、

「お断りする」

森村は予期していたのだろうか、落ち着いた声音だった。

「そう。やっぱりね。そう答えるだろうと思っていたわ。それで、改めて相談があります。聞いてもらえるかしら」

「相談？　何だ」

「わたしの知り合いにデジタルカメラの会社の社長をしている人がいます。その人にこのマスクのことを話すと、是非その開発者に会って、話を聞きたいと言うの。人工知能を搭載した新しいデジタルカメラを作りたいそうよ。そのために、森村さんの助言と手助けが必要だと。教えてやっていただけませんか。その人は魏《ウエイ》さんといいます。一度会ってやって下さい」

「急に言われてもなぁ……」

　森村はちらりと優介を見た。

「カメラ会社かぁ……、森村さんは元々はカメラの技術屋さんだからなぁ……」

「それでは、決まりかしら」

　雪花は森村の返事を聞くこともなく、どんどん話を進めていく。強引なのか、剛腕なのか、これが雪花のやり方なのだろう。

「いや、待ってくれ。それは断る、というか、半分断る」

「半分……」

　雪花は口にすると首を傾げた。

　隣りにいる咲も不安そうに父親を見つめている。

「優介社長にはわたしと咲がお世話になっているというか、僕にとっては命の恩人だ。それに留目せんせーには僕の技術を特許にしてもらい、感謝の気持ちでいっぱいだ。そういう人たちを置いて僕だけが好き勝手なことをするわけにはいかない」

「じゃあ、断るということなのね」

　雪花は結論を急ぐ。

「いや、そうじゃない」

　雪花は眉根をピクリと上げた。

　森村は、福田社長にお願いがある、と前置きして、

『丸福オーダーマスク』の技術は、ほぼ問題のないところまで完成している。若手にすべての技術を移管することが残っているだけだ。それをやりながら、半分はこちらに来て手伝うことを許可してもらえないだろうか」

優介は、うーん、と唸ると、「わかりました。前向きに考えましょう」、そう言うと、硬い表情で考え込んだ。隣りに並んでいた加奈女が、

「それがいいわよ。その代わりに森村さん。新たなデジタル技術ができたら、それをすぐに教えてください。丸福マスクとのコラボができたら最高だわ」

「あら、あら、もう立派な社長夫人ね」

雪花は加奈女を冷やかし、にこやかにほほ笑んだ。

上海での表彰式が終わり、優介と加奈女は翌日から新婚旅行に旅立って行った。それから十日後に、優介と加奈女は締まりのないにやけた顔つきで丸福マスクの工場に姿を現した。

退院してすっかり元気を取り戻した青木のおばちゃんから表彰式のことを聞かれたが、夢のような二人の世界からまだ覚《さ》めやらぬ様子で、優介は記憶もそぞろで、あやふやに答えるのだった。

森村と咲の二人は、それからさらに五日後に戻って来た。その間、さすがの優介も現実に戻り、森村親娘を心配し始めていた。その森村は、上海で誂《あつら》えたというパリッとしたスーツを身にまとい、鈍色の光を反射するネイビーブルーのネクタイを締めて出社してきた。

「森村さん。おかえりなさい。むこうの会社はいかがでしたか」

「いやー、それは素晴らしかったよ。すでに僕専用の部屋も用意されていて、見せてもらったのだが、それは見事なものだった。広さは、そうだなあ、かるく二十畳以上はあるかな。執務室の隣にはプライベートルームまであった」

「それはすごいですね。それで条件はどういうことに……」

「当初の予定通りです。半年は向こうで仕事をします。半年はここにいます」

「それでは、丸福の仕事は今までどおりということでいいのですね」

「もちろん、それで結構です。今後ともよろしくお願いします」

森村は紳士然として、丁寧に頭を下げた。

森村のこの凛《りん》とした雰囲気、身のこなしに優介は、いまさらながら驚いた。森村の自信がそうさせるのか、森村自身がもともとはそういう性格だったのか、初めて会ったときとはまったくの別人だ。

優介は、ふと気になったことを訊いた。

「ところで、咲さんはどうされるのですか」

「ああ、咲は日本の会社を辞めることになった。今日、その話をしに出かけている」

「辞めるってどういうことですか」

「辞めて、僕の秘書兼助手になる。その方が何かと助かるしな。それに給料が段違いだ」

そう言うと森村は茶目っ気たっぷりに優介にウインクをしてみせた。そして、

「咲はすごいよ。二週間ほど向こうにいたのだが、その間に中国語を片言だけど話せるようになって、驚いたよ。僕の秘書になって働きたいと張り切っているよ」

その夜、いつもの兆治で、優介は茂と香織に、森村と咲のことをそう説明した。そして、優介の隣には加奈女が笑顔で座っている。

「そうですか、森村さん、すっかり人が変わったみたい。自信が漲《みなぎ》ってるって感じですね」

香織がそう言うと、

「いろんなことにチャレンジしていく。わたしも見習わないといけないですね」

茂はぼそりと呟いた。

「せんせーは、森村さんの発明を完成させた功労者でもあるんだし、このままで十分ではないですか」

加奈女はいたわりの目をむけた。

香織は、二人のやり取りを複雑な気持ちで聞いていた。


それから三か月が過ぎた。

留目特許事務所にはいつもの平穏な午後が流れている。二階では優介が中心となって、M町中小企業の研究者たちが集まり、いまや定例となっている月一回の発表会を行っている。

森村は『丸福オーダーマスク』の成功と、上海で党中央衛生局特別優等賞を受賞したことがみんなに認められ、研究アドバイザーになっていた。

咲は、発表者の言葉をタブレットに取り込み、重要事項の関連性を、父親が新たに開発した人工知能を駆使して、プロジェクターに映し出している。その画像を見ながら森村がアドバイスを加えている。

その隣では、香織が提案された技術の特許調査を即座に行い、茂はその技術を、これも森村が開発した人工知能を搭載した特許作成ソフトを用いて一心不乱に特許にまとめ上げていく。

そして、オブザーバとしてK信用金庫M町支店の植田支店長が参加している。植田は丸福マスクを成功に導いた功績により、この春から晴れて支店長に昇進していた。それと同時に、安田は本店の元の副頭取に戻っていた。これが安田のいうK信用金庫から見たリレーションシップ経営なのだろう。

茂は思う。下町の研究者のこの熱気の中から、第二、第三の『丸福オーダーマスク』のような画期的な発明が生まれようとしている。その現場を目の当たりにしている。

――最高の気分だ。


留目特許事務所のガラス戸がガラガラとゆっくりと開き、静かな事務所に乾いた音が響いた。

「こんにちは」

香織はパソコンから顔を上げると、声の主に驚く。

「あっ！　佐藤せんせー、お久しぶりです」

「香織さん、元気そうですね」

「はい、おかげさまで。いつもお仕事をいただき、ありがとうございます」

「いや、こちらこそ大いに助かっているよ。今日はちょっと相談があってね。留目君は」

茂は隣の部屋で日課となっている腰痛体操と称するストレッチと、近頃は立禅《りつぜん》という立ってする瞑想法にはまっている。佐藤の声を聞き、飛び出してきた。

「佐藤先生！」

茂は懐かしさとともに、複雑な気持ちがあふれてきた。佐藤先生に訊きたいことがたくさんあったが、いきなりは切り出しにくい。

それを察したように、佐藤が先に言葉の穂を継いだ。

「大活躍のようだね。うわさは聞いたよ。わたしもうれしく思う」

「ありがとうございます」

「ところで、霧山君は知っているだろう」

「ええ、よく存じておりますが……」

「彼と君とが争うようなことになってしまい、申し訳なく思っている。遅くなったが、今日はその言い訳をしに来た」

「はあ……」

実は、と言うと佐藤は、雪花から丸福マスクの特許を無効にして欲しいという半ば強引な依頼があり、引き受けないとうちの事務所から中国に出願している全ての特許に無効審判を起こし、さらにそのうわさを流すと脅されていたことを打ち明けた。

「そういうことだったんですか。先生のところまで、彼女が手を回していたのですね。でも、今となっては彼女らしいと言えば彼女らしいです」

茂は完全にではなかったが、半ば納得した。

「彼女は自分の目的を達成させるためには手段を選ばない。それも最短のルートで成し遂げる。雪花さんとはそういう女性です」

香織は溜息をつきつつ、そう言った。

「君たちは雪花とかなりやり合ったようだね。そして、勝利した。さらに、『丸福オーダーマスク』を成功させた上に、それを中国で、それも雪花に製造させた。逆転の発想とでも言うのかな。しかも、そのマスクが党中央部衛生局特別優等賞を受賞したと最近耳にした。君たちは、本当にすごいことを成し遂げた弁理士と調査マンのペアだよ」

「褒め過ぎだと思いますが、でも、ありがとうございます」

茂は素直に喜んだ。

そして、佐藤はさらに続けた。

「霧山君だが、彼は先月、うちの事務所を辞め、中国の北京にある特許法律事務所に移ったよ。予定の行動だったようだけど。彼は、今回の戦いで、君らに決して負けることはないと断言していた。自信もあったのだろう。完全に負かされたかどうかは別にして、この結果は彼にとっては相当ショックだったようで、しばらくは目も当てられない程に落ち込んでいたよ。それからしばらくして、霧山君は人が変わったようになってね。猛烈な勢いで特許の勉強を始め、予定より早く中国行きを決めたようだ。それを世話したのが楊雪花だ」

「雪花さんが、そうでしたか」

「それで改めて、お願いがあるのだが、聞いてもらえないだろうか」

「……。はい、なんでしょうか。わたしに出来ることでしたら」

茂は佐藤の顔をじっと見た。

「どうだろうか、うちの事務所に戻ってこないか。いや、戻って来てくれないか……」

そう言うと佐藤は茂の顔を見つめ、返事を待った。

茂の答えは決まっている。何のためらいも、わだかまりもない。

「先生。ありがたいお申し出なんですが、ここにはわたしたちを必要としてくれている仲間がいます。その人たちと一緒に仕事がしたいのです。ですから・・・・」

「ダメだということか……」

そう言うとしばらく考えた後、今度は香織の方に顔を向けた。

「朝井さんはどうだろうか、わたしの事務所に来ないか。待遇は最高のものを用意させてもらう」

香織が口を開きかけると、茂が横から強張った口調で割り込んだ。

「それは絶対にありません。香織さんはわたしの大切なパートナーなんです。この事務所に、このM町に必要な人なのです。だから、絶対にあり得ません！」

香織は思ってもみなかった茂の激しい語気に、驚きとともに何故だかじわっと、嬉しさが込み上げてきた。

「そっ、そういうことです。佐藤せんせー、すいません」

香織は照れくさそうに頭を下げた。

「そうか、わかった。今日は退散することにする。また、近いうちに寄せてもらってもいいかな」

「もちろんです。いつでもいらしてください。でも……、香織さんの件は絶対にありませんから」

茂が改めて念を押すと、香織が、

「おいしい珈琲を用意して、お待ちしております」

こぼれるような笑顔を見せた。

佐藤はその笑顔を眩しそうに見つめ、目を細めた。そして、踵を返し出て行こうとする足を止め、振り向くと、

「君たちは本当に仲がいいんだね。早く本当のパートナーになったらどうなんだ。留目君、何をもたもたしている。ちょっとだらしないぞ」

佐藤は茂にそうはっぱをかけると、苦笑いしながら西日の差す留目特許事務所を後にした。

茂と香織は、ポカンとして佐藤が出て行く後姿を見送った。

そして、どちらともなしに二人が顔を見合わせると、香織が、

「珈琲で乾杯しましょうか」

茂は頷き、にっこりとほほ笑んだ。

この小説はすべてフィクションであり、登場する人物・団体・名称等は架空のもので、実在の人物・団体・名称とは一切関係ありません。

謝辞

この小説を作成するにあたり、左記の弁理士に監修をいただきました。そして、最先端のベンチャー企業を経営されている社長や多くの友人たちから貴重なご意見をいただきました。ここに深く感謝申し上げます。

ミノル国際特許事務所　所長弁理士　安彦　元　先生
協和特許法律事務所　代表パートナー弁理士　中村　行孝　先生
株式会社　NR　STAGE　代表取締役　黒川　信人　様
ジャパンモード株式会社　代表取締役　保科　孝　様
同　執行役員　川瀬　哲也　様

（順不同）

平成三十年三月

参考文献

・黒川正弘著「留目弁理士奮闘記！『男前マスク』と『王女のマスク』」三和書籍（2016年）
・黒川正弘著「人工知能が特許を出願した日！　第1回～最終回、全11回」Web三和書籍（2017年）

【著　者】
黒川　正弘（くろかわ　まさひろ）工学博士

1952 年生まれ。奈良県出身。1980 年大阪市立大学大学院工学部後期博士課程修了。同年三菱瓦斯化学株式会社入社。特許 100 件以上を出願する。2017 年高岡ＩＰ特許事務所入所。特許戦略等に関する講演会を国内外で実施し、2018 年からはフリーで活動中。
＜主な著作＞
『これからの特許の話をしよう―奥さまと私の特許講座―』（三和書籍）。『特許と土偶とGDP―アフター５発、Ｂ列車で飲みに行こう―』（近畿化学工業会、きんか）エディター賞受賞。『チャイニーズ　リング』（文芸社）。『蒼空とリウ』著者名：流 源太（ながれ　げんた）、インターネットで公開中。『慟哭のアペル』（未発表）。『留目弁理士奮闘記！「男前マスク」と「王女のマスク」』（三和書籍）を含め著作多数。

留目弁理士奮闘記！2
『雪花の逆襲』

2018 年　5 月 22 日　　第 1 版第 1 刷発行

著　者　黒　川　正　弘
発行者　高　橋　考
発行所　三　和　書　籍
〒 112-0013　東京都文京区音羽 2 - 2 - 2
TEL 03-5395-4630　FAX 03-5395-4632
sanwa@sanwa-co.com
http://www.sanwa-co.com

印刷所／製本　中央精版印刷株式会社
ISBN978-4-86251-316-8 C0093

三和書籍の好評図書

Sanwa co.,Ltd.

留日弁理士奮闘記!『男前マスク』と『王女のマスク』

黒川正弘 著 工学博士

四六判／並製／ 284 頁　本体 1,600 円＋税

本書は本物の弁理士が長年培ってきた経験を生かし、ついに書き下ろした下町工場の再建ストーリー。小説ながら、経営のケーススタディを学べるビジネス書でもある。とりわけ「特許」関連にありがちなコピー商品の対応も本ストーリーでは１つのケーススタディとして取り上げており、詳しい専門用語が物語をよりドキュメント風に描き、読者を飽きさせないリアルなフィクションストーリーに仕上がっている。

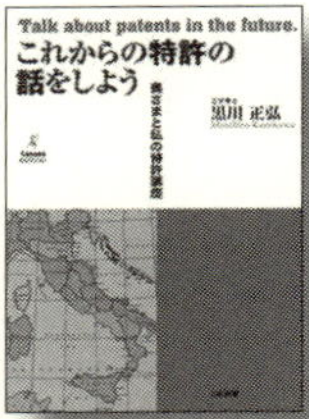

これからの特許の話をしよう 奥さまと私の特許講座

黒川正弘 著 工学博士

B6 判／並製／ 250 頁　本体 1,200 円＋税

2002 年に小泉純一郎元総理大臣が設置した「知的財産戦略会議」にはどんな意義があったのか?特許を重視するプロ・パテント政策、逆に軽視するアンチ・パテント政策をアメリカなどは政府が自在に使い分けながら自国の産業浮揚を図ってきた。日本でも戦略として特許を考えることが大事である。本書では、特許の歴史を紐ときながら特許戦略の重要さを楽しく、わかりやすく説明する。

図解特許用語事典

溝邉大介 著　B6 判／並製／ 177 頁　本体 2,500 円＋税

特許や実用新案の出願に必要な明細書等に用いられる技術用語や、特許申請に特有の専門用語など、特許関連の基礎知識を分類し、収録。図解やトピック別で、見やすく、やさしく解説。確認したい事項が、必要な時にすぐ参照できる。普通名称と間違われやすい登録商標一覧や、記号・罫線の一覧など、書類作成において必要な情報も多数掲載。

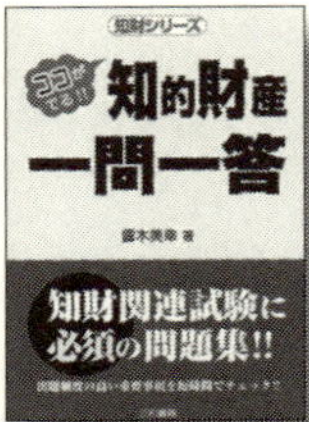

ココがでる 知的財産一問一答

露木美幸 著 拓殖大学講師

B6 判／並製／ 162 頁　本体 1,500 円＋税

知的財産関連試験で出題頻度の高い重要事項を網羅した問題集。